19 歳と 14 歳の少女がタクシー運転手を襲う事件が発生。19 歳のソニャがハンマーで殴り，14 歳のエヴァがナイフで刺した。逮捕された少女たちは金ほしさの犯行だと自供，反省の色はない。ヴァランダーには彼女たちが理解できなかった。あまりにふてぶてしい二人の態度。尋問の席で母親を罵倒し殴ったエヴァに腹を立てたヴァランダーは，思わず彼女に平手打ちを食らわせてしまう。ところがまさにその瞬間の写真を新聞に掲載されてしまった。味方だと信じていた署長への不信，孤立感に苛まれるヴァランダー。北欧ミステリの巨匠の傑作シリーズ。

登場人物

クルト・ヴァランダー……………………イースタ警察署の刑事
アン＝ブリット・フーグルンド……
マーティンソン……………………… 同、刑事
ハンソン……………………………
スヴェン・ニーベリ………………同、鑑識課の刑事
リーサ・ホルゲソン………………同、署長
イレーヌ……………………………同、受付
リンダ………………………………ヴァランダーの娘
ステン・ヴィデーン………………ヴァランダーの友人
ソニャ・フークベリ………………十九歳の少女
エヴァ・ペルソン…………………十四歳の少女。ソニャの友人
ヨーアン・ルンドベリ……………タクシー運転手
エリック・フークベリ……………ソニャの義父。ステン・ヴィデーンの友人
ルート・フークベリ………………ソニャの母
カッレ・リス………………………ソニャの元ボーイフレンド
ティネス・ファルク………………ITコンサルタント

マリアンヌ・ファルク……………ティネスの元妻
フ・チェン………………………中国人
シーヴ・エリクソン……………ティネスの仕事仲間
ローベルト・モディーン………ハッカーの若者
レナート・ヴィクトルソン………検事
カーター…………………………ルアンダ在住のエコノミスト
ステファン・フレードマン………自殺した少年
アネット・フレードマン…………ステファンの母
リードベリ………………………ヴァランダーの指導官、故人
スヴェードベリ…………………ヴァランダーのかつての同僚、故人
ペール・オーケソン……………休職中の検事
バイバ・リエパ…………………ヴァランダーの別れた恋人
クルト・ヴァランダーの父……故人、画家
イェートルード…………………その妻

ファイアーウォール 上

ヘニング・マンケル
柳沢由実子訳

創元推理文庫

BRANDVÄGG

by

Henning Mankell

目次

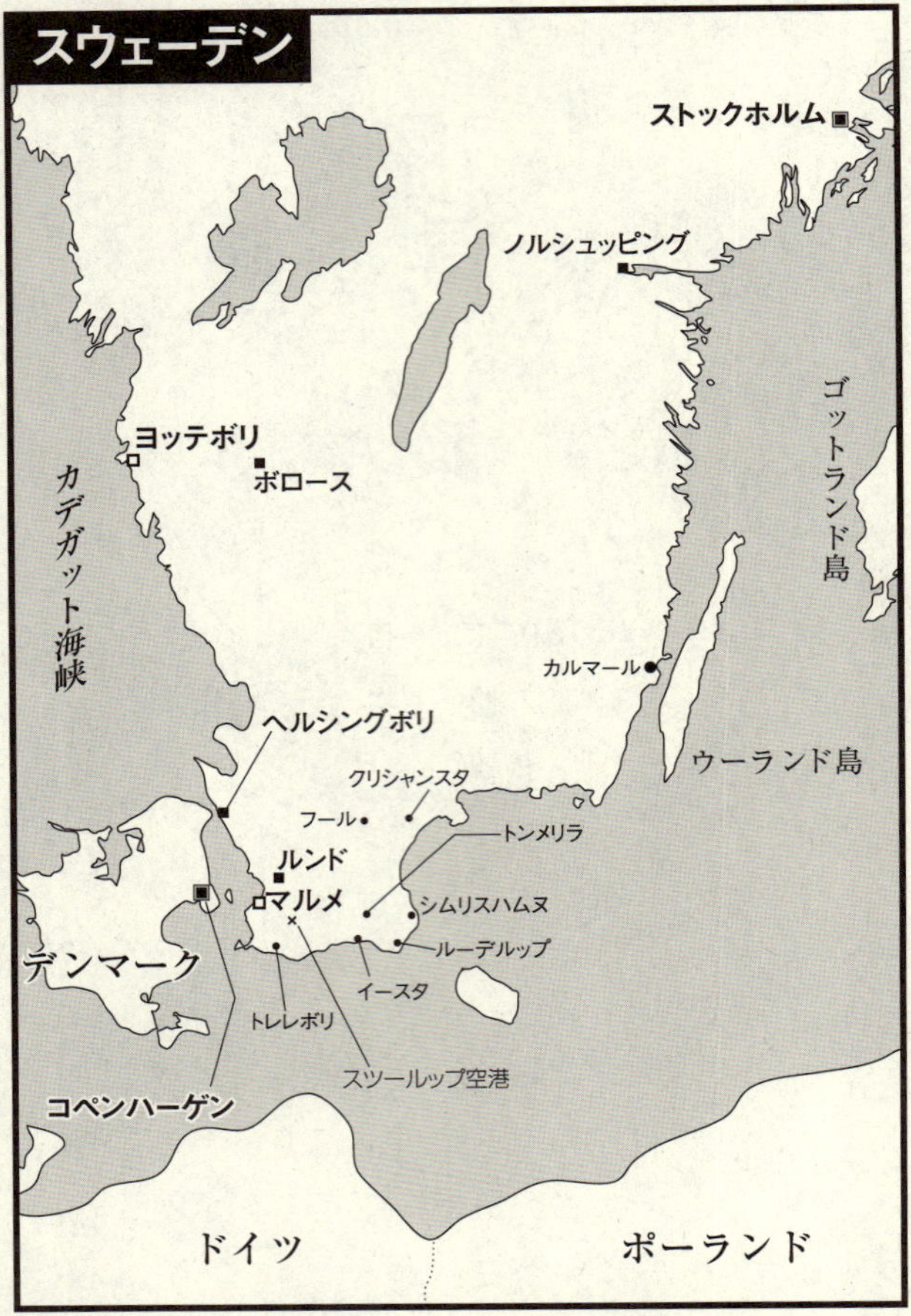

スウェーデン
ストックホルム
ノルシュッピング
ゴットランド島
ヨッテボリ
ボロース
カデガット海峡
カルマール
ヘルシングボリ
クリシャンスタ
ウーランド島
フール
トンメリラ
ルンド
マルメ
シムリスハムヌ
ルーデルップ
デンマーク
イースタ
トレレボリ
スツールップ空港
コペンハーゲン
ドイツ
ポーランド

ファイアーウォール 上

さとりの道を離るる人は、死にし者の集まりの中にをらん。
旧約聖書　箴言二十一の十六

I 陰謀

1

夜、風が弱くなった。しばらくするとすっかり止んだ。

男はバルコニーに出た。昼間は向かいの家々の間から海が見える。だがこの時刻、あたりは暗い。ときには古いイギリス海軍の望遠鏡を取り出して、向かい側の家の明かりがついている窓をのぞき込むこともあった。だが、そんなときはいつも反対に人に見られているようないやな気分になってやめる。

星の見える澄んだ空だ。

もう秋だ、と思った。もしかすると今晩あたり霜が降りるかもしれない。スコーネにしては早すぎるのだが。

遠くから車の走る音が聞こえる。ぶるんと体を震わせると、男は部屋の中に戻った。バルコニーのドアの開閉がきつい。男は食卓の電話のそばにあるメモ帳に、〈バルコニーのドア〉と書きつけた。

男はそのまま居間へ向かい、ドアのそばに立って中をながめた。その日は日曜日で掃除の日だった。いつもながら、完璧に清潔な部屋にいるという満足感が胸を満たした。

居間の壁沿いに机があった。いすを引き、明かりをつけて、引き出しの中から厚い日誌を取り出した。いつものように、前の晩に書いた文章を読むことから始めた。

〈一九九七年十月四日。一日中強風。気象庁によれば、毎秒八メートルから十メートルの風だという。ちぎれ雲が空を飛んでいる。朝六時の気温は七度。午後二時には八度。夜は五度まで下がった〉

そのあとには短い四つの文章が続いた。

〈今日の宇宙は静かだった。友人たちから知らせがなかった。Cは応答しない。すべて静寂〉

男はインク壺のふたを開けると、ペン先をそっと浸した。それは父親の遺品で、初めて父親がトンメリラの小さな銀行のアシスタントの職に就いたときから使っていたものをもらったのだった。

男は〈風が穏やかになり、吹き止んだ〉と書き込んだ。キッチンの窓辺の温度計が三度を指している。空が晴れ上がっている。続けて彼は、〈アパートの掃除に三時間二十五分かかった〉と記した。前週に比べて十分短縮できた。

それ以外にもその日はサンタ・マリア教会で三十分瞑想したあと、小船の停泊するマリナー沿いの道を散歩した。

少し考えてから、もう一行日誌に書き加えた。〈夜、短い散歩〉

吸い取り紙をいま書いた文章の上にそっと置いて上から押さえると、ペン先を拭き、インク壺のふたを締めた。

日誌を閉じる前に、机の上の古い船舶用の時計を見た。十一時二十分。

玄関へ行き、着古したレザージャケットをはおってゴム長靴を履いた。アパートを出る前に鍵と財布がポケットに入っているのを確かめた。

外に出るとそのまま暗闇に立ってあたりをうかがった。道路に人はいなかった。思ったとおりだった。歩きはじめた。いつもどおり左の角を曲がり、マルメヴェーゲンを渡って、税務署の入っている赤いレンガ造りの建物とスーパーマーケットの方向に歩きだした。しだいに歩みを速め、それからいつも夜に散歩するときのゆっくりしたペースへもっていった。昼間散歩するときはもっと歩調が速い。体力を使って、汗を流したいからだ。夜の散歩はちがう。その日一日考えたことを頭の中から追い出し、睡眠と翌日のために調子を整える。

スーパーマーケットの前では老婦人が一人、犬といっしょに立ち止まっていた。シェパードだ。夜の散歩のときは、ほぼ毎回この女性に会う。車が一台スピードを出したまますぐそばを走り去った。運転しているのは若者で、車の窓が閉まっているにもかかわらず、けたたましい音楽が聞こえた。

彼らはこれからなにが起きるか知らないのだ、と男は思った。爆音を流して車を乗りまわし、もうじき耳がやられるバカモノたち。

これからなにが起きるか知らないのだ。犬を散歩に連れ出す一人暮らしの年寄りたちも。そう考えると喜びで胸がはち切れそうだった。自分も協力して作り上げた支配する力のことを思った。選ばれた者の一人であることを。役に立たなくなった古い秩序を破り、まったくだれも知らない新しい世界を作るのだ。

足を止めて空を見上げた。

本来、なにごとも理解できないものなのだ。自分自身の命も、何億年という時間をかけて到達した、いま見える星の輝きも。すべてに少しでも意味を与えるものがあるとすれば、それは自分がこれからやろうとしていることだけだ。二十年も前に与えられたチャンス、一毫《いちごう》の迷いもなくつかんだチャンスだ。

男はふたたび歩きだした。少し歩調が速くなった。頭の中にある考えで興奮したからだ。自分の忍耐力が切れたように感じた。こんなにも長い時間待ったのだ。他の人からは見えない覆面を外して大きな高波が世界中に打ち寄せるのを見届けるときがいま目前に迫っている。だが、その瞬間までまだ少し時間がある。まだ時が完全に熟してはいない。短気は決して許してはいけない弱点だ。

男は足を止めた。すでに住宅地の真ん中まで来ていた。これ以上先へ行くつもりはなかった。

十二時過ぎにはベッドに就いているつもりだった。

きびすを返して戻りはじめた。税務署の建物を過ぎたころ、スーパーマーケットの近くにある現金自動支払機《ATM》へ行くことに決めた。ポケットの外から財布に触って確かめた。金を引き出すのではなく、明細書を見て機械が間違いなく動くかを確かめるのが目的だ。

ＡＴＭの前の明かりの中に立って、青色のキャッシュカードを取り出した。シェパードを連れた老婦人はいなくなった。マルメ方面から重荷を載せた長距離トラックが轟音を響かせながら通り過ぎた。おそらくポーランド行きのフェリーに乗るのだろう。音から察して排気ガスのパイプが壊れているようだ。

番号を押し、ボタンを押した。キャッシュカードが戻ってきて、彼はそれを財布に戻した。ＡＴＭの中で作業中の音がする。彼はにやりと笑い、それから軽く笑い声を漏らした。

人々はなにも知らないのだ。これからなにが起きようとしているのか、もし彼らが知ったならば！

明細書の白い紙が出てきた。ポケットに手を入れて老眼鏡を探したが、昼間散歩したときのコートのポケットに入れたままであることを思い出した。一瞬、忘れてきたことに腹が立った。

街灯からの光が当たるところに立って、明細書に目を凝らした。

金曜日の自動支払いが済んでいることがわかる。その前日に引き出した金額も記されている。残額は九千七百六十五クローネ（一クローネ＝十一・六円。約十一万四千円）だ。すべて間違いない。

そのあと、予測もしていないことが起きた。

まるで馬にでも蹴られたようだった。激痛が走った。

彼は数字が書かれた紙を握りしめたまま、倒れた。

頭が冷たい地面に当たったとき、一瞬意識がはっきり戻った。

なにが起きたのかまったくわからなかった。

その後、闇が押し寄せてきて彼を包んだ。

ちょうど夜中の十二時を過ぎたところで、日付が変わって一九九七年十月六日になった。

夜行フェリーに向かうトラックがまた一台通り過ぎた。

そのあとふたたびあたりは静かになった。

2

クルト・ヴァランダーはイースタのマリアガータンのアパートの前に車を停めて中に座っていた。不愉快でしかたがなかった。時計は午前八時を少しまわったところ。一九九七年十月六日のことである。エンジンをかけ、イースタの町の外に出た。なぜ断らなかったかと後悔していた。葬式は本来嫌いなのだ。それなのにいま彼はまさに葬式に向かっていた。時間に余裕をもたせて出てきたので、マルメへまっすぐ行くつもりはなかった。途中でスヴァルテとトレレボリ方面へ向かう海岸道路に車を乗り入れた。左手に海が見える。フェリーが一隻、イースタの港に向かっていた。

これはこの七年間に彼が参列する四度目の葬式だった。最初はガンで逝った同僚のリードベリ。長い闘病生活の末の死だった。ヴァランダーは何度も病院に通い、少しずつ弱っていくリードベリを見舞った。彼の死はヴァランダーにとって個人的な打撃となった。リードベリは彼の指導官だった。

答えを的確に得る質問のしかたを学び、犯罪現場でなにを読み取るかというむずかしい技術を身につけた。リードベリが指導官となる前は、ヴァランダーはごくふつうの警官だった。自身が辛抱強いだけでなくかなり力のある捜査官であることがわかったのは、リードベリが亡くなって、それもだいぶ経ってからのことだった。今でも複雑な捜査で、どうしたらいいかわからないときなど、彼は心の中でリードベリと会話する。いまでもリードベリがいないことを毎日のように寂しく思う。これからもきっとそうだろうと彼は思っていた。

次は突然逝去《せいきょ》した父親の葬式だった。ルーデルップの自宅のアトリエで突然発作に襲われての死だった。三年になるが、いまでもヴァランダーはよく理解できないでいる。父親はもはや自身の絵に囲まれて、テレピン油と絵の具の臭いの充満するアトリエにはいないのだということがどうしてもピンとこないのだ。ルーデルップの家は父の死後、売却した。何度か車で近くを通り、ほかの人間が住んでいるのが見えたが、一度も車を停めて家まで行ったことはない。ときどき墓参りはする。だが、いつもなんとなく良心が咎めた。しだいに足が遠のいてしまっていることも意識していた。また、父親の顔がしだいに記憶の中でぼんやりしてきたことにも気づいていた。

死んだ人間の存在は、しまいにはまったく消えてしまうのだろうか。

その次はスヴェードベリだった。昨年自宅で無残に殺された同僚である。あのときヴァランダーはいかに自分がいっしょに働いている仲間のことを知らなかったかを思い知らされた。スヴェードベリの死によっていままで考えたこともなかったようなことが明らかになった。

そしていま、ヴァランダーは四番目の葬式に向かっていた。そしてこれは、ほかの三つとはちがって、行きたくなければ行かなくとも済むものだった。

電話は先週の水曜日にかかってきた。ヴァランダーは家に帰るところだった。午後も遅い時間で、その日彼は、フェリーを使ってトラックでタバコの密輸をしようとしたグループの報告書を作成するために朝から署の自室に閉じこもっていた。出発点は北ギリシャであることはわかっていた。が、途中で犯人たちの痕跡が煙のように消えてしまった。ギリシャとドイツの警察機関と協力しての捜査だったが、どうしても主犯の男を突き止めることができなかった。荷物に盗難タバコが積み込まれていることを知らなかったとみえる運転手は、おそらく数ヵ月の禁錮刑を食らうだろう。が、それ以上のものにはならないはずだ。ヴァランダーは密輸品が日々イースタに運び込まれていることは知っていたが、その違法な流通をストップさせることなど、とうていできないだろうと思っていた。

そのうえ、その日彼は検事と不愉快な会話を交わしていた。相手は休職してスーダンへ行ってしまったペール・オーケソンの代理の検事である。ヴァランダーはオーケソンが検事の仕事をほっぽりだして行ってしまったことにも、ときどき送られてくる手紙にも、羨望《せんぼう》を禁じえなかった。それはヴァランダー自身が密かに夢見ていたことでもあった。もうじき五十歳になる。近ごろでは、認めたくはなかったが、人生において大きな決断を下すようなことはもう起きないだろうという気になっていた。警察官以外の人生はあり得なかった。定年までの間に彼にできることといえば、せいぜいいまよりもいい犯罪捜査官になるということぐらいだろう。そして、自分のできることを若年の警察官たちに教えること。しかしそれ以上のことはもうなにもないだろう。彼にとってのスーダンはないのだ。

上着を手にしたとき、電話が鳴った。

最初、だれからの電話か、彼にはわからなかった。しかしすぐにステファン・フレードマンの母親であるとわかった。そのとたん、一気に記憶がよみがえった。三年前の出来事がまざまざと思い出せた。姉の正気を失わせ、弟を恐怖に陥れた男たちにアメリカ先住民の化粧をして、復讐した少年。殺された男たちの中には少年自身の父親もいた。ヴァランダーはあのときの恐ろしい結末を思い出した。ひざまずいて姉の亡骸に取りすがって泣いていた少年の姿。その後少年がどうなったかヴァランダーはあまり知らなかったが、少年刑務所ではなく精神病院に入れられたということは聞いていた。

少年の母親アネット・フレードマンは電話口でステファンが死んだと告げた。病院の建物から飛び降りて自殺したという。ヴァランダーはお悔やみの言葉を言いながらも、胸に痛みを感じた。いや、絶望感と困惑のほうが強かったかもしれない。受話器を手にしたまま、ヴァランダーはアネット・フレードマンの顔を思い出そうとした。マルメの郊外にあるアパートで、二度か三度会ったことがある。残虐《ざんぎゃく》な殺人事件の犯人が十四歳の少年であるかもしれないという疑いが浮上して、ステファンを捜していたときのことだ。あのときアネット・フレードマンはほとんどものを言わず、しかも焦《あせ》っていた。なにか途方もないことが起きるのを恐れているかのように、おびえていた。そしてたしかにそのとおりになった。ヴァランダーは彼女がなにかの中毒症ではないかと疑ったことも思い出した。アルコール中毒か、不安を薬物で鈍化させていたか。どうだったのだろう。いま、彼はアネット・フレードマンの顔がどうしても思い出せなかった。電話口から聞こえる声も聞き覚えがないような気がした。

彼女は用件を言った。

葬式に出てほしい。参列者がほかにだれもいないから、と。いまでは彼女自身と末の息子のイェンスしか残っていない。最悪の事態の中で、ヴァランダーだけはいい人に思えたからと。

ヴァランダーは承諾した。返事をしたとたんに激しく後悔した。だが、あとには引けなかった。

逮捕されてから少年がどうなったかを調べた。ステファンが入院していた病院の医師とも話をした。三年の間、ステファンはほとんど口をきかず、自らの内に引きこもってしまった。アスファルトの上に横たわったステファンの死に顔には戦いの化粧が塗られ、化粧の色と血の色が交ったその顔は恐ろしい仮面のようだったという。それは彼の複雑な人格を語っていたというよりもむしろ、彼が生きた社会がどんなものだったかを語っていたのだとヴァランダーは理解した。

車をゆっくり走らせた。朝、黒いスーツを着たとき、意外にもズボンがすんなりはけた。体重が減ったのだ。一年前に糖尿病だと知ってから、しかたなくダイエットし、運動もし、体重に注意してきた。初めは大騒ぎをして一日何度も体重計に乗ったりしたが、だんだん苛立ってきて、しまいには体重計を捨ててしまった。厳しいダイエットをしなければならないくらいなら、いっそのことどうでもいいと気短に思った。

だが、担当医はそう簡単にはあきらめなかった。定期的に検診するたびに不規則ででたらめな食事と、ほとんど運動をしていないことを注意した。しまいにヴァランダーのほうが音を上げた。ジョギングウェアの上下とシューズを買い、毎日散歩をすることにした。マーティンソンからいっしょにジョギングしないかと誘われたときはさすがに断ったが、散歩は続けた。いまではマリアガータンからサンドスコーゲンへ行って帰ってくる一時間コースが決まりになっていた。それを週四回実行している。それと、ハンバーガー・バーで食べるのも控えている。医者は結果に満足だった。血糖値が下がり体重も減った。ある朝ヒゲを剃っているとき、顔も変わったことに気がついた。頬がすっきりしている。長い間不必要な脂肪と荒れた肌の下に隠されていた本当の自分の顔が戻ってきたようだった。久しぶりに会ったとき、娘のリンダも喜んでくれた。だが、イースタ署では彼がスマートになったことにコメントする者はいなかった。

おれたちはまるで互いをまったく見ていないようではないか。いっしょに仕事をするだけだ。互いのことを見てはいないのだ、とヴァランダーは思った。

秋になってひとけのないモスビー・ストランドの海岸が左手に見える。この海岸に六年前二人の男の死体を乗せたゴムボートが漂着したことがあった。

彼は急ブレーキを踏んで道路から海岸へ向かう道に入った。まだじゅうぶんに時間がある。エンジンを止めて車の外に出た。風はない。気温は二、三度だろうか。コートのボタンをとめて、砂丘の間の小道を歩きだした。突然目の前に海が広がった。海岸には人っ子ひとりいない。犬と人間の足跡が砂の上に見える。馬の蹄跡もある。海をながめた。渡り鳥が一直線になって南へ飛んでいく。

ゴムボートが流れ着いた場所はいまでもはっきりと覚えていた。こみいった捜査のためヴァランダーはラトヴィアへ、首都のリガへと飛んだ。そこにバイバがいた。バイバはラトヴィアの警察官の妻だった。夫の警察官とは仕事上のつきあいで親しくなり、ヴァランダーは好感をもったのだったが、事件捜査のただ中に殺されてしまった。

事件のあと、バイバと親しい仲になった。結婚するつもりだった。彼女がスウェーデンへ移住してくれると思った。一度イースタ郊外の一軒家をいっしょに見に行ったことさえあった。だが、そのうち、彼女は身を引きはじめた。ヴァランダーは彼女に男がいるのではないかと疑った。一度など、彼女になにも告げずに突然リガへ行ったことまであった。しかし男がいる気配はなかった。問題はバイバ自身の気持ちだった。ふたたび警察官と結婚すること、決して豊かではないが面白い翻訳の仕事を捨てて、リガを離れてスウェーデンへ移住することなどにどうしても踏ん切りがつかなかったのだ。

浜辺を歩きながら、最後にバイバと話してからもう一年以上になることに気がついた。いまでもときどき夢に彼女が現れることがある。だが、一度も抱きしめることができない。近寄って両手を差し伸べたときには、すでに姿が消えているのだ。自分はいまでも彼女がいないことを悲しんでいるのだろうか、と自問した。嫉妬する気持ちはもう消えた。彼女がほかの男とつきあっていると考えても、胸は痛まない。

問題は自分には気持ちが通じる相手がいないことなのだ。バイバといると孤独を感じなかった。以前は孤独に悩まされることなどなかったのに。悲しんでいるとすれば、それは気持ちの通じる相手を失ったためだ。

車に戻った。人影のない寂しい海岸には気をつけなければ。とくに秋は。そんなときに海岸に来ると、陰鬱《いんうつ》な気分になる。

以前、デンマークのイランドの北端の海岸に一人で滞在したことがあった。鬱状態で休職していたときのことだ。あのときは二度と警察官には戻るまいと思ったものだ。あれからずいぶん時が経っているが、当時の精神状態は忘れられない。二度と戻りたくない。あの陰鬱な気分は北国の孤独な景色とおおいに関係があると思っている。

車に乗ると、ふたたびマルメに向けて走りだした。秋が深まっている。この冬はどんなものになるだろう。大雪が降ってしかも吹雪いたら、スコーネはマヒ状態になってしまう。あるいは、雨の多い冬になるか。十一月にとることになっている休暇のことが頭を横切った。どこか暖かい国へ旅行しようかと娘のリンダと話した。費用は自分がもつからと。娘はストックホルムでなにかを学んでいるというが、父親の自分にはそれがなんなのかわからない。行きたいけど、この秋は休みがとれないと彼女は言う。それならと、ほかの人間を考えてみたが、だれもいない。友だちはほとんどいない。ステン・ヴィデーンはいる。シャーンスンドの近く、スクールップの外れで競走馬の調教所を経営している。だが、ヴァランダーは彼と旅行するつもりはなかった。ステンにはアルコールの問題がある。医者に注意されたこともあってヴァランダーがほとんど飲まなくなったのに比べ、ステンはいつも飲んでいる。もちろん、父の再婚相手だったイエートルードにいっしょにどうかと訊くこともできる。だが、一週間の間、彼女とどんな話をしたらいいのだ？

ほかにはだれもいない。

ということは、どこにも行かないということになる。その代わりに車を買い替えよう。愛車のプジョーがそろそろガタがきている。マルメに向かっているいまのいまも、エンジンが怪しい音を立てている。

十時過ぎ、マルメ郊外にあるローセンゴードに着いた。葬式は十一時から始まる。教会はまだ新しい建物で、その前では子どもたちがサッカーボールを蹴って遊んでいた。車を停めて、子どもたちをながめた。七人の子どものうち三人が褐色の肌だった。残りの子どもの三人までがやはり移民の子どもたち。最後の一人がそばかす顔の金髪の巻き毛の子だった。子どもたちは笑いながら元気にボールを蹴っていた。急にヴァランダーはその子らに交じってボールを蹴りたくなったが、我慢した。そのとき男が一人教会の中から出てきて、タバコに火をつけた。ヴァランダーは車を降りて男に近づいた。

「ここはステファン・フレードマンの葬式がおこなわれるところですか？」と訊いた。

男はうなずいた。

「あんた、親戚かい？」

「いや」ヴァランダーは首を振った。

「参列者はほとんどいないだろうよ。あんた、ステファン・フレードマンがなにをやったか知ってるだろうね？」

「ああ、知ってる」ヴァランダーが答えた。

男は吸いかけのタバコに目を移した。

「あんなやつは死ぬほうがいい」

ヴァランダーは腹が立った。

「ステファンは十八歳にもならなかった。そんなに若いのに死ななければならない人間なんていない」

自分が怒鳴っていることに気がついた。男が驚いて見ている。ヴァランダーは腹立たしくなって首を振り、男から離れた。そのとき黒い霊柩車が教会に向かってくるのが目に入った。茶色い棺と一つだけの花輪が降ろされた。その瞬間、花を持ってくるべきだったことに気がついた。彼はサッカーボールを蹴っている少年たちのほうへ行った。

「この近所に花屋はないかな?」

少年たちの一人が手を上げた。

ヴァランダーは財布から百クローネ札を取り出した。

「そこへ行って花束を一つ買ってきてくれないか? バラがいい。急いで戻ってきてくれ。そしたら駄賃に十クローネあげるよ」

少年は怪しむようにヴァランダーをながめ、それから金に手を伸ばした。

「私は警察官だ。もしきみがそのお金を持って逃げてしまったら、すぐにつかまえるよ」

少年は首を振った。

「あんた、制服着てない。警官のようじゃない。怖い警官に見えない」少年は下手なスウェーデン語で言った。

ヴァランダーは警察手帳を見せた。少年はそれをしっかりと見てからうなずくと、走っていった。ほかの子たちはまたサッカーに戻った。

あの子は戻ってこないかもしれない、とヴァランダーは思った。この国で警察官が尊敬されたのは、一昔前のことだ。

少年はバラの花束を持って戻ってきた。ヴァランダーは少年に二十クローネやった。十クローネは約束どおり、もう十クローネは少年が戻ってきてくれたことに。もちろん駄賃としては多すぎるが、決めたことだった。そのあとすぐ、タクシーが一台教会の前に停まった。ステファンの母親には見覚えがあった。だが、すっかり年取って痩せていた。そばにイェンスという七歳になる息子が立っている。ステファンによく似ていた。目が大きく見開かれている。以前会ったときに浮かべていた恐怖はまだそのままそこにあった。ヴァランダーは彼らに近づき、あいさつした。

「わたしたちのほかには牧師だけです」

オルガン奏者も来るだろう、とヴァランダーは思ったが、なにも言わなかった。

三人は教会に入った。若い牧師が棺に近いところのいすに座って新聞を読んでいた。ヴァランダーはアネット・フレードマンが突然腕に手を回したのを感じた。

彼女の気持ちがわかった。

牧師は新聞をたたんだ。フレードマン母子とヴァランダーは棺の左側のベンチに腰を下ろした。アネット・フレードマンはまだ彼の腕から手を外さなかった。

彼女はまず夫を亡くしている。ビュルン・フレードマン。不愉快な男だった。妻と子どもたちに暴力を振るうひどい夫であり父親だった。そしてわが子に殺された。そのあと、一番上の子、ルイースという娘が死んだ。そしていま父親を殺した息子の葬式がおこなわれようとしている。彼女になにが残っている？　残り半分の人生？　それさえもおぼつかないのではないか？

そのとき教会に入ってきた者がいた。アネットは気づかないようだった。葬式をなんとか失敗なくやり遂げることに意識を集中させていたのかもしれない。教会内の通路を渡ってきたのはヴァランダーと同じくらいの年齢の女性だった。アネットも彼女に気づき、うなずいてあいさつした。女性は二列ほど後ろの席に腰を下ろした。「医者です」とアネットがささやいた。「アグネッタ・マルムストルム。イェンスの具合が悪かったときにかかったことがあるんです」

ヴァランダーは名前に覚えがあった。まもなく、どこで聞いた名前かを思い出した。そしてすぐに、アグネッタ・マルムストルムと彼女の夫がくれたヒントこそが、ステファンを犯人と見立てた捜査に切り替えたきっかけだったことを思い出した。海に出ていた彼女と無線を使って話をしたことも。彼女が夫といっしょにランズオートの沖合いでヨットで休暇を楽しんでいたときのことだ。

オルガンの音が教会に鳴り響いた。本物のオルガン奏者が見えないところで弾いているのではなかった。牧師がテープをかけたのだ。

ヴァランダーは鐘の音が聞こえないのが気になった。葬式はいつも鐘の音で始まるのではなかったか？　しかしその考えは腕に回された手がきつくなったので、頭から消えた。ヴァランダーは母親の隣に座っている七歳の男の子を見た。葬式にこんな子どもを連れてきていいものだろうか？　ヴァランダーは懐疑的だった。だが、少年は落ち着いていた。

テープの音が止み、牧師が話を始めた。イエス・キリストのもとにやってくる子どもたちの話だった。ヴァランダーは喉元が詰まらないように棺の上の花輪の花を数えることに集中した。

式は短かった。棺のそばへ行くと、アネットの息遣いが荒くなった。アグネッタ・マルムストルムが後ろから彼らに合流した。ヴァランダーはさっさと式を済まそうとする牧師に話しかけた。

「鐘ですが、われわれが教会から出るときに鳴らしてください。できれば、テープではなく本物の鐘の音がほしい」

牧師はいやな顔をしながらもうなずいた。ここで警察手帳を見せたらどうなるだろう、とヴァランダーは思った。アネット・フレードマンとイェンスは先に教会を出た。ヴァランダーはアグネッタ・マルムストルムにあいさつをした。

「お顔は知っています。お会いしたことはありませんけど、よく新聞で見るので」

「フレードマン夫人に参列してくれと乞われたもので。あなたにも電話が行ったのですか？」

「いいえ。来たいと思ったのです」

「この家族はこれからどうなるのでしょうね？」

アグネッタ・マルムストルムはゆっくりと首を振った。

「わかりません。フレードマンさんはひどくお酒を飲みます。イェンスがどうなるのか、気がかりです」

彼らが低い声で話しながら教会の内玄関まで来ると、そこにフレードマン母子が待っていた。鐘が鳴っていた。ヴァランダーはドアを開け、後ろの棺にちらりと目をやった。葬儀屋がすでに棺を持ち上げていた。

そのときカメラのフラッシュが光った。教会の外でカメラマンが待ちかまえていた。アネット・フレードマンが顔を隠した。カメラマンはひざまずいて、イェンスの顔にレンズを向けた。ヴァランダーは少年の前に立とうとしたが、カメラマンのほうが早かった。シャッターが切られた。

「わたしたちにかまわないで！」アネットがカメラマンに向かって叫んだ。

イェンスが泣きだした。ヴァランダーはカメラマンの腕をつかまえると、脇のほうに引っ張った。

「なにをしてる？」と怒鳴った。

「あんたに関係ないだろう」カメラマンは怒鳴り返した。ヴァランダーと同じ年格好で、息が臭かった。

「どの写真を撮ろうがおれの勝手だ。連続殺人事件の犯人ステファン・フレードマンの葬式写真は売れるんだ。葬式には残念ながら間に合わなかったがね」

ヴァランダーは警察手帳を取り出そうとしたが、急に気が変わって、カメラに手を伸ばした。カメラマンは取り返そうとしたが、ヴァランダーはそうさせなかった。カメラの裏側からフィルムを引き抜いた。

「物事には限度というものがあるんだ」と言うと、空のカメラを男に返した。

カメラマンはヴァランダーを睨《にら》みつけたまま、ポケットから携帯電話を取り出した。

「警察に通報する。これは暴行だ」

「ああ、いいだろう、そうすればいい」ヴァランダーが言った。「おれはイースタ署の犯罪捜査官クルト・ヴァランダーだ。マルメ警察に電話して、好きなように訴えるがいい」

ヴァランダーはフィルムを地面に投げると、踏みつけた。

教会の鐘の音が鳴り止んだ。

汗が噴きだした。まだ腹立ちがおさまらない。アネットの懇願が耳の中に響く。カメラマンは呆然として踏みにじられたフィルムを見ている。まわりではなにごともなかったかのように少年たちがサッカーボールで遊んでいた。

最初に電話をかけてきたとき、アネットは葬式のあとコーヒーを飲みに家に寄ってくれと言った。ヴァランダーは断れなかった。

「これで新聞には写真が出ないことになる」ヴァランダーが言った。

「どうしてそっとしておいてくれないのかしら」アネットが苦々しそうに言った。

ヴァランダーはなにも言えなかった。アグネッタ・マルムストルムを見たが、彼女もなにも言わなかった。

管理の悪い集合住宅の四階にあるアネット・フレードマンのアパートは、ヴァランダーの記憶どおりだった。アグネッタ・マルムストルムもいっしょに来た。コーヒーが用意される間、二人は黙って待った。台所で酒瓶のふたが転がる音がした。

男の子は床の上でおもちゃの自動車で静かに遊んでいる。ヴァランダーはマルムストルム医師の心配がわかるような気がしたが、なにも言わなかった。

コーヒーを前に三人は座った。アネットの目はぬれて光っていた。マルムストルムは失業中の彼女に経済状態のことを訊いた。アネットの答えは短かった。

「なんとかなりますよ。その日暮らしで」

話が途絶えた。ヴァランダーは時計を見た。一時近かった。彼らは立ち上がり、母親と握手した。その瞬間、アネット・フレードマンは泣きだした。ヴァランダーは狼狽した。

「わたし、もう少し残ります。どうぞ、お先に」マルムストルムが言った。

「電話します」と言うと、ヴァランダーは男の子の頭髪を軽く叩くと、アパートを出た。

車に乗ると、彼はしばらくエンジンをかけずに座っていた。連続殺人犯の少年の葬式写真が売れると言い放ったカメラマンのことを考えた。

それもあり得るだろう。だが、おれにはそんなことを思いつくこと自体、理解できない。秋のスコーネの景色の中をイースタまで車を走らせた。午前中の出来事が心に重くのしかかっていた。

二時過ぎ、警察署の駐車場に車を停めて、玄関から中に入った。風が吹きはじめた。東の風だ。厚い雲がゆっくりと海岸を覆いはじめた。

3

自室に入ったとき、頭痛が始まった。薬を探して机の引き出しをのぞいた。ハンソンが口笛を吹きながら廊下を歩いてくる音がする。いちばん下の引き出しにディスピルという頭痛薬のつぶれた箱が見つかった。食堂に水とコーヒーを一杯取りに行った。最近イースタ署に配属されたばかりの若い警察官が数名、声高に話していた。ヴァランダーはうなずいてあいさつを送った。警察官たちは警察学校の思い出話をしているらしかった。部屋に戻ると、二錠の薬がコップの水にゆっくりと溶けていくのをぼんやりとながめていた。

いつのまにか、アネット・フレードマンのことを考えていた。ローセンゴードのあのアパートで、床で静かに遊んでいたあの男の子の将来はどうなるのだろう。あの子はまるで、世の中から身を隠しているようだ。死んだ父親と、同じく死んだ姉兄の思い出を胸に。

コップに溶けた薬を飲んだとたんに頭痛が引いたような気がした。机の上には真っ赤なポストイットにマーティンソンの字で〈最緊急扱い！〉と書かれたファイルがある。ファイルの中身はわかっている。先週の事件の報告書だ。ヴァランダー自身はそのときヘスレホルムにいた。リーサ・ホルゲソン署長に命令されて、暴走族取り締りのための新しい方針を話し合うセミナーに出席していた。行きたくないと断ったが、ホルゲソン署長は聞き入れなかった。どうしてもヴァランダーに行ってほしいとのたっての要望だった。それにはある暴走族グループがイースタ郊外に根城を構えたという背景があった。早晩、イースタ警察署は彼らが引き起こす問題に対処せざるを得ないとホルゲソン署長はにらんでいた。

ヴァランダーはため息をつきながらファイルを開いた。全体を読み上げて、マーティンソンの事件報告は過不足ないと思った。いすの背に寄りかかって、いま読んだ内容を考えた。

二人の少女が——一人は十九歳、もう一人はまだ十四歳なのだが——先週の火曜日の夜、イースタの町のレストランにタクシーを一台呼んだ。少女たちは運転手にリーズゴードへやってくれと言った。助手席に座っていた女の子は、イースタの町を出たところで、後ろの席に移りたいからタクシーを停めてくれと言った。タクシーは道ばたに停まった。そのとき、後ろの席に座っていた少女がハンマーを取り出して運転手の頭を殴った。同時に助手席にいた少女はナイフを取り出し運転手の胸を刺した。二人は運転手の財布を抜き取ると、タクシーを降りて姿を消した。タクシー運転手はひどい怪我にもかかわらず、警察に通報した。運転手はヨーアン・ルンドベリといい、六十前後で、ほぼ一生涯をタクシー運転手として過ごした男だった。少女たちの人相をくわしく話すことができた。通報を受けて出動したマーティンソンは、レストランの客たちに聞き込みをし、まもなく少女たちの身元を割り出した。二人は自宅で逮捕された。十九歳のほうの少女は留置場に入れられた。犯行が残虐だったため、十四歳の女の子も自宅に帰ることは許されなかった。ヨーアン・ルンドベリは病院に担ぎ込まれたときはまだ意識があったが、その後容態が悪化した。今日現在意識がなく、医者は回復を危ぶんでいる。マーティンソンの報告書には、少女たちは犯行の動機を〈金ほしさ〉と言っているとあった。

ヴァランダーは顔をしかめた。こんなことはいままで経験したことがなかった。少女二人がこんなにひどい暴力を振るうとは。マーティンソンの記載によれば、十四歳のほうの少女は学校の成績が優秀とある。年上の少女はいままでホテルの受付として、またロンドンでベビーシッターとして働いたことがあるらしい。これから語学の勉強を始めるところだったという。二人ともいままで警察の世話になったこともないし、社会施設の厄介になったこともない。

おれには理解できない、とヴァランダーはうつむいた。人の命をまったく尊ばないこの態度。少女たちはタクシー運転手を殺したかもしれなかった。いや、いまでも彼は危篤《きとく》状態で病院にいる。いつ死ぬかもしれないのだ。女の子二人。これが少年たちなら、まだおれにもわかるかもしれない。いままでの経験から。

ノックの音がして、彼は現実に戻った。アン＝ブリット・フーグルンドが戸口に立っていた。いつもながら顔色が悪く疲れて見える。ヴァランダーは彼女が初めてイースタ署にやってきてからの変化を思った。警察学校を優秀な成績で卒業して、最初の配属がイースタ署にやってきたときのことを思った。元気で意気揚々としていた。もちろんいまでもその面影はある。しかしそれでも変わったと言わなければならなかった。顔色が悪いのは、内面から来るものだった。

「お邪魔でしょうか？」

「いや」

フーグルンドは古くて座り心地の悪い来客用のいすに腰を下ろした。ヴァランダーは読んだばかりのファイルを指した。

「どう思う？」

「タクシー運転手を暴行した女の子たちですか？」

「ああ、そうだ」

「勾留されているほうの少女と話をしました。ソニャ・フークベリという、頭のいいしっかりした女の子です。質問にはすべてはっきりと正確に答えました。まったく後悔の様子が見られません。もう一人の少女は社会施設が昨日から預かっています」

「きみには理解できるか？」

アン＝ブリット・フーグルンドはしばらく考えた。

「できるともできないとも言えます。暴力を振るう若者たちの年齢が下がってきているのは知っていましたが」

「いままで十代の少女が二人、ハンマーとナイフを持って暴力行為に及んだことがあっただろうか？　おれには思い出せない。少女たちは酔っぱらっていたのか？」

「いいえ。でも考えてみれば、驚くに値することではないかもしれません。早晩このようなことが起きると想定しておくべきでした」

ヴァランダーは机の上に身を乗り出した。

「くわしく説明してくれないか？」

「説明できるかどうかわかりません」

「やってみてくれ！」

「女はもはや職場で必要とされていないんです。そんな時代は終わったんです」

「それは少女たちがハンマーとナイフでタクシー運転手を襲ったことの説明にはならないだろう？」

「ええ、探せばなにかもっとほかのことが見つかるはずです。あなたもわたしも、生まれつき悪い人間なんていないと思っているわけですから」

ヴァランダーは首を振った。

「そう思いたい、だがこのごろではそれもむずかしくなってきた」

「あの年ごろの女の子たちが読む雑誌を見ればわかりますよ。女の子がどうやったら美しくなるか、美しく見えるかという記事ばかりです。ほかのことはなにもない。どうやったらボーイフレンドが見つけられるか、どうやったら男の子を通して自己実現できるかが最大の関心事なんです」

「いつもそうだったのじゃないのか？」

「いいえ。あなたの娘さんのことを思い出してください。自分の人生を自分の考えで生きようとしていませんか？」

そのとおりだと思った。それでも彼は首を振った。

「しかし、おれにはまだあの少女たちがなぜタクシー運転手ルンドベリを襲ったのかの説明がつかない」

「よく考えればわかると思いますよ。少女たちはしだいに自分たちのおかれた状況が見えてきたんです。自分たちは必要とされていないだけでなく、歓迎されていないということが。それで暴れるんです。男の子たちと同じですよ。暴力を振るうのは、現状への反発なんです」

ヴァランダーは黙って耳を傾けた。フーグルンドの言わんとしていることがわかるような気がした。

「これ以上に説明することはできないと思います。彼女たちと直接に話してみたらどうですか？」

「マーティンソンもそう言ってたな」

「じつはまったくほかの用事で来たんです。お願いしたいことがあって」

ヴァランダーは話の先を待った。

「今週の木曜日の晩、女性グループの集まりで話をする約束をしていたんですが、疲れていてできそうにないんです。どうしても集中することができない。いろいろあるものですから」

フーグルンドがいま離婚係争中であることは知っていた。夫は世界中に出張する機械の組立て技師だった。そのためにスウェーデンにいないことが多く、離婚手続きにも時間がかかっていた。フーグルンドがヴァランダーに離婚すると話したのはすでに一年以上も前のことだった。

「講演か。マーティンソンに頼めばいい。おれは知ってのとおり人前で話すのは苦手だ」

「三十分でいいんです。警察官という仕事について。三十人ほどの女性の前で。みんな、きっと大喜びすると思いますよ」

ヴァランダーはきっぱりと首を振った。

「マーティンソンは喜んで引き受けるだろう。なにしろ政党活動もしていた男だからな。話すのに慣れている」

「打診しましたよ。でもできないそうです」

「リーサ・ホルゲソン署長は？」

「同じです。あなたしかいないんです」

「ハンソンには訊いたか？」

「話しはじめたらすぐに馬の話になるでしょう。だめですよ」

これは断り切れないとわかった。引き受けるしかない。

「女性グループとは、なんのグループなんだ？」

「もともとは読書グループだったんですが、大きくなって、いまでは女性団体として登録しているそうです。十年も活動しているとか」

「それで、警察官の仕事について話せばいいんだな？」

「はい、それだけでいいです。話のあと、少し質問があるかもしれませんが」

「本当は断りたいんだが、きみの頼みだからしかたがない、引き受けるよ」

フーグルンドはほっとした顔で、ヴァランダーの机の上にメモを置いた。

「これが連絡係の名前と電話番号です」

ヴァランダーはメモを手に取った。住所はイースタの中心部で、マリアガータンの近くだった。フーグルンドは立ち上がった。

「報酬はありません。でもケーキとコーヒーが出ますよ」

「おれはケーキは食べない」

「とにかくこれは警察本庁の長官の希望に添った行動ですよ。一般の人々と仲良くするということ。警察の仕事を一般の人々に理解してもらうためにつねに努力をせよと言われているじゃありませんか？」

本当は彼女が元気かどうか訊くべきだという気がした。だが、やめにした。話したかったら自分から話しだすだろう。

部屋の出口で彼女は振り返った。

「ステファン・フレードマンの葬式に行かないんですか？」

「もう行ってきた。思ったとおり、悲惨なものだった」

「母親はどうしてました？　もう名前も忘れてしまいましたが」

「アネット。彼女の不運はとどまることを知らないようだ。なんとか生き繋《つな》いでいるようだが。少なくとも一生懸命やっているようではある」

「まあ、どうなるか、いまにわかるでしょう」

「なにが言いたい？」

「末の息子の名前はなんでしたっけ？」

「イェンス」

「あと十年ほどしたら、イェンス・フレードマンという名前が警察の報告書に見られるようになるかもしれないですから」

ヴァランダーはうなずいた。その危険性はもちろんある。

フーグルンドは部屋を出ていった。コーヒーが冷たくなったので、ヴァランダーは新しいのを取りに行った。若い警察官たちはもういなかった。ヴァランダーは廊下を渡ってマーティンソンの部屋へ行った。ドアは開いていたが、中にマーティンソンの姿はなかった。ヴァランダーは自室に戻った。頭痛はいつのまにか消えている。ウォータータワーの上を黒い鳥が群れて飛んでいた。窓辺に立って鳥の数を数えようとしたが、数えきれなかった。

電話が鳴り、ヴァランダーは立ったまま受話器を取った。町の本屋からだった。注文した本が届いたという知らせだった。なんの本だったか思い出せなかったが、そうは言わず、明日受け取りに行くと言った。

受話器を置いたとたん、思い出した。リンダへのプレゼントだ。家具の修繕のことを書いたフランスの本だった。医者の待合室で読んだ雑誌に紹介されていたものだ。リンダはいろいろなことに興味をもっている子だったが、いまでもアンティークの家具の修繕を職業にしようという気でいると彼は思っていた。それでその本を注文したのだった。すっかり忘れていた。コーヒーカップを机の上に戻すと、夜になったらリンダに電話をしようと思った。最後に彼女と話をしてからもう数週間経っている。

マーティンソンが部屋に入ってきた。いつもせわしなくて、めったにノックしない。ヴァランダーは長年つきあううちにマーティンソンが非常に優秀な警官になったと確信していた。弱さといえば、本当はほかのことをしたいということだろう。ここ数年、マーティンソンは何度か本気で警察官を辞めることを考えた。とくに娘が学校で、父親が警察官であるという理由からほかの生徒に殴られたときはほとんど辞めるところだった。理由はそのことだけだったという。ヴァランダーはそのときはなんとか引き留めることができた。マーティンソンは辛抱強く、ときには鋭い洞察力があった。だが辛抱強さは頑固さと通じていたし、鋭い洞察力はときに勘違いということもあった。それは基礎調査を怠《おこた》ることがあったためだ。

マーティンソンはドア枠に寄りかかった。

「電話をしたんですが、携帯の電源、切っていますね」マーティンソンが言った。

「教会にいたのだ。そのあと、電源を入れるのを忘れていた」

「ステファンの葬式ですか？」

ヴァランダーはフーグルンドに話したのと同じことを繰り返した。惨めな葬式だったと。

マーティンソンはヴァランダーの机の上の書類に目をやった。

「読んだよ」ヴァランダーが言った。「おれにはこの女の子たちがなぜハンマーで殴りナイフで突き刺すような行為に出たのか、まったくわからん」

「それも報告書にありますよ。金がほしかったと」

「いやしかし、こんな暴力の説明にはならん。彼はどうなった？」

「運転手のルンドベリですか？」

「ほかにだれがいるというんだ？」

「依然として意識不明です。容態が変わったら連絡が来ることになっています。なんとか回復するといいですが、死ぬかもしれません」

「あんたにはこの事件、理解できるのか？」

マーティンソンは来客用のいすに腰を下ろした。

「いや、わかりません。それになんだか、理解したくないような気もします」

「それでもわれわれは理解しなければならないのだ。警察官を続けるのであれば」

マーティンソンはヴァランダーをまっすぐに見た。

「ご存じだと思いますが、自分は辞めることをよく考えます。最後にそう決心したときは、あなたに引き留められました。しかし、次のときはどうでしょうか。前のときのように簡単には引き下がらないと思います」

そのとおりかもしれない、とヴァランダーは思った。不安になった。同僚としてマーティンソンを失いたくない。アン＝ブリット・フーグルンドがもし辞めると言ったらどうだろう。彼女にもやはり辞めてほしくなかった。

「そのソニャ・フークベリという年上のほうの少女の話を聞いてみよう」

「はい。でもその前にもう一つ、話があります」

ヴァランダーは立ち上がりかけたが、すぐにまた腰を下ろした。マーティンソンは手に書類を数枚持っていた。

「これ読んでもらえますか？　夜中のことで、起こしたくありませんでした。自分が現場を担当しました」

「なにか起きたのか、夜中に？」

マーティンソンは額を掻いた。

「夜中の一時ごろ、宿直の警官が電話してきました。スーパーマーケット近くのＡＴＭのそばで人が死んでいるという通報を受けたと」

「スーパーマーケット？」

「税務署の近くですよ」

ヴァランダーはうなずいた。

「行ってみると、たしかにアスファルトの上に男がうつぶせに倒れていました。現場にいっしょに行った医者によれば、死んでからあまり時間が経っていないということでした。長くても二時間というところだと。もちろん、まもなく医者から報告書が届くと思いますが」

「死因は？」

「それなんですよ、問題は。頭に大きな傷がありました。しかしその傷は倒れたときにできたものか、なにかで殴られてできたのか、その場ではわかりませんでした」

「金を奪われていたのか？」

「財布はありました。中に現金が入ったまま」

ヴァランダーは考え込んだ。「目撃者は？」

「いません」

「男の名前は？」

マーティンソンは書類に目を落とした。

「ティネス・ファルク、四十七歳。近所の住人です。住所はアペルベリス・ガータン十番地。賃貸のアパートの最上階です」

「アペルベリス・ガータン十番地？」

「はい」

ヴァランダーはゆっくりうなずいた。数年前のある晩、モナと別れてからまだ日が浅かったころ、サルトシューバーデン・ホテルで開かれたダンスの夕べで一人の女性に出会った。その晩、彼はひどく酔っぱらい、ダンスのあとその女性の家まで行った。翌朝彼はまったく見覚えのない女性のベッドで目を覚ました。名前も知らなかった。大急ぎで服を着てそこを出て、それ以来その女性とは一度も会ったことがない。しかし、住所はアペルベリス・ガータン十番地であることは間違いなかった。

「その住所に心当たりがあるんですか？」マーティンソンが訊いた。

「いや、よく聞こえなかったから、確認しただけだ」

マーティンソンは驚いたようだった。

「自分の話しかたはそんなに不明瞭でしょうか？」

「いや。続けてくれ」

「一人暮らしのようです。離婚しています。元妻はイースタに住んでいますが、子どもたちは町を出ています。十九歳の息子はストックホルムで勉強している。娘はパリのどこかの大使館でベビーシッターの仕事をしている。元妻にはティネス・ファルクの死去のことは伝えてあります」

「ファルクの職業は？」

「ITコンサルタント会社をやっているらしいです」

「金は盗られていないと言ったな？」

「ええ。しかし残高照会をしています。死ぬ直前に。われわれが駆けつけたとき、まだ手にATMからの明細書を持っていました」

「金は引き出していないということか？」

「はい、彼の手にあった紙によれば」

「金を引き出したのなら、何者かが殴りつけて金を盗ったと考えられるのだが」

「私もそう考えました。しかしティネス・ファルクが最後に金を引き出したのは木曜日で、それも少額でした」

マーティンソンは透明のビニール袋を差し出した。中に血痕のついた紙が入っていた。残高照会した時刻は夜中の十二時二分と印字されている。ヴァランダーはビニール袋をマーティンソンに返した。

「ニーベリはなんと言ってる？」

「頭の傷は犯罪の可能性もあるという以外にはなにも。おそらく心臓発作を起こして死んだのじゃないでしょうか?」

「もしかすると彼は、もっと残高があるはずだと思ったのではないかな」ヴァランダーがつぶやいた。

「なぜそう思うんですか?」マーティンソンがすぐに突っ込んできた。

ヴァランダーは自分でもなぜそう言ったのか、わからなかった。とりあえず立ち上がった。

「それじゃ、死因については医者の報告を待とう。とにかく犯罪ではない可能性もある。判定はしばらく待とう」

マーティンソンは書類を持って立ち上がった。

「ソニャ・フークベリの弁護士に電話します。彼が来られる時間にあなたがフークベリの尋問をするということになると思います」

「べつにしたくてするわけじゃない。しなければならないからだ」ヴァランダーが不機嫌そうに言った。

マーティンソンが部屋を出ていった。ヴァランダーはトイレに行き、糖尿病のせいで頻繁にトイレに行かなければならない時期があったことを思い出した。血糖値が高すぎたためだった。

それから部屋に戻って、密輸タバコに関する救いようのない書類に向かった。頭の端にはさっきアン＝ブリットと約束した講演のことがずっとあった。

二時間後、弁護士が接見室に来ているとマーティンソンから連絡があった。

「弁護士はだれだ?」

「ヘルマン・ルートベリです」

ヴァランダーの知っている弁護士だった。協力態勢が組める、年配の弁護士だ。

「五分でそっちへ行く」と言って、ヴァランダーは受話器を置いた。

ふたたび窓辺に立った。黒い鳥はすでに飛び去っていた。風が強くなっている。アネット・フレードマンのことを考えた。床に座って遊んでいた男の子のことも。恐怖に満ちたあの目。その姿を頭から追い払うように首を振ると、ソニャ・フークベリに対する質問を用意した。マーティンソンの報告には、ルンドベリの頭にハンマーを叩き下ろしたのはフークベリだとあった。一回ではない。何度もハンマーで殴っている。まるで制御できない激怒に駆られたように。メモを書き終えると、ノートとペンを用意した。廊下を歩きだして、老眼鏡がないことに気がついた。部屋に戻り、取ってくる。

接見室に向かいながら、訊きたいことは一つしかない、と思った。答えがほしいたった一つの問いだ。

なぜこんなことをしたのか?

金ほしさからという答えはじゅうぶんではない。

もっとほかに理由があるにちがいない。もっと深いところにある理由が。

4

ソニャ・フークベリはヴァランダーが想像していたような少女ではなかった。といっても、とくに鮮明にイメージしていたわけではない。だがとにかく、目の前の人物は彼には意外だった。部屋に行くと、ソニャ・フークベリは奥のほうのいすに腰かけていた。小柄で痩せていて、全体が透き通っているような感じだった。セミロングの金髪、青い目。カッレス・キャヴィアというタラコペーストのチューブに描かれた男の子によく似ていた。ソニャ・フークベリはカッレの姉と言ってもいいほどだ。子どもっぽい目がいきいきしている。上着やハンドバッグに隠したハンマーを取り出して人に襲いかかる異常者にはとても見えなかった。

ヴァランダーはソニャ・フークベリの弁護人と廊下であいさつした。

「彼女はとても落ち着いているが、自分がなんの嫌疑で捕まったのか、よくわかっていないのではないかという気がする」弁護士は言った。

「嫌疑じゃないんです。彼女はやったことを認めたのですから」マーティンソンが声を上げた。

「ハンマーは？　もう見つけたのか？」ヴァランダーが訊いた。

「彼女の部屋のベッドの下にありました。血糊《ちのり》がついたままでした。だが、もう一人の少女はナイフを捨てた。捜していますが、まだ見つかっていません」

マーティンソンは立ち去った。ヴァランダーは弁護士といっしょに取調室に入った。ソニャ・フークベリはヴァランダーたちを興味深そうに見た。まったく不安げな様子はなかった。ヴァランダーは少女に向かってうなずいてあいさつをし、いすに座った。テーブルの上にテープレコーダーが置いてある。弁護士はソニャ・フークベリから見えるところに腰を下ろした。ヴァランダーは時間をかけて少女を観察した。彼女は真正面から彼の視線を受け止めた。

「チューインガム、ありますか？」突然ソニャが訊いた。

ヴァランダーは首を振った。ルートベリは、と見ると、彼もまた首を振っている。

「すぐに取り寄せることができると思うよ」と言って、ヴァランダーはテープレコーダーをスタートさせた。「しかしその前に、少し話をしよう」

「もうありのまま話したわ。どうしていますぐガムがもらえないの？　お金を払うから。ガムがもらえないのなら、なにも話さないわ」

ヴァランダーは携帯に手を伸ばし、受付に電話した。エッバが手に入れてくれる、と思ったからだ。しかし受付の声が出ると、エッバはもういないことを思い出した。彼女は引退したのだ。半年も前のことなのに、ヴァランダーはまだ彼女がいないことに慣れていない。新しい受付係はイレーヌという三十歳ほどの女性だ。以前は医者の秘書をしていたという。短い間にすっかり警察の新しい受付係として親しまれていた。だがヴァランダーはエッバがいなくて寂しく思っていた。

「チューインガムがほしいんだが。だれか持っていないかな？」

「わたし、持っていますよ」

ヴァランダーは電話を切って、受付へ行った。

「ガムをほしがってるのは、あの女の子ですか？」イレーヌが訊いた。

「よくわかったね」ヴァランダーがうなずいた。

部屋に戻ってガムをソニャ・フークベリに渡した。この間テープレコーダーを切ってなかったのがそのときわかった。

「始めよう。一九九七年十月六日、十六時十五分。尋問担当クルト・ヴァランダー、尋問相手ソニャ・フークベリ」

「また同じことを繰り返すの？」少女が訊いた。

「そうだ。マイクがきみの声を拾えるように、できるだけ大きな声で」

「一度もうぜんぶ話してるんですけど」

「私が訊きたいことがあるかもしれない」

「一度話したことをもう一度話したくないんですけど」

一瞬ヴァランダーはむっとした。ソニャ・フークベリの落ち着きと図太さに疑問を感じた。

「応じてもらうよりほかない。重大な犯罪を犯したのだから。しかもきみはそれを認めている。重度の暴行罪で告訴されているのだ。犠牲者のタクシー運転手は危篤《きとく》状態だから、ひょっとするともっと重い罪に問われるかもしれないぞ」

ルートベリは顔をしかめてヴァランダーを見たが、なにも言わなかった。

ヴァランダーは尋問を始めた。

「名前はソニャ・フークベリ、一九七八年二月二日生まれだね？」

「あたし水瓶座なの。あなたは？」

「関係ないことは言わないでくれ。ただ私の問いに答えればいいのだ。わかったかね？」

「あなたが思うほどバカじゃないわよ」

「住所はイースタのトラストヴェーゲン十二番地。両親と住んでいる」

「そうよ」

「弟の名前はエーミル。一九八二年生まれ」

「ここにいるべきなのはあいつよ。あたしじゃなくて」

ヴァランダーは眉をひそめた。

「なぜそう言うんだ？」

「いつもけんかしてるの。あたしのものに触るのよ。あたしの引き出しの中をのぞくし」

「きっと困った弟なのだろうが、いまは関係ない」

いやに落ち着いている、とヴァランダーは思った。彼女の平静さが気になった。

「火曜日の夜のことを聞きたい」

「同じことを二度も言わせるなんて、うんざり」

「それはしかたがないことだ。エヴァ・ペルソンときみが出かけたところから話してくれ」

「この町にはなにもすることがないわ。あたし、モスクワに住みたい」

ヴァランダーは驚いてソニャ・フークベリを見た。ルートベリ弁護士も目を大きく見開いている。

「なぜモスクワなんだ？」ヴァランダーが訊いた。

「とてもスリル満点なんだって、モスクワは。いろんなことが起きて。モスクワに行ったことある？」

「いや。私の質問にだけ答えなさい。あの日エヴァ・ペルソンと出かけたのだね？」

「知ってるじゃない」

「エヴァとは親しいのか？」

「親しくなかったら、出かけたりしないじゃない？　好きでもない人とあたしが出かけると思う？」

いままで無関心を装っていた態度に、ほんの少し割れ目ができたようだ。落ち着きが苛立ちに変わりはじめた。

「エヴァとのつきあいは長いのか？」

「そうでもないけど」

「どのくらいだ？」

「二年くらいかな」

「きみより五歳も年下だね？」

「あたしを敬ってくれる」

「あたしを尊敬していると」

「なぜだか知らないけど、彼女、自分でも言ってる。あたしを尊敬していると」

「なぜだろう？」

「直接訊けば？」

ああ、もちろんそうするつもりだ、とヴァランダーは心の中で答えた。ほかにもエヴァ・ペルソンに直接訊きたいことがたくさんあるからな。

「それじゃここで、あの晩なにが起きたのか、話してもらおうか？」

「もう！　いい加減にしてよ！」

「腹を立てようがどうしようが、きみはこの話をしなくてはならないのだ。話さないのなら、話すまでいつまでもここで待つまでのことだ」

「ああ、出かけたわ。ビールを一杯飲みに」

「エヴァ・ペルソンは十四歳だぞ」

「もっと年上に見えるわ」

「それで？」

「もう一杯飲んだ」

「そのあとは？」

「タクシーを呼んだ。これぜんぶ知ってるんじゃない？　どうしてあたしに言わせるのよ？」

「それで、運転手を襲うことに決めたというのか？」

「お金がほしかったから」

「なにに使うために？」

「べつになにってことない」

「金が必要だった。が、なにか特別なことのためではなかった、ということかね？」

いいや、ちがう。これは真実じゃない、とヴァランダーは思った。ソニャ・フークベリの顔に一抹の不安感が横切るのを見逃さなかった。彼は注意を集中させた。

「金がいるというとき、なにか特定のことのためというのがふつうだが？」

「あたしたちの場合、そうじゃなかったというだけよ」

いいや、そんなことはないはずだ、と思ったが、その追及はあとまわしにすることにした。

「金をタクシー運転手から奪うことに決めたのはいつか？」

「あたしたち、話してたの」

「レストランでか？」

「そう」

「その前から計画していたのではなかったのだね？」

「そうしなければならない理由があったとでも？」

ルートベリ弁護士は手を見つめている。

「きみの言っていることをまとめると、きみたちはレストランにビールを飲みに行くまではタクシー運転手を襲うことは決めていなかった。襲うことを思いついたのはどっちだ？」

「あたし」

「それで、エヴァは反対しなかった?」

「そう」

どうもおかしい。彼女は嘘をついている。しかもじつに上手に。

「レストランからタクシーを呼んだんだね。タクシーがやってくるまで、そこで待った。間違いないか?」

「ええ」

「ハンマーはどこで手に入れた? ナイフは? その前から計画していたというのでないのなら、なぜ手元にあったのか?」

ソニャ・フークベリはまっすぐにヴァランダーを見た。瞬き一つしない。

「あたしはいつもハンドバッグにハンマーを入れて歩くわ。エヴァもいつだってナイフを持ってる」

「なぜ?」

「なにが起きるかわからないから」

「どういう意味だ?」

「町にはバカな男たちがうようよいるから。自分の身は自分で守らなければならないからよ」

「だからいつもハンマーを持って歩くというのか?」

「そのとおり」

「いままで実際にそれを使ったことがあるのか？」

弁護士がびくりとした。

「その質問は本件との関連が認められない」

「どういう意味？」ソニャ・フークベリが訊いた。

「関連が認められないという表現か？　その質問は重要ではないということだ」

「そう？　でもいまの質問には答えられるわ。あたしはハンマーを実際に使ったことはないけど、エヴァはしつこく迫る男の腕に一度切りつけたことがあるって」

ふと頭にある考えが浮かび、ヴァランダーは質問の方向を変えた。

「そのレストランでだれかに会ったのか？　だれかに会う予定だったのか？」

「だれに？」

「それをきみに訊いているのだ」

「知らないわ」

「だれか会う予定の男はいなかったのかね？」

「いないわよ」

「恋人はいないのか？」

「いない」

答えが来るのが早すぎる、あまりにも早すぎるとヴァランダーは思った。覚えておこう。

「タクシーが到着して、きみたちは店を出た」

「ええ」

「それで、なにをした？」

「さあ、タクシーに乗ったら人はふつうなにをするかしらね？　行き先を言ったんじゃないの？」

「きみたちはリーズゴードへやってくれと言った。なぜリーズゴードなのだ？」

「さあね。偶然じゃないの？　なにか言わなくちゃなんなかったから」

「エヴァは助手席に、きみは後ろの席に座った。初めからそう決めていたのか？」

「それは計画どおり」

「計画？」

「エヴァが後ろに移りたいと言ってタクシーを停めさせる。そしたら襲うということ」

「ということは、初めからハンマーとナイフを使うと決めていたのか？」

「運転手が若かったらちがっていた」

「若かったら、どうするつもりだった？」

「スカートを上げて、誘うつもりだった」

いつのまにかヴァランダーは汗をかいていた。ソニャ・フークベリのふてぶてしさが不愉快だった。

「誘いとは？」

「なんだと思う？」

「セックスをしないかと誘うつもりだったということか？」

「ずいぶんはっきり言うじゃん」

ルートベリ弁護士が咳払いして言った。

「言葉遣いに気をつけなさい」

ソニャ・フークベリは弁護士をじろりと見た。

「どんな言葉を使おうとあたしの勝手よ」

弁護士は黙った。ヴァランダーはさっさと終わらせることにした。

「だが、やってきたのが中年の運転手だったので、途中で車を停めろと頼んだ。それで？」

「あたしが頭をハンマーで殴り、エヴァはナイフで刺したのよ」

「何度殴った？」

「知らない。何度か。数えていたわけじゃないから」

「死ぬとは思わなかったのか？」

「お金がほしかったんだもの」

「それを訊いたんじゃない。そんなに殴ったりナイフで刺したりしたら、死ぬかもしれないと恐れなかったのか、と訊いたのだ」

ソニャ・フークベリは肩をすくめた。ヴァランダーは答えを待ったが、彼女はなにも言わなかった。もう一度質問を繰り返す気にはならなかった。

「金が必要だったと言ったね。なにに使う金だ？」

ソニャ・フークベリの顔にふたたびちらりと不安が浮かんだのをヴァランダーは見逃さなかった。

「べつになにか特別なもののためじゃないって、言ったじゃない」

「それからどうした？」

「財布と携帯電話を運転手から盗ると、うちに帰ったわ」

「財布はどうした？」

「金を半分ずつ分けたあと、エヴァが捨てた」

ヴァランダーはマーティンソンの報告書をめくった。ヨーアン・ルンドベリの財布には六百クローネあったという。財布はごみ箱に、携帯電話はソニャ・フークベリの家にあったとある。

ヴァランダーはテープレコーダーを止めた。ソニャ・フークベリはヴァランダーの動きを目で追った。

「もううちに帰っていいの？」

「いやそれはできない。きみは十九歳だ。つまり刑を受けられる年齢だということだ。きみは重い犯罪を犯した。このあと正式に逮捕される」

「逮捕って？」

「ここに勾留されるということだ」

「どうして？」

ヴァランダーは弁護士を見、それから立ち上がった。

「それはきみの弁護士から聞きなさい」

ヴァランダーは部屋を出た。気分が悪かった。ソニャ・フークベリは芝居を打っていたわけではない。あれが地なのだ。マーティンソンの部屋に行くと、彼は電話で話していたが、ヴァランダーを見ていすを指差した。ヴァランダーは腰を下ろして待った。急にタバコが吸いたくなった。めったにないことだった。ソニャ・フークベリの尋問はそれほど彼の神経を参らせた。

電話が終わって、マーティンソンが訊いた。

「どうでしたか？」

「たしかにすべて認めている。ふてぶてしいほど冷静だ」

「エヴァも同じです。十四歳ですよ！」

ヴァランダーは心細くなった。

「これはいったいどういうことなんだ？　教えてくれ」

「私にもわかりません」

ヴァランダーは気持ちがおさまらなかった。

「彼女たちはまだ子どもと言ってもいい年齢じゃないか！」

「そうですよ。しかもまったく後悔していない」

二人は黙り込んだ。ヴァランダーは言葉が見つからなかった。しばらくしてマーティンソンが重苦しい沈黙を破った。

「なぜ自分が警察官を辞めようと思うのか、いまならわかってもらえますか？」

ヴァランダーはわれに返った。

「いや、ならば反対に、なぜあんたが警察官でいることが重要なのか、いまならわかるか？」

立ち上がると、窓辺に行った。

「運転手の容態は？」

「相変わらず意識不明です」

「徹底的に捜査するのだ。彼が生き返ろうと死のうと。なにか特別なことのためにあの子たちは金が必要で、それで運転手を襲ったにちがいないのだ。なにか、まったく見当もつかないようなことだ」

「見当もつかないようなこととは？」

「おれだってわからない。ただそういう気がするだけだ。思ったより深いところに根があるのじゃないかという気がするのだ。それがなんなのかは、わからない」

「もしかすると酔っぱらっていたとか？　それで金を簡単に手に入れようとした？　深く考えもせずに？」

「なぜそう思う？」

「あの子たちがどうしても金がほしかったというわけじゃないという気がしてならないんです」

「おれもそう思う。しかしそれなら、なにが彼女たちにそうさせたのか、それを知りたい。明日、おれはエヴァ・ペルソンという子に会う。両親にも。彼女たちは二人ともボーイフレンドはいないのか？」

「エヴァ・ペルソンはいるって言ってました」

「フークベリのほうはいない？」

「はい」

「嘘をついているんじゃないか。彼女にはきっとだれかいる。それを捜し出すんだ」

マーティンソンはメモをとった。

「だれがこの件を担当しますか？　あなたか私か？」

「おれがやる。いま、スウェーデンはどうなっているのか、知りたい」

「自分がやらなくて済むのならありがたいです」

「あんたは外されるわけじゃない。ハンソンにしてもアン＝ブリットにしてもそうだ。われわれはこの暴力事件の裏になにがあるのか、それを知らなければならないんだ。いまのところは殺人未遂事件だ。だが、ルンドベリが死ねば、少女たちは殺人犯になるのだからな」

マーティンソンは机の上の書類の山をながめた。

「これ、どうやったら終わらせることができるんだろう。ここには二年前に始めた捜査もある。ときどき自分はこれをぜんぶ袋に入れて警察本庁の長官に送りつけて、どうしたらいいか訊きたいと思いますよ」

「長官には仕事の手順が決められない無能な男と、一蹴されるに決まってる。仕事の手順が決められないと言われたら、おれにも忸怩《じくじ》たる思いがあるが」

マーティンソンはうなずいた。

「ただときどき、わけもなく文句が言いたくなるだけですよ」

「わかるさ。おれだってまったく同じ状態だ。仕事がぜんぶ時間内にこなせるなんてことがあり得なくなってから、ずいぶん経つな。いまじゃ、優先順位をつけて上からやっていくしかない。署長と話さなくては」

ヴァランダーが戸口に向かったとき、マーティンソンが引き留めた。

「昨晩、眠る前に考えたことがあります。最後に射撃の練習をしたのはいつですか?」

ヴァランダーは考えた。

「二年ほど前かな?」

「自分も同じです。ハンソンは射撃クラブに入っていますから、ときどき練習しているはずですが、アン=ブリットはどうでしょう? 彼女は数年前に犯人に撃たれてから、銃を怖がっている。しかし規則によれば、われわれは定期的に射撃の訓練をしなければならないんです。勤務時間内に」

ヴァランダーはマーティンソンの言いたいことがわかった。数年に一度の射撃の練習では、定期的に訓練していることにはならない。それに非常の場合には、訓練不足は命の危険さえ呼ぶ。

「おれは考えていなかったが、たしかにそうだな」

「自分の撃った弾は壁にさえ当たらないような気がします」マーティンソンが言った。

「仕事が多すぎるのだ。もっとも重要なことにしか手が回らない。ときにはそれさえ満足にできない」

「署長に言ってくださいよ」

「署長はわかっていると思う」ヴァランダーは自信なさそうに言った。「わかっていても、どうしていいかわからないというところだろう」

「自分はまだ四十にもなっていませんが、それでも以前はよかったと言えるような気がする。いまのようにでたらめじゃなかった」

ヴァランダーはなんと言っていいかわからなかった。マーティンソンの苦情を聞くのはときに心底疲れる。自室に戻った。すでに夕方の五時半になっていた。窓辺に立って、暗い外を見た。ソニャ・フークベリ。なぜあの子たちはそれほど金がほしかったのか。これにはなにかほかの動機が隠されているのだろうか。そのあと、午前中に会ったアネット・フレードマンの顔が浮かんだ。

今日はもう働く気がしなかった。たくさん仕事が残っていることは知っている。ジャケットをつかむと部屋を出た。署の外に出ると秋の風にあおられた。車をスタートさせたとき、エンジンの音が気になった。駐車場から車を出し、途中で買い物をするかどうか迷った。冷蔵庫にはなにも入っていない。ハンソンとなにかの賭けをしたときに勝ったシャンペンがあるだけだ。なんの賭けだったかも思い出せないが。そこまで考えたとき、急にATMの前で倒れて死んだ男のことを思い出した。現場が近いから行ってみることにした。そしたら近くにあるスーパーに寄ることができる。

　ATMの前には、ベビーカーを押している女性がいて、金を引き出すところだった。地面はアスファルトだったが、表面がごつごつしていた。ヴァランダーはあたりを見まわした。近くに住宅はない。夜中だったらまったく人は通らないだろう。明るい街灯はあるが、助けを求める声を上げたとしても、だれにも聞こえないだろう。

　ヴァランダーはスーパーマーケットへ行って、食品コーナーを探した。いつもながら、なにを買うのか決めるのに時間がかかった。レジで支払いを済ませると家に向かった。エンジンの音がまた気になった。アパートに戻ると、喪服を脱ぎシャワーを浴びた。石けんがもうほとんどないことに気がついた。そのあと野菜スープを作った。思いがけないことに、けっこううまくできた。コーヒーをいれ、居間へ持っていって座った。疲れがどっと押し寄せる。新聞のテレビ欄を見たが、なにも面白そうなものはなかった。電話を引き寄せてストックホルムのリンダにかけた。彼女はほかに二人の女友達とアパートをシェアしている。生活費を稼ぐため、リンダは近所のレストランでアルバイトをしていた。最近ストックホルムへ行ったとき、ヴァランダーはそこへ行って食べてみた。けっこううまかった。だが、店の音楽のボリュームの高さには閉口した。

　リンダはもう二十六歳になる。いまでも父娘の関係はいい。が、ヴァランダーとしては娘が遠くにいるのを残念に思っていた。日々の暮らしの中でそばにいないのが寂しかった。

電話が繋《つな》がり、呼び出し音が鳴りはじめたが、リンダもルームメイトも出なかった。留守電の文言が英語でも繰り返された。ヴァランダーは名前を言い、とくに急ぎの用事ではないと付け加えた。

そのあとどかっとソファに座り込んだ。コーヒーはとっくに冷めている。

おれはこのままこれ以上暮らすことはできないと、苛立ちを感じた。まだ五十歳なのに、すごく年寄りに感じる。生命力もなくなっているような気がする。

急に夜の散歩に出かけようと思い立った。行きたくない気もする。行かないためのなにかいい口実がないものか。だが、しまいには立ち上がり、ウォーキングシューズを履いて外に出た。

散歩から戻ったときには九時半になっていた。散歩に出たために気分はよくなっていた。電話が鳴った。リンダかもしれないと思った。が、それはマーティンソンだった。

「運転手のルンドベリが死にました。いま知らせを受けたばかりです」

ヴァランダーはなにも言わなかった。

「フークベリとペルソンは殺人を犯したことになりますね」マーティンソンが言葉を重ねた。

「そうだ。まったく厄介なことがまた起きたものだな」

ほかにはなにも言葉が出てこなかった。翌朝八時に署で会うことに決めて電話を切った。

ソファに座って、見るともなしにニュース番組〈アクチュエルト〉を見た。ドルが上がりはじめている。唯一彼の関心を引いたのが保険会社トラスターの社員の横領のニュースだった。

会社の資金をだれにも気づかれないように引き出すのは、最近では驚くほど簡単らしい。気がついたときはもう手遅れだというわけだ。

リンダは電話してこなかった。ヴァランダーは十一時ごろベッドに就いた。長い間寝つけなかった。

5

十月七日火曜日の朝六時、目を覚ますとヴァランダーはのどに痛みを感じた。つばが呑み込めない。寝汗もかいている。風邪の引きはじめだと思った。ベッドに横たわったまま、今日は仕事を休むべきだと考えた。だが、暴行されたタクシー運転手が前の晩病院で死んだことが気になってしかたがない。シャワーを浴びてコーヒーを飲み、解熱剤を飲んだ。薬の瓶をポケットに入れる。家を出る前に、無理矢理ヨーグルトを食べた。台所の窓の外で街灯が強い風にあおられている。秋の陰鬱《いんうつ》な天気で気温も零度に近い。ヴァランダーはクローゼットから厚手のセーターを取り出した。それからしばらく受話器の上に手を置いてリンダへ電話をするべきかどうか迷ったが、時間が早すぎると思い、やめた。外に出て車のエンジンをかけたとき、台所に買い物を書いたメモを忘れてきたことに気がついた。なにを書いたのかは忘れてしまったが、取りに戻る気力もなかった。その代わり、これからは買い物リストを署の自分の電話の留守電に入れておくことにした。そうしておけば、忘れることはないだろう。

いつものようにウステルレーデンを走って署へ向かった。そしていつもながら良心の呵責を感じた。血糖値を下げるために歩いて通勤するべきなのだ。車で行かなければならないほど風邪がひどいわけではなかった。

犬を飼っていたら、こんな心配はしなくて済んだのに。何年か前、シューボーの近くのブリーダーを訪ねてラブラドールの仔犬を数匹見たのを思い出した。飼うところまではいかなかった。バイバと別れたからだ。夢を二つとも失ってしまった。

七時、署に着き、自室に入った。机のそばまで来て、買い物メモに書いたことを思い出した。石けん。忘れないうちに、ノートに走り書きした。机に向かい、昨日報告書で読んだことを考えた。タクシー運転手が殺された。十代の少女二人が殺害を自供した。二つの凶器のうちの一つは少女たちの手元にあった。一人は未成年、もう一人は十九歳で、勾留されているが今日にも正式に逮捕されることになっている。

昨日の不愉快な気分がよみがえった。ソニャ・フークベリの完璧なまでのしらじらしさ。彼は、もしかすると彼女は悪いことをしたと思っているのかもしれない、自分がそれを見抜けなかっただけかもしれないと、もう一度全体を思い返してみたが、経験から、残念なことにそれはあり得ないと確信した。ヴァランダーは部屋から出て、コーヒーを取りに行き、マーティンソンの部屋をのぞいた。彼も出勤が早い。部屋のドアが大きく開いていた。どうしてドアを開けっぱなしで仕事に集中できるのか、ヴァランダーにはわからなかった。彼はドアを閉めなければ仕事ができない。

マーティンソンはうなずいてあいさつした。

「きっと来るだろうと思ってましたよ」

「本当は気分が悪いのだが」ヴァランダーが言った。

「風邪ですか？」

「十月になると必ずのどが痛むんだ」

風邪を引くことを極端に恐れるマーティンソンは体を少し後ろに引いた。

「家にいるほうがよかったんじゃないですか？　運転手ルンドベリのことは、もう一件落着ですよ」

「一部だけだ」ヴァランダーが言った。「まだ動機がわからない。なんの目的もなくただ金ほしさにあの子たちが人殺しをしたとは、おれには信じられない。そう言えば、凶器のナイフはもう見つかったのか？」

「それはニーベリの担当です。まだ彼とは話してません」

「電話をかけてくれ」

マーティンソンは顔をしかめた。

「朝機嫌が悪いんですよ、彼は」

「それじゃおれが電話する」

マーティンソンの電話を取ると、まずニーベリの家に電話した。数回呼び鈴が鳴ったあと、携帯電話に繋《つな》がれた。ニーベリが出たが、雑音が入って声が切れて聞こえる。

「クルトだが、凶器のナイフは見つかったか？」

「さっきまで暗かった中でどうやって見つけろというんだ？」ニーベリが不機嫌に言い返した。

「エヴァ・ペルソンはどこに捨てたか言わなかったのか？」

「それだって数百メートル四方を捜さなくちゃならないんだ。あの広いガムラ・シルクゴーデン墓地のどこかに捨てたと言ってるんだからな」

「彼女をそこに連れて行けばいいじゃないか？」

「本当にそこに捨てたんなら、必ず見つけるさ」

通話が終わった。

「昨晩はあまり眠れなかった。娘のテレースがエヴァ・ペルソンのことをよく知っているんです。年が近いですから。エヴァにも両親がいる。娘のしでかしたことをどう受け止めているんでしょうか。一人娘らしいし」マーティンソンが言った。

あとに重苦しい沈黙が続いた。そのうちヴァランダーはくしゃみが出はじめ、慌てて部屋を出た。話は宙に浮いたままになった。


八時、捜査班は会議室に集まった。ヴァランダーはいつものように長方形のテーブルの短い一端に腰を下ろした。ハンソンとフーグルンドは先に来ていた。マーティンソンは窓辺に立って電話で話している。小声で、言葉少なく応対しているのを見て、妻と話しているのだと同僚たちは思った。ヴァランダーはいつもながら、よくそんなに話すことがあるものだと思った。つい一時間前、朝食のときに話したばかりではないか。クルトが風邪を引いたらしいからうつされるのが心配だとでも言っているのだろうか。朝だというのに部屋の雰囲気は沈んでいた。ホルゲソン署長が部屋に入ってきた。マーティンソンは電話を切り、ハンソンがドアを閉めた。

「ニーベリは来ないのか？」ハンソンが訊いた。

「犯行に使われたナイフを捜している。どこかにあるはずだからな」ヴァランダーが言った。

ホルゲソン署長が彼に向かってうなずいた。ここは牛耳ってくれという意味だ。このような状態を、自分はいままで何度となく経験してきた。朝もまだ早い時間、同僚が集まり、事件の捜査を始める。この数十年の間に、警察は新しく立て直され、新しい備品を買い、カーテンを変えた。電話もさまざまな機器も新しいものになった。なにより、すべてがコンピュータ化された。それでも、そこにいる人間は同じだ。とくに彼自身、いちばん長くここにいる。

ヴァランダーは話しはじめた。

「ヨーアン・ルンドベリは死んだ。みな、知っているとは思うが」

と言って、テーブルの上に開かれた新聞の一面を指差した。タクシー運転手死亡と大きく見出しがあった。

「これで、二十歳にも満たないフークベリとペルソンは殺人を犯したということになった。それも強盗殺人だ。フークベリと話したが、彼女は確信犯だ。計画し、凶器を用意していた。乗ったタクシーの運転手に暴力を振るい、結果殺した。エヴァ・ペルソンはまだ十四歳だから、警察から社会施設に送り込まれることになる。ハンマーは物証として警察の手にある。ルンドベリの空っぽの財布と携帯電話もそうだ。欠けているのはナイフだけだ。少女たちは二人とも犯行を認めている。また二人とも互いを責めてもいない。物証を明日にでも検察官に渡すつもりだ。法医学的な検査はまだ終わっていないが、われわれとしてはこのなんとも救いようのない事件はほぼ終結したと見なしていいと思う」

話が終わっても、質問も出なかった。しまいにホルゲソン署長が重苦しい空気を破った。

「女の子たちはなぜこんな行為に及んだのかしら？　わたしにはまったく意味のない犯行にしか見えないのだけど？」

ヴァランダーはうなずいた。まったく同感だった。署長が彼の思いを代弁してくれた。

「ソニャ・フークベリにはまったく迷いがない。それはマーティンソンも私も、尋問のときに感じたことです。金がほしかった、それ以外の動機はないと言うのです」

「なにに使うために？」ハンソンが問いを発した。

「わからない。彼女たちからの答えはない。フークベリの言葉によれば、特定の目的はないそうだ。なにに使うかという目的はなく、ただ金がほしかったと言っている。そう、金を盗るためだけの行為だったと」

ヴァランダーはテーブルについた同僚を見まわし、また話を続けた。

「おれはこれを信じない。少なくてもフークベリは嘘をついていると思う。エヴァ・ペルソンとはまだおれは直接話をしていないが、なにか特別の目的に使うために金が必要だったのではないかと、おれはほぼ確信している。またエヴァ・ペルソンはフークベリに言われたとおりに犯行をおこなったのではないかと思う。もちろん、だからといって彼女の罪が軽くなるわけではないが、ここに彼女たちの関係が見えると思う」

「目的を特定することになにか意味があるでしょうか？」と言ったのはアン＝ブリット・フー

グルンドだった。「お金の使い道を、衣服を買うことなどと、はっきりさせることにどれだけ意味があるのでしょうか？」

「いや、ないかもしれない。検察官は目的が不明でも、フークベリの犯行を確定することができるだろう。エヴァ・ペルソンにはどんな罪が科されるか、それはわれわれの手を離れたところで決められるが」

「彼女たちはいままで犯罪を犯したことがありません。チェックしてみました。学校でも問題を起こしたことがないようです」

ヴァランダーはふたたび、話がまったく間違った方向に進んでしまっているような感じに襲われた。タクシー運転手ルンドベリが暴行を受けた理由はまったく別のところにあるのではないか。だが、それを言葉にするにはあまりにも漠然とした感じで、根拠がなかった。第一にまだ捜査をしていない。金ほしさからの犯行というのは本当かもしれない。が、まったく別の動機があるのかもしれない。範囲を限定しないで、動機探しをする必要がある。

電話が鳴り、ハンソンが受けた。黙って話を聞くと、受話器を置いた。

「ニーベリだ。ナイフを見つけたそうだ」

ヴァランダーはそれを聞いてうなずき、目の前のファイルを閉じた。

「とにかく親たちからも直接話を聞かなければならない。彼女たちの個人情報も徹底的にさぐるんだ。だが、検察に渡す基礎資料は今日中に用意できるだろう」

ホルゲソン署長が手を挙げて合図した。

「記者会見をしなければならないわ。マスコミが押しかけてきています。なんといっても、まだ十代の少女たちがこのように残酷な殺人を犯すのはめったにないニュースですから」

ヴァランダーはアン＝ブリット・フーグルンドを見たが、彼女は首を振った。このところ、ヴァランダーが苦手な記者会見は彼女が代わって引き受けてくれることが多かったのだ。だが、いま彼女は首を振ってノーと言っている。ヴァランダーは了承した。

「私がやりましょう。何時がいいですか？」

「一時はどうですか？」署長が言った。

ヴァランダーは時間をノートに書きつけた。

そのあと仕事の割り振りをして会議が終わった。捜査終了に向けて全員が作業を進めることに反対する者はいなかった。犯行の残酷かつ無意味さに、だれもが少しでも早く捜査を終わらせたいという気分だった。だれも必要以上に深く掘り下げたくなかった。ヴァランダーはソニャ・フークベリの自宅を訪問し、両親に会う仕事を引き受けた。マーティンソンとフーグルンドはエヴァ・ペルソンと両親に対する事情聴取をすることになった。

部屋が空っぽになった。ヴァランダーは風邪がいよいよ本格的になったと感じた。ポケットをさぐってティッシュペーパーを探しながら、ジャーナリストにこの風邪をうつしてやるかと心中でつぶやいた。

廊下でニーベリと出くわした。ゴム長靴に厚いオーバーオールを着ている。髪の毛は乱れ、機嫌が悪かった。

「ナイフを見つけたそうだね？」ヴァランダーが訊いた。

「自治体は秋の清掃をする金を惜しんでいるらしいな。おれたちは膝まで積もった葉っぱをかきわけて捜さなければならなかった。とにかく見つけてやったよ」

「どんなタイプだ？」

「料理用の包丁だ。かなり長いものだ。強い力で胸を刺したらしい。刃先が骨に当たって折れている。もっとも素材はかなり粗悪なものらしいが」

ヴァランダーは首を振った。

「まったく信じられんよ」ニーベリが続けた。「人命尊重という考えはもう存在しないのか？いったいあの子たちはいくらのために人殺しをしたんだ？」

「犯行の動機はまだ確定していない。盗られたのは六百クローネほどだ。ルンドベリはその日の仕事を始めたばかりだった。彼はめったに多額の釣り銭を持って始めることはなかったらしい」

ニーベリは口の中でなにかつぶやき、廊下を歩いていった。ヴァランダーは自室に戻った。さて、なにから手をつけるか。のどが痛む。ため息をつきながらソニャ・フークベリについての報告書を開けた。住所はイースタの西側だ。住所を書き写すと立ち上がり、上着を手に持った。廊下に出たとたん、電話が鳴り、彼は部屋に戻った。娘のリンダだった。背後から皿のぶつかり合う音が聞こえた。

「今朝、パパの留守電聞いたわ」

「今朝?」

「ええ。昨日の晩は家で寝なかったから」

それじゃどこで寝たのだと訊きたいのは山々だったが、ぐっとこらえた。そんなことをしたら、彼女がいきなり電話を切ってしまう恐れがあるからだ。

「なにか用事があったわけではない。ただ元気かどうか知りたかっただけだ」

「そうなの? それで、パパは元気?」

「ちょっと風邪気味だ。それ以外はいつもどおりだよ。近いうちにこっちに遊びにこないかと訊こうと思ったんだ」

「時間がないの」

「交通費はおれがもってもいいんだが?」

「時間がないって言ったでしょ。お金の問題じゃないの」

説得できそうもない、とヴァランダーは思った。この子はおれと同じように頑固だからな。

「本当に元気なの? バイバとはあれからいっさい連絡ないの?」

「ずっと前に終わったよ。もう知っているだろう」

「そんなふうにしていちゃ、体によくないわ」

「それはどういう意味だ?」

「どういう意味か、自分で知ってるでしょう? 人を責めるような口調になってるし。前は少なくともそんなことはなかったわ」

「人を責めるような口調？　そんなことはないだろう？」

「いいえ。いまだってそうだわ。いい考えがある。交際相手紹介サイトに登録すれば？」

「交際相手紹介サイト？」

「そう。そこでだれかを見つけることができるってところ。そうしないと、パパはきっと娘がなぜ自分の家で寝ないのかと文句ばかり言う嫌みなおじさんになるわよ」

この子はおれを見透かしている。まったく、なにもかもお見通しだ。

「たとえば、新聞の相手探しのコーナーに投稿をするってことか？」

「そう。ほかにも相手探しの斡旋所があるから、そういうところに登録すれば？」

「そんなことは考えられない」

「どうして？」

「そんなものは信じていないからだ」

「どうして信じていないの？」

「知らん」

「いまのはただ、一つのヒントよ。自分で考えて。もう行かなくちゃ」

「いまどこにいるんだ？」

「レストラン。開店は十時なの」

通話は終わった。娘はどこで一晩過ごしたのだろうか、とヴァランダーは思った。数年前はケニアから来た、ルンド大学で医学を勉強中の青年とつきあっていたが、それはもう終わっている。その後のことは、だれかいるらしいということ以外なにも知らない。一瞬、苛立ちと疎外感で胸が痛んだ。自室を出た。新聞の交際欄に相手求むの広告を出すことやその種のクラブに登録することは考えなかったわけではない。だが、いつも頭から追いやった。恥ずかしい行為のような気がしてならなかった。

外は強風が吹いていた。急いで車に乗り、エンジンをかけた。いまにもエンストしそうなおかしな音がしたが、なんとか動かして、ソニャ・フークベリの両親に会うために、郊外のテラスハウスに向かった。マーティンソンの報告書にはソニャの父親の職業は〈自営業〉とあったが、自営業の中身には触れられていなかった。ヴァランダーは車を降りた。小さな庭はよく手入れされていた。ドアベルを押すと、中から男が一人出てきた。顔に見覚えがあるとヴァランダーは思った。彼は顔の記憶に関してはかなり自信があった。いつどこで会ったのだろう。ドアを開けた男もヴァランダーに見覚えがあるようだった。

「あんたが来たのか？　警察が来るという知らせは受けていたが、あんたが来るとは知らなかった」

ヴァランダーは中に通された。テレビの音が聞こえる。ヴァランダーは男の名前がまだ思い出せなかった。

「私のことを覚えているかな？」フークベリが言った。

「ああ。しかし、どこで、どういう関係で会ったのかは思い出せない」

「エリック・フークベリだが？」

ヴァランダーは記憶をたどった。

「ステン・ヴィデーンと言ったら？」男が続けて訊いた。

それで思い出した。シャーンスンドで競走馬の調教所をやっているステン・ヴィデーン。そしてエリック。彼ら二人といっしょに昔オペラに夢中になったことを。いちばん熱中したのはステンだった。エリックはステンの幼友達で、よくいっしょにヴェルディのオペラのレコードを聴いたものだ。

「思い出した。だが、当時はたしかフークベリという姓じゃなかったと思うが？」

「ああ。いまは妻の姓を名乗っている。昔はエリクソン、エリック・エリクソンという名前だった」

エリック・フークベリは大柄な男だった。渡してくれたハンガーが、その手に小さく見えた。たしか以前は痩せていたはずだ、とヴァランダーは思った。いまは肥満体と言ってもいいほどだ。だからすぐにわからなかったのだ。

上着を掛けると、フークベリの後ろから居間に入った。そこにテレビがあったが、音は別のところから来るようだった。二人は腰を下ろした。ヴァランダーは気が重かった。これからしようとしている話は気軽に話せるものではなかった。

「恐ろしいことが起きてしまった」フークベリのほうが話を切り出した。「いったいあの子がなにを考えているのか、私にはまったくわからない」

「これまで彼女が暴力を振るったことはなかったのか？」

「一度もない」

「奥さんは？　いま家にいるのか？」

いすに座ったフークベリが急に小さくなったように見えた。肥った顔の下に、昔の顔が隠されているように思った。思い出せないほど昔の顔が。

「妻は姉のところに息子を連れて行っているんだ。ここにはとてもいられないと言って。新聞記者が電話してくる。それも朝早くだろうが夜中だろうがおかまいなしだ」

「それでもおれは奥さんの話を聞かなければならないのだ」

「それはわかる。警察が来ることは知らせておいた」

そのあとどう話を続けるべきか、ヴァランダーは迷った。

「奥さんとは話をしているんだろう？　こんどのこと？」

「妻は私と同じくらい驚いている。まったく理解できないでいる」

「あんたとソニャとの親子関係はいいのか？」

「なんの問題もなかった」

「それで、母親と娘の関係は？」

「同じだ。そりゃ、ときどきはけんかはあったよ。だが、それも含めてごくふつうだった。私が家族になってからは、一度として問題はなかった」

ヴァランダーは眉を寄せた。

「いまのは、どういう意味だ？」

「あの子は妻の連れ子なんだ。知らなかったかね？」

報告書にはなかった。もし書かれていたら、覚えていたはずだ。

「息子のエーミルはルートと私の間に生まれた子だ。私たちがいっしょになったとき、たしかソニャは二歳だった。この十二月であれから十七年になる。ルートとは十七年前のクリスマスパーティーで出会ったんだ」

「ソニャの実の父親は？」

「ロルフという男で、ソニャのことなど気にかけたこともないだろう。ルートは彼とは結婚もしなかった」

「いまどこにいるか、知っているか？」

「何年か前に死んでいる。酒で命を落とした」

ヴァランダーはポケットに手を入れてペンを探した。老眼鏡とメモノートを忘れてきたことにはすでに気がついていた。テーブルの上に新聞が積まれていた。

「隅のほうを少し破ってもいいか？」

「警察はノートも支給できないほど財政が逼迫しているのか？」

「うん、そう思われてもしかたがないな。ただ、今回はおれがノートを忘れてきただけだ」

近くにあった新聞をメモの下敷き用に差し入れた。イギリスの経済新聞だった。

「あんたはいまどういう仕事をしてるんだ？　訊いてもいいかな」

答えは思いがけないものだった。

「予想屋だよ」

「なんの予想をするんだ？」

「株、株のオプションだよ。通貨もやる。ほかにも一般的な賭けの予想屋もやるよ。たとえばイギリスのクリケットの試合とか。アメリカの野球も少しやってる」

「賭事師？」

「ああ。ただし競馬予想だけはやらない。一人で馬券を買うこともない。だが株式市場だって、一部の人間には賭事に見えるんじゃないのかね？」

「そんな仕事をこの家でやっているのか？」

フークベリは立ち上がり、ついてくるように合図した。隣室の戸口まで来て、ヴァランダーは立ち止まった。テレビだと思ったのは、モニターだった。それも一台ではなく三台も。モニターには数字がひっきりなしに替わって映っていた。ほかにもパソコンやらキーボードが数台あった。壁には世界の株式市場の時間を示す時計が掛かっている。まるで航空管制塔に足を踏み入れたようだった。

「よく言われるだろう。ＩＴ技術は世界を縮めたと。それには異論を唱える人間もいるかもしれない。ただ、自分に関するかぎりそれは正しいと言える。イースタ郊外にあるこの安普請のテラスハウスから世界の株式市場に手が届くんだ。ここからロンドンやローマの賭事の予想に参加することができる。香港の株式市場でオプション株を買うこともできるし、ジャカルタでアメリカドルを売りさばくこともできるんだ」

「そんなに簡単なのか？」

「いや、そうは言っていない。許可が必要だし、コネも知識も必要だ。だが、この部屋にいれば、いつであろうが時間と関係なく、世界の中心にいるのと同じだ。だが、コンピュータ社会の強さともろさは表裏一体なのだ」

彼らは居間に戻った。

「ソニャの部屋も見せてくれないか？」ヴァランダーが言った。

フークベリが先に立って二階へ案内した。一つ目の部屋を通り過ぎた。おそらくさっき聞いたエーミルという子の部屋だろう。フークベリがもう一つのドアを指差した。

「下で待っている。もしいっしょにいなくてもよいのなら」

「ああ、わかった。ではあとで」

フークベリは重い足取りで階段を下りていった。ヴァランダーはソニャ・フークベリの部屋のドアを開けた。屋根が切り妻のため、天井が斜めになっている。その下の窓が半分開いていた。薄地のカーテンが風に揺れている。ヴァランダーは戸口に立ったまま、目をゆっくり移していった。経験から、最初の印象がとくに大切であると知っていた。あとで見るとき、最初に見抜けなかったような劇的な発見があることもあるが、それでも彼はいつも最初の印象を大切にしていた。

この部屋には若い娘が暮らしていた。その娘の痕跡を捜し出すのだ。ベッドはきちんと整頓されている。部屋中がピンクの花模様のクッションでいっぱいだ。短いほうの壁には高い棚がありどの棚にも大小の縫いぐるみのテディベアがぎゅうぎゅうに並べられ飾られている。クローゼットのドアには鏡がはめ込まれていて、その前には厚い絨毯が敷かれている。窓辺に机があるが、上にはなにも置かれていない。ヴァランダーはしばらく動かずに目だけで部屋の中を追っていった。ここにソニャ・フークベリが住んでいた。部屋に入った。ベッドのそばに行ってかがみ込み、ベッドの下を見た。ほこりだらけだったが、一ヵ所だけほこりがないところがあった。ヴァランダーは身ぶるいした。ここに凶器の血糊《ちのり》のついたハンマーがあったにちがいない。立ち上がり、ベッドに腰を下ろした。ベッドは思いがけないほど硬い。ふと熱があるような気がして額に触れてみた。薬の瓶は上着のポケットの中だ。のどがまだ痛む。立ち上がって机の引き出しを開けはじめた。引き出しには鍵がかかっていなかった。鍵もなかった。自分でもなにを捜しているのかわからなかったが、日記とか写真が出てくればいいと漠然と思った。だが引き出しの中身で彼の注目を引くものはなにもなかった。ふたたびベッドに腰を下ろして、ソニャに尋問したときのことを思い浮かべた。

すぐに思い出したことがあった。部屋のドアを開けたときに感じたのと同じものだ。なにかが食い違っている。ソニャ・フークベリとこの部屋は合わない。ここには彼女を感じることができない。ピンクのクッションも縫いぐるみの熊もそぐわない。それでもここが彼女の部屋だという。どういうことなのか。どっちが真実なのだろう？　署で会った図々しいほど落ち着き払ったソニャ・フークベリか、それとも血糊のついたハンマーをベッドの下に隠したこのピンクの部屋か？

昔リードベリから、耳を澄ませと教えられた。部屋は必ず息づいている。よく耳を澄まして聴くのだ。部屋というものは住人を物語るものだからな。

初めのころは、そんな忠告に耳を貸さなかった。だがしだいにリードベリの言葉は決定的に正しいと思うようになった。

頭痛がひどくなってきた。こめかみのあたりが痛む。立ち上がって、クローゼットのドアを開けた。ハンガーには服が、床には靴が並んでいる。クローゼット・ドアの裏には映画のポスターが貼ってあった。〈ディアボロス　悪魔の扉〉というタイトルで、主演はアル・パチーノ。〈ゴッドファーザー〉に出た俳優だ。クローゼットのドアを閉めて机のいすに腰を下ろした。そこでふたたび別の角度から部屋の中をながめた。

この部屋にはなにかが欠けている。十代のときのリンダの部屋を思い出してみた。たしかに縫いぐるみの動物もあったが、なんと言ってもスターや歌手の写真がべたべたと貼られていた。スターの顔はときどき変わっても、まったくポスターや写真がないことはなかった。ソニャ・フークベリの部屋にはそういうものがいっさいなかった。十九歳で、あるものといえば、洋服とクローゼットの内側に貼られたポスターだけだ。

そのまま数分座り続けた。それから部屋を出て階段を下りた。エリック・フークベリは居間で待っていた。ヴァランダーは水を一杯もらい、頭痛薬を飲んだ。フークベリはさぐるような目つきで訊いた。

「なにか見つけたかね？」

「いや、一応部屋を見たかっただけだ」

「あの子はこれからどうなる？」

ヴァランダーは首を振って答えた。

「ソニャは未成年じゃない。しかも自供している。厳しいことになるだろう」

フークベリはなにも言わなかった。その顔に苦しみの表情が浮かんでいた。

フールに住んでいるというエリック・フークベリの義姉の電話番号を書きつけ、テラスハウスをあとにした。風がしだいに強く吹いてくる。ヴァランダーは警察署に車を向けた。気分が悪かった。記者会見のあとはまっすぐ家に帰って休もう。

署の玄関に入ると、受付のイレーヌが手招きした。青ざめている。

「なにか起きたのか？」

「わかりません。でも、みんなあなたを探してましたよ。いつものように携帯電話を忘れて出かけたでしょう？」

「みんなってだれだ？」

「みんなはみんなです」

「だから、だれがおれを探していたのか、名前を聞いている」

「マーティンソンと署長です」

ヴァランダーはまっすぐマーティンソンの部屋に行った。そこにハンソンも来ていた。

「なにか起きたのか？」

「ソニャ・フークベリが逃げ出しました」マーティンソンが言った。

「逃げ出した？」

「一時間ほど前に。みんな彼女を捜しに外に出ていますが、まだ見つかりません」

ヴァランダーはマーティンソンとハンソンを見比べた。

それから上着を脱いで、いすにどっかりと腰を下ろした。

6

なにが起きたかはすぐにわかった。

警備がいい加減だったのだ。職務怠慢な警察官がいた。なにより、ソニャ・フークベリは若いけれどもしっかりしていて、冷静に人を殺せる女であることを忘れてしまったのだ。

逃亡の経緯はすぐにわかった。ソニャは接見室で弁護士に会ったあと勾留室に戻されるところだった。そこでソニャはトイレに行きたいと言った。トイレから出た彼女は、警備の警官が廊下で背を向けて立っているのを見た。警官は部屋の中にいる人間と廊下越しに話をしていたのだ。彼女は反対方向に歩きだした。だれも止める者はいなかった。正面玄関の受付の前を通って堂々と出ていったのである。受付のイレーヌを含め、だれも彼女に気がつかなかった。五分ほど経ってから、警備の警官がトイレに入って初めてソニャがいないことを発見した。警官は接見室に戻ってみたが、もちろんそこにもいなかった。そのときになって、警備の警官は初めて非常ベルを鳴らした。その間十分。ソニャ・フークベリはじゅうぶんに遠くまで逃げる時間があった。

ヴァランダーはうなった。頭痛が戻ってきた。

「現在、署の警官は全員手分けして、ソニャ・フークベリの行方を捜しています」マーティンソンが言った。「父親にも電話しました。ちょうどあなたが帰ったところだったようです。ソニャが行きそうなところ、親の話からはわかりませんか？」

「母親のルート・フークベリはフールに住んでいる姉のところに行っているらしい」

ヴァランダーはその電話番号をマーティンソンに渡した。

「いや、そこまで歩いては行けない」ハンソンが言った。

「ソニャは運転免許を持っている」とマーティンソンが受話器を耳に当てながら言った。「ヒッチハイクしたかもしれないし、車を盗んだかもしれない」

「まず、エヴァ・ペルソンから話を聞こう。すぐにだ。この際、まだ十四歳であることに配慮する必要はない。知っていることを訊き出すんだ」

ハンソンが出ていった。部屋の戸口でホルゲソン署長とぶつかりそうになった。署長は外別の会議に出ていて、戻ったところだった。マーティンソンがソニャの母親と電話で話している間に、ヴァランダーは署長に状況をかいつまんで説明した。

「これは絶対にあってはならないことよ」話を聞いて署長は言った。

ホルゲソン署長は怒っていた。ヴァランダーは好感をもった。前の署長のビュルクだったら、こんな不祥事が起きたときはまず自分の評判を気にしたことだろう。

「こんなことはあってはならない。だが、実際に起きてしまった。とにかく、いまは彼女を見つけ出し捕まえることです。どのような失敗があったのか、だれが責任をとるべきかを考えるのは、あとでいい」ヴァランダーが言った。

「彼女がまた事件をおこすリスクはあると思いますか?」

ヴァランダーは考えた。ソニャ・フークベリの部屋を思い浮かべた。ぎゅうぎゅう詰めに棚に並べられたテディベア。

「判断するのはむずかしい。彼女について、われわれはほとんど知りませんから。しかし、あり得るかもしれない」

マーティンソンがソニャの母親との通話を終わらせた。

「母親と話しました。それからフールの警察とも。なにが起きたか、彼らはもう知ってます」

マーティンソンが言った。

「なにが起きたか知っている?」ヴァランダーが苛立った声を上げた。「そんなことはおれたちだって知らない。ただ、とにかく一刻も早く彼女を捕まえなければということだけだ」

「初めから逃亡を企てていたのかしら?」ホルゲソン署長が言った。

「いや、警備の警官は、一瞬の隙を狙われた、計画的なものではなかったと言ってます」

「いや、やはり逃亡する気はあったのだろう。だからそのチャンスができたときにとっさに行動したのだ。だれか彼女の弁護士と話したか? 協力してもらえるか?」

「だれもそこまで考えてませんでした。弁護士はソニャと接見したあと、帰ったはずです」マーティンソンが答えた。

ヴァランダーが立ち上がった。

「おれが話す」

「記者会見ですが、どうしましょう?」署長が訊いた。

ヴァランダーは腕時計に目を落とした。十時四十分。

「計画どおりに実行しましょう。ソニャ逃亡のニュースを知らせる義務がある。できればやりたくないことだが」

「これはわたしの仕事だとわかっています」ホルゲソン署長が言った。

ヴァランダーはなにも言わなかった。自室へ行った。頭痛が激しくなった。つばを呑むたびに頭に響いた。

本当は家に帰って寝るべきなのだ。なぜおれはこんなところにいて、二十歳にもならない人殺し娘を追いかけなければならないんだ?

机の引き出しにティッシュペーパーが入っていた。シャツの下に流れる汗を拭いた。熱で汗をかいているのだ。

ルートベリ弁護士に電話をかけて状況を伝えた。

「これはまた驚いたな」話を最後まで聞いて弁護士がうなった。

「じつに困ったことになった。協力してもらえますか?」

「いや、役に立てるかどうかわからない。接見したとき、これからのことを話したのです。忍耐が必要だと」

「おとなしく人の言うことを聞くと思いますか?」

ルートベリはしばらく考えてから答えた。

「どうするか。正直言ってわからない。彼女は簡単に人を近づけない。表面は落ち着いて見えるのだが、なにを考えているのか、私にはまだわからない」

「ボーイフレンドのことはなにか言っていませんでしたか？」

「なにも」

「たしかですか？」

「エヴァ・ペルソンはどうしているかと訊かれましたが、それだけです」

ヴァランダーは考えた。

「両親のことは？」

「親のことは、なにも言わない」

これはおかしいとヴァランダーは思った。彼女の部屋のイメージと同じほどおかしい。ソニャ・フークベリに関し、どこかしっくりこない、妙な感じがますます強くなった。

「ソニャからもし連絡があったら、教えますよ」と弁護士が言い、通話は終わった。

ヴァランダーの脳裏にふたたびソニャの部屋が浮かんだ。あれは子ども部屋だ。十九歳の若い娘の部屋ではない。十歳ほどの子どもの部屋だ。部屋の主は年を重ねていっても、なにかの理由で成長が止まってしまった部屋だ。

これはどういうことなのだろう。いまはこれ以上わからないが、重要なことに気づいたと彼は思った。

三十分以内に、マーティンソンはヴァランダーがエヴァ・ペルソンを尋問する手はずを調えた。会ったとき、ヴァランダーは一瞬驚いた。エヴァ・ペルソンは小さくて体も細く、十四歳どころか十二歳にも見えなかった。その手は小さく、ナイフを握りしめて運転手の胸に何度も突き刺したとはとうてい考えられなかった。だがすぐにヴァランダーはソニャ・フークベリに通じるものがあることに気がついた。

目だ。同じようにまったく動じないふてぶてしさがあった。

マーティンソンが部屋を出た。ここにアン＝ブリット・フーグルンドがいっしょにいてくれたらよかったのに、とヴァランダーは後悔した。だがいま彼女はイースタの町に出て、ソニャ・フークベリ捜索の陣頭に立っている。

エヴァの母親の目は泣きはらして真っ赤だった。ヴァランダーは同情を禁じ得なかった。いまどんな思いでここにいるのだろうと思うといたたまれなかった。

すぐに質問を始めた。

「ソニャ・フークベリが逃亡した。きみに彼女の逃亡先の心当たりがあるかどうか聞きたい。よく考えて、正直に答えなさい。わかったね？」

エヴァ・ペルソンはうなずいた。

「心当たりはあるかい？」

「家に帰ったんじゃない？　ほかにどこに行くっていうの？」

この子は正直に話しているのだろうか、それとも人をバカにしているのだろうか？　ヴァランダーはわからなかった。頭痛のためもあって、彼は気が短くなった。

「家に帰ったのなら、もうとっくに捕まえている」と声を荒立てた。母親が縮み上がった。

「知らないわ。あの人がどこにいるかなんて」エヴァ・ペルソンはふてくされた。

ヴァランダーはノートを広げた。

「ソニャ・フークベリの友だちを知っているか？　よく会う友だちは？　車を持っている友人はいるか？」

「だいたいいつもあたしといっしょよ」

「ほかにも友だちがいるだろう？」

「カッレ」

「名字は？」

「リス」

「カッレ・リスというのか？」

「そう」

「嘘は言わないことだ。わかったね？」

「あんた、なんでそんなに怒鳴るのよ。いやなじじい。カッレ・リスという名前なんだから、その人」

ヴァランダーは爆発しそうになった。じじい呼ばわりされたくなかった。

「なにをしている男だ？」

「サーファー。いつもはオーストラリアにいるわ。でもいまは戻っている。おやじのところで金稼いでる」

「どこで？」

「どっか、金物屋」

「カッレはソニャの友だちの一人なんだね？」

「前はつきあってた」

ヴァランダーは質問を続けた。だがエヴァ・ペルソンはそれ以上の友だちは思い出せないと言った。ソニャの逃亡先？　知らないよ、という態度も変わらなかった。最後になにか訊き出せるかもしれないという一抹の希望をもって、ヴァランダーは母親に質問した。

「わたしはその人を知りません」と言った声が極端に低くて、ヴァランダーはテーブルの上に身を乗り出さなければ聞き取れなかった。

「娘さんの親友を知らないはずはないでしょう？」

「嫌いでしたから」

その瞬間、エヴァ・ペルソンがさっと母親を振り向き、顔に平手打ちを食らわせた。あまりの速さに、ヴァランダーは止めることもできなかった。母親が泣きだすと、エヴァは口汚く罵《ののし》りながらさらに激しく母親を叩いた。止めようとした手に嚙みつかれながらも、ヴァランダーはなんとか娘から母親を引き離すことができた。

「くそばばあ、出ていけ！　見たくもない！」エヴァが叫んだ。

その瞬間、ヴァランダーは自制心をなくした。彼はエヴァ・ペルソンを平手打ちした。殴打《おうだ》の強さに、少女は床に飛んだ。手が痛むのを我慢しながら、ヴァランダーは部屋を出た。廊下を転げるように走ってきたホルゲソン署長が、ヴァランダーと室内にいる母娘を見て目を丸くした。

「なにが起きたの？」

ヴァランダーはなにも答えず、うつむいて自分の手を見た。エヴァ・ペルソンを叩いたところがじんじんと痛んだ。

だれも気がつかなかったのだが、そのとき記者会見のために少し早めにやってきた夕刊紙記者が廊下にいた。ちょうどヴァランダーがエヴァ・ペルソンを叩いた瞬間、彼は小さなカメラで二、三枚写真を撮った。人目を引く見出しがすでに頭に浮かんでいた。彼は目立たないように受付に戻った。

予定より三十分遅れて記者会見が始まった。ホルゲソン署長は最後の最後までパトカーがソニャ・フークベリを発見するのではないかと望みを繋《つな》いでいた。なんの幻想ももたないヴァランダーは、時間どおりに開くことを提案した。ソニャをそんなに簡単に見つけることはあり得ないと確信していたのと、風邪がひどくなってきたためだった。

しまいに、とにかくもう待つことに意味はないと説き伏せた。記者たちは苛立つばかりだろう。そうでなくとも、面倒なことになっているのだ。

「なにを言ったらいいの?」記者会見が開かれる大きな部屋へ向かいながら、署長は小声で訊いた。

「なにも言わなくていいです。あとは私がやりますから。しかしそばにいてください」

ヴァランダーはトイレに寄って顔を洗った。記者会見の部屋に入って、彼はぎくりとした。思っていたよりずっと人数が多かった。会場の前方の片隅に行き、いすに腰かけた。会場を見渡した。知っている顔も何人かいた。名前まで知っている記者もいたが、ほとんどは見たこともない顔だった。

さて、なんと言おうか? 用意はできていても、実際に話しはじめると予定どおりにはいかないものだ。

リーサ・ホルゲソン署長は記者たちにあいさつをし、マイクをヴァランダーに渡した。おれは本当にこれが苦手だ、とヴァランダーは苦い気分になった。苦手だというだけではない。おれは記者会見を嫌悪する。マスコミにニュースを知らせなければならないことはわかるが、この役割は嫌いだ。

心の中で三つ数えてから話しだした。

「数日前、ここイースタでタクシー運転手が客に殴られ、財布を盗られた。運転手はすでに皆さんもご承知のように、重体だったが残念ながら死亡した。犯人は二人、すでに犯行を自供している。そのうちの一人は未成年者なので、名前はこの記者会見では明かさないことにする」

新聞記者が一人手を挙げた。

「犯人たちは女とわかっているのに、なぜそう言わないのか？」

「それはいまから話すところだ。落ち着いてくれ」

新聞記者はまだ若く、さらに食い下がった。

「記者会見は一時に予定されていたのに、もう一時半をまわっている。記者が時間に追われていることにまったく配慮がないではないか？」

ヴァランダーはこの問いは無視した。

「これは殺人事件だ。強盗殺人事件と言っていい。それだけではない、この上なく残酷な殺人事件だと言わなければならない。ゆえに、少しでも早く解決しなければならない」

ただまっすぐに進むしかなかった。まるでそれは、水深もわからない海に飛び込むようなものだった。

「残念なことに、ここで、犯人の一人が逃走したことを発表しなければならない。もちろん警察は全力を挙げて捜索している」

会場は一瞬静まり返った。が、次の瞬間、蜂の巣をつついたようになった。

「逃亡した者の名前は？」

ヴァランダーはホルゲソン署長を見た。署長はうなずいた。

「ソニャ・フークベリ」

「どこから逃亡したのか？」

「ここ警察の建物から」

「そんなことがいったいどうして起きたのだ?」

「いま調べているところだ」

「調べるって、なにを?」

「言葉どおりだ。ソニャ・フークベリがどのようにして逃亡したのかを調べている最中だ」

「彼女は危険人物と考えるべきですか?」

ヴァランダーはすぐには答えられなかった。

「たぶん。そうかもしれない」

「なんですか、その答えは。危険なのか、危険でないのか、言えないんですか?」

ヴァランダーは堪忍袋の緒が切れた。今日何度目の爆発か数えることもできなかった。とにかくこの場を早く終わらせて家に帰って寝たかった。

「次の質問は?」

新聞記者は簡単にはあきらめなかった。

「まじめに答えてくださいよ。その女は危険なんですか?」

「いま言える答えを言ったはずだ。次の質問」

「武器を持っているか?」

「われわれの知るかぎり、持っていない」

「タクシーの運転手を殺した凶器は?」

「ナイフとハンマーだ」

「凶器は見つかったのか？　警察の手元にあるのか？」

「そうだ」

「いまここで見せてほしい」

「それはできない」

「なぜだ」

「捜査の都合上。次の質問」

「逃亡した犯人の全国手配をしたのか？」

「いまのところ、スコーネ地方だけだ。今日の記者会見はここまでとする」

ヴァランダーがそう言うやいなや、会場は騒然とした。ヴァランダーはまだまだ重要な問いが残っていることはじゅうぶんに承知していたが、立ち上がり、ホルゲソン署長をせき立てた。

「もうこれでいい」と署長に言った。

「もう少し続けるべきじゃありませんか？」

「それじゃ、署長が続けてください。必要なことはぜんぶ話しました。あとは自分たちで調べて書けばいい」

テレビとラジオがインタビューを申し込んできたが、ヴァランダーはマイクやカメラの間をくぐり抜けて廊下に出た。

「あとはお願いします。マーティンソンに頼んでもいい。とにかく私は家に帰って休みます」

署長は驚いて立ち止まった。

「家に帰る？」

「額に手を当ててみてください。熱があって、気分が悪い。ソニャ・フークベリを捜すのはほかの警官にまかせますよ。ジャーナリストたちのバカな質問に答えるのも」

そう言うと、署長の答えを聞かずに歩きだした。本当はここにとどまって、この混乱をおさめるべきなのだ。だが、いまおれはなにより寝たい。

部屋に戻り、ジャケットを着た。机の上にメモが置いてあるのが目に留まった。マーティンソンの筆跡だ。

医者の報告によれば、ティネス・ファルクは自然死とのこと。この件は犯罪とは関係ないとみていいです。

ティネス・ファルク？　それはスーパーマーケット近くのＡＴＭのそばで倒れて死んだ男のことだと思い出すのに数秒かかった。

これで一つ仕事が減った、と思った。

ジャーナリストたちに出くわすのを避けて、駐車場への出口から出た。強風をよけるため、前かがみになって車まで走った。エンジンをかけたが、うんともすんともいわない。数回試してみたが、まったくかからなかった。

安全ベルトを外して車を降りた。鍵もかけなかった。マリアガータンに向かって歩きながら、本屋に行って注文した本を受け取るべきだと思い出したが、今日はやめにした。なにもかもやめにして、寝ることにした。

夢から急に目が覚めた。

彼はふたたび記者会見の場にいた。ただし場所はイースタ署ではなく、ソニャ・フークベリの自宅だった。彼は記者たちの質問に一つとして答えられなかった。突然彼の目に部屋の奥にいる父親の姿が映った。テレビカメラなどが雑然と立ち並ぶ中、父親は平然としていつもの秋の景色を描いていた。

その瞬間、彼は目を覚ました。そのまま動かず耳を澄ました。枕元の時計を見ると六時半だった。四時間ほど眠っていたことになる。つばを呑み込んでみた。まだ腫れていて痛い。だが熱は下がったようだ。まだソニャ・フークベリは見つかっていないのだろう。見つけていたら、電話があったはずだ。起き上がり、台所へ行った。〈石けんを買うこと〉と書き込んだメモがあった。そこに、〈本屋に本を受け取りに行くこと〉と書き加えた。それから紅茶をいれた。レモンを探したが、なかった。冷蔵庫の野菜ボックスには変色したトマトと腐りかかったキュウリがあるだけだった。すぐに捨てた。紅茶をいれたカップを持って居間に行った。部屋中にほこりがたまっていた。台所に戻って、〈掃除機の袋〉と書き足した。

できれば新しい掃除機がほしかった。

電話を手元に引き寄せて、署へ電話をかけた。全員出払っていたが、ハンソンだけはつかまえることができた。

「状況はどうだ？」

「ソニャ・フークベリは跡形もなく消えてしまった」ハンソンの声は疲れていた。

「目撃者はいないのか？」

「いない。警察庁長官が電話してきて、この失態はなにごとかと不満を示したそうだ」

「そう言ってくるだろうと思ったよ。だが、いまは長官の言うことなどにかまってはいられない」

「具合が悪いと聞いたが？」

「明日にはよくなってるさ」

ハンソンは捜索の状況を説明してくれたが、ヴァランダーはとくに異議はなかった。スコーネ地方に限定して捜索手配が発せられたが、警察本庁にももちろん知らせてある。なにかあったらすぐにヴァランダーに知らせるとハンソンは約束してくれた。

電話を切ると、テレビのリモコンを手に取った。ニュースを見るべきだった。南部ニュースで、ソニャ・フークベリ逃亡のニュースが知らされているはずだった。もしかすると、全国レベルのニュースになっているかもしれない。だが、ヴァランダーはリモコンを置くと、代わりにヴェルディの〈ラ・トラヴィアータ〉のCDをかけた。ソファに体を伸ばして目を閉じた。エヴァ・ペルソンと母親のことを考えた。少女の突然の凶暴性。そしてあのふてぶてしい目。そのとき電話が鳴った。ソファに起き上がって音楽のボリュームを低め、電話に出た。

「クルトか？」

声の主はすぐにわかった。ステン・ヴィデーンだ。数少ないヴァランダーの友人の中で、ステンはいちばん古い友だちだった。

「久しぶりだな」

「おれたちが話すときはいつだって久しぶりだ。具合はどうだ？　警察に電話したら、おまえは病気だと言ってたぞ」

「のどが痛いだけだ。たいしたことはない」

「会いたいんだが」

「いまはちょっと都合が悪い。ニュースを見ているかもしれないが」

「おれはテレビを見ないし新聞も読まない。読むのは競馬の結果と天気予報ぐらいなもんだ」

「いま逃亡した犯人を指名手配している。どうしても捕まえなければならない。そのあとでいいか？」

「別れを言いたくてさ」

ヴァランダーの胃がぎゅっと縮まった。ステンは病気か？　飲みすぎて肝臓を壊してしまったのか？

「なぜだ？　なぜ別れのあいさつなど？」

ここ数年、ステンはいつも生活を変えたいと言っていた。父親から残された競走馬調教所はいまでは完全に赤字で、重荷になっている。ヴァランダーは何度も夜更けまで、どこか遠くへ行ってなにもかもやり直したい、年を取りすぎる前に、というステンの話を聞いていたが、一種のあこがれ、実現不可能な夢と思って聞いていた。どうもそうではなかったらしい。ステンは酔っぱらうと、それはよくあることだったが、話が大げさになる。だが、いま電話の声はしらふで、しかも元気そうだ。いつもの眠たげな声ではない。

「本気か？」

「ああ、そうだ。旅行に出かける」

「どこへ？」

「行き先はまだ決めていない。だが、まもなく出発するつもりだ」

胃の縮まりはおさまった。が、代わりにうらやましさがこみ上げてきた。ステン・ヴィデーンの夢は自分のそれよりも早く実現されるのだろうか？

「できるだけ早く、そっちに行くよ。できれば二、三日中に」

「ああ。おれは家にいる」

電話を切ったあと、ヴァランダーはしばらく呆然としていた。うらやましさを禁じ得なかった。警察の仕事から離れたいという彼自身の夢ははるか彼方に感じられた。いまステンがしようとしていることは、自分にはとうていできそうもない。

紅茶の残りを飲み干すと、カップを台所へ持っていった。窓の外の温度計はプラス一度を示していた。十月の初めにしては低かった。

ソファに戻った。音楽が低く響いている。リモコンに手を伸ばしてCDプレーヤーのほうへ向けた。

その瞬間、電気が消えた。

ブレーカーが落ちたのかと思った。だが、窓の外を見ると、街灯も消えていた。
ソファに戻って、暗闇の中で電気が戻るのを待った。
そのとき彼はまだ、イースタ周辺一帯が停電していることを知らなかった。

7

オッレ・アンダーソンは眠っていた。電話が鳴った。

ベッドサイドランプをつけようとしたが、明かりは灯らなかった。それで電話の用件はわかった。ベッドのそばにいつも用意している強力な懐中電灯をつけてから、受話器を取った。思ったとおり、電話は南部電力会社のオペレーションセンターからだった。センターは二十四時間操業している。電話してきたのはルーネ・オーグレンだった。オッレ・アンダーソンはその時点で、十月七日から八日のその晩の夜勤者はルーネ・オーグレンだと知っていた。オーグレンはマルメ出身で、三十年以上さまざまな電力会社で働いてきたベテランだった。来年で定年を迎える。単刀直入に用件を言った。

「スコーネの四分の一が停電している」

アンダーソンは驚いた。ここ数日風が強かったことはたしかだが、電気が止まるほどの強風ではなかったはずだ。

「なにが起きたのか、かいもく見当がつかない」オーグレンが続けて言った。「現時点でわかっているのは、イースタ郊外にある変電所が関係しているということだけだ。いますぐ行って見てくれ」

オッレ・アンダーソンは緊急事態だとわかった。都市部と平野部に複雑に送電ネットが張り巡らされているスコーネでは、イースタ郊外にある変電所は重要な中継点の一つだ。そこでなにか異常が起きれば、スコーネの広い範囲に電気が送れなくなる。送電ネットの異常を瞬時にキャッチするために、オペレーションセンターには二十四時間人員が配置されている。今週の夜勤はルーネ・オーグレンだった。

「私は寝てたのでわからなかったですが、停電はいつからですか?」

「十四分前だ。なにが起きたかを掌握《しょうあく》するのに時間がかかった。急いでくれ。こともあろうに、クリシャンスタ警察の非常警報装置が壊れて、町中に警報が鳴ってしまった」

こんなときに、と苛立ちながら、オッレ・アンダーソンは服を着た。妻が目を覚ました。

「どうしたの?」

「非常事態だ。スコーネの広範囲が真っ暗らしい」

「そんなに風が強いの?」

「いや、原因は風ではないかもしれない。寝てなさい」

懐中電灯を持って一階に下りた。彼の家はスヴァルテにある。変電所まで二十分の距離だ、服を着ながら、いま妻に言った言葉を考えた。

原因が複雑なら、一人では解決できないかもしれないという心配もあった。停電の範囲が大きかったら、すみやかに出力できるだろうか?

家の外に出ると、たしかに風は強かった。それでも、この程度では停電はしない、原因はほかにあると彼は確信した。車に乗り込み、無線を入れた。

「出動します」

十九分で変電所に到着した。途中は完全な闇だった。停電が起きると、原因を探しに夜の闇の中に飛び出すたび、彼はいつも同じことを思った。わずか百年前まで、夜はこのように真っ暗だったのだと。これが自然だったのだ。電気はすべてを変えた。いま生きている人間はだれも電気が通る以前の生活を知らない。もう一つ彼の心に浮かぶのは、いかに電気に頼る生活が心細いものかということだった。最悪の場合、電気供給の重要な中継地で簡単な不具合が発生するだけでスウェーデンの半分が機能しなくなる。

「着きました」アンダーソンはオーグレンに無線で報告した。

「急いでくれ」

変電所は野原のただ中にある。高いフェンスで囲まれていて、〈関係者以外立入禁止、生命の危険あり〉と警告する立て札がいくつも立っている。アンダーソンは寒さに背中を丸めながら進んだ。手には鍵束を持っている。頭には彼が自分で作ったサーチライトをつけている。サーチライトといっても強烈な光を放つ懐中電灯を額に二個取りつけたものだ。探している鍵はすぐに見つかった。フェンスのゲートまで来て、彼ははっとしたように足を止めた。錠前が壊されている。あたりを見まわした。車も人影も見えない。無線を取り出してオーグレンに呼びかけた。

「ゲートが壊されてます」

強風のためにオーグレンは聞き取りにくいようだった。アンダーソンは数回繰り返した。

「人の姿は見えない。中に入ってみます」

変電所のゲートが壊されたのは初めてではなかった。警察にはそのたびに届けを出した。若者たちが面白半分に破壊したこともあった。ときに、もし何者かが送電網の破壊を目的として変電所に侵入したらどうなるだろうと不安を感じることがあった。アンダーソン自身、しかもつい最近の九月の研修会で、新しいセキュリティ対策の導入計画についての説明を南部電力会社の技術責任者から受けたばかりだった。

アンダーソンは上を見た。手には大きな懐中電灯を持っていたため、三つの光があたりを照らした。鋼鉄でできた建物のうち、真ん中にある高い塔付きの小さな灰色の建物がいちばん重要な施設だった。入り口は頑丈な鋼鉄のドアで、錠前が二つついている。鍵を持っていなければ、爆発物で爆破させる以外に開けようがない代物だ。アンダーソンは鍵にそれぞれ色のついたテープを貼っていた。赤いテープはゲート用に、鋼鉄ドア用の二つの鍵には黄色と青のテープが貼ってある。あたりを見まわした。静まり返っている。風の音だけが聞こえる。彼は歩きだした。数歩で立ち止まった。なにかがいつもとちがう。ふたたびあたりを見まわした。後ろになにかあるのか？　ジャケットにくくりつけた無線機からオーグレンの声が雑音とともに聞こえる。その呼び声には答えず、彼はあたりを観察した。なにがちがうのか？　暗闇には異常なものはなにもなかった。とにかく懐中電灯の光で見てわかる範囲では。だが、臭いだ。臭いがちがう。外の畑からくる臭いか？　農夫が肥料をまいたのだろうか？　彼はゲートに入って、低い建物のほうへ歩きだした。臭いが漂っている。突然足を止めた。鋼鉄のドアが開いている。

アンダーソンは二、三歩退いて、無線に呼びかけた。

「ドアが開いてます。聞こえますか?」

「聞こえる。ドアが開いているとはどういうことだ?」

「言葉どおり、ドアが開いてるんです」

「開いてるとは? なぜだ?」

「わかりません」

オーグレンからの声が途絶えた。アンダーソンは急に心細くなった。そのとき、オーグレンの声がふたたび聞こえた。

「鍵で開けられているのか?」

「はい。それになんか変な臭いが」

「中に入って、なんなのか、調べるんだ。すぐに行け。上からの電話がじゃんじゃんかかってきている。みんな停電の原因を知りたがっている」

アンダーソンは深く息を吸い込むと、ドアに近づき、大きく開けて中を照らした。なにも見えない。そのとたん、強烈な異臭が彼の鼻をついた。次の瞬間、すべてわかった。スコーネの四分の一が停電しているのは、変電所内の高圧電流の配電線に引っかかっている真っ黒い死体のせいだった。停電の原因は焼けた人体だったのだ。

アンダーソンは後じさりして建物を出て、無線に呼びかけた。

「変電室の中に死体があった！」

一瞬の沈黙のあと、オーグレンの反応があった。

「なんだって？　もう一度繰り返してくれ」

「変電室の中に黒焦げの死体があるんです！　人が焼け死んだために停電が発生したんです」

「そんな！」

「私が言っていることが聞こえたでしょう！　それで送電システムがおかしくなったんです」

「警察に通報しよう。きみはそこにいなさい。こっちは送電網をなんとか再生してみる」

無線が切れた。アンダーソンは体の震えを抑えることができなかった。ここで起きたことが信じられなかった。変電室に入り込んで、高圧電流で自殺する人間がいるなんて？　電気いすに座るのと同じことなのに？

気分が悪くなった。吐き気を静めるために、彼は車に戻った。

風は相変わらず強く、寒かった。雨も降りはじめた。

真夜中過ぎ、真っ暗なイースタ警察署に通報が入った。電話を受けた警官は通報を書き留め、すばやく判断を下した。死んだ人間がいることから、彼はまず犯罪捜査課の宿直のハンソンに電話をかけた。ハンソンはすぐに出動すると応えた。電話のそばには常日ごろからロウソクが置かれている。マーティンソンの電話番号は暗記していた。マーティンソンはなかなか電話に出なかった。眠っていて、停電に気づかなかったのだ。マーティンソンはハンソンの言葉を聞いて、これは大変なことになったと思った。電話を切ると、暗闇の中で暗記していた電話番号を押した。

ヴァランダーは電気がつくのを待ちながら、いつのまにかソファで眠っていた。だが、電話が鳴って目を覚ましたとき、部屋の中は依然として暗かった。受話器を取ろうとして、電話を床に落としてしまった。

「マーティンソンです。ハンソンから電話がありました」

その声ですぐになにかとんでもないことが起きたとわかった。次の言葉を待った。

「イースタ郊外の変電所で死体が見つかったそうです」

「だから停電したのか？」

「それはわかりません。でも、電話したほうがいいと思ったもので。風邪を引いたそうですね」

ヴァランダーはつばを呑んだ。のどがまだ腫れているが、熱はない。

「車が壊れている。迎えにきてくれないか」

「十分で行きます」

「もっと早く。五分で来てくれ」

暗い中で服を着て、ヴァランダーは外に出た。雨が降っている。マーティンソンは七分後にやってきた。真っ暗な町の中を走った。ハンソンが郊外に出る環状交差点《ロータリー》で待っていた。

「町の北側の、廃棄物ステーション付近の変電所です」マーティンソンが言った。

ヴァランダーはその場所を知っていた。バイバがラトヴィアから遊びにきたとき、その辺の森を散歩したことがあった。

「いったいなにが起きたんだ？」

「電話で伝えた以上のことは、自分も知りません。南部電力から電話で通報がありました。停電の原因を調べるために変電所へ行ったら、死体があったということです」

「停電は広範囲なのか？」

「ハンソンによればスコーネ地方の四分の一が真っ暗だそうです」

ヴァランダーは驚いた。停電がそれほど広範囲に起きたことはいままでにない。吹雪のときにたまに停電になることはあっても、また一九六九年の落雷のときも停電は起きたが、これほど広範囲の停電にはならなかった。

主幹道路から降りた。雨足が強まり、マーティンソンはワイパーをマックスにした。ヴァランダーはレインコートを着てこなかったことを後悔した。ゴム長靴は故障した車のトランクの中だ。その車は警察署に置きっぱなしになっている。

ハンソンがブレーキを踏んだ。サイドランプが暗闇に光る。ヴァランダーの目に作業服を着た男が手を振って合図している姿が映った。

「ここは高圧電流の変電所です。ひどい光景が待ち受けていると思いますよ。もし焼け死んだ遺体があるというのが本当なら」マーティンソンが言った。

雨の中に出た。さえぎるもののない自然の中で、風はさらに強く感じられた。作業服の男はショックを受けて呆然としていた。ヴァランダーはひどいことが起きたにちがいないと思った。

「あそこの中です」と男が指差した。

ヴァランダーが先に立って歩きだした。雨のせいで、よく見えなかった。マーティンソンとハンソンが後ろからくる。おびえた顔の男が脇を歩いている。

「あそこです」と男は変電室の前まで来ると、また指差して言った。

「電気はまだ切れたままか？」ヴァランダーが訊いた。

「はい。完全に切れています」

ヴァランダーはマーティンソンから懐中電灯を受け取ると、建物の中を照らした。臭いがする。焼けた人間の肉の臭いだ。これには決して慣れることができない。いままで何度も火事などで人が焼け死んだ場で嗅いだ臭いである。ハンソンはもうじき吐くだろう。彼は死体の臭いに耐えられないのだ。

体は真っ黒に焼けていた。顔がなくなっている。黒焦げの人間の燃えかすだった。死体は電線やスイッチやブレーカーの中に引っかかっていた。

ヴァランダーはマーティンソンにも見えるように体を動かした。

「こりゃあ、ひどい！」マーティンソンがうなった。

ヴァランダーはハンソンに声をかけ、ニーベリに出動を頼むように言った。

「自家発電機を持ってくるように言ってくれ。明かりがまったくつかないからな」

それからマーティンソンに訊いた。

「死体を発見した者の名前は？」

「オッレ・アンダーソンです」

「ここでなにをしてたんだ?」

「南部電力が彼をここに送り込んだらしいです。異常事態に備えて二十四時間待機している送電復旧作業員の一人です」

「話を聞いてくれ。時間の経過をくわしく訊くんだ。それと、このあたりを歩きまわるな。ニーベリが腹を立てるからな」

マーティンソンがアンダーソンを片隅に連れて行った。ヴァランダーは一人になった。その場にかがみこみ、懐中電灯の光を黒い死体に当てた。衣服はすっかり燃えてしまっている。まるでミイラのようだ。あるいは大昔の地層の中に発見された人間の骨。だがここは近代的な変電所の中の一室だ。これはどういうことか。停電は夜十一時ごろに始まった。まもなく一時になるところだ。もしこの人間が停電の原因なら、二時間ほど前に感電死したということになる。

ヴァランダーは立ち上がった。懐中電灯はコンクリートの床に置いたままにした。いったいなにが起きたのだろう? 町外れの変電所まで来て高圧電流に飛び込んで地域一帯を停電させた? ヴァランダーは顔をしかめた。そんなに簡単であるはずがない。疑問が次々に湧いてくる。照明はどこにあるのか? あたりをぐるりと見渡した。とにかくいまはニーベリの到着を待つしかない。

そのとき言いようのない不安感がこみ上げてきた。懐中電灯の光を黒焦げの死体の上に走らせた。なんだろう。なにが不安の原因か? なぜかその体つきに見覚えがあるような気がしてならなかった。いまの状態ではもちろんなく、生きているときに見たことがあるような。

ヴァランダーは建物の外に出、頑丈な鋼鉄製のドアを見た。ドアに仕掛けをした跡はない。いかめしい錠前が二つついている。来たときと同じ道筋で戻った。地面に痕跡のないところを歩いた。フェンスのそばまで来て、ゲートを調べた。ゲートの錠前は壊されていた。これはなにを意味するのだろう？ ゲートは壊されているのに、頑丈な鋼鉄製のドアは壊されもせず鍵で開けられている。マーティンソンは、と見ると、送電復旧作業員の車に乗り込んで話を聞いている様子だ。ハンソンは車から電話をしている。エンジンをつけたまま、ワイパーも動いている。ヴァランダーはマーティンソンの車の中の温度を上げた。のどが痛い。ラジオをつけると、真夜中の臨時ニュースを放送していた。それを聞いてようやく全体の様子がつかめた。スコーネの四分の一が停電していた。トレレボリからクリシャンスタまで真っ暗だった。自家発電機を使っている病院をのぞけば、全地域が電気のない状態ということになる。南部電力会社の理事がインタビューに応えて、異常箇所は確定できた、あと三十分ほどで通電する、場所によっては少し遅れるところが出てくるかもしれない、と話している。

ここはあと三十分での復旧は無理だろう、とヴァランダーは思った。それに、インタビューに応えている人間は、停電の原因を知っているのだろうか？

ホルゲソン署長に知らせなければならない。マーティンソンの携帯電話を手に取ると、署長の番号を押した。しばらく呼び出し音が鳴ってから、署長が出た。

「ヴァランダーです。停電していることに気がつきましたか？」

「停電？　眠ってたから知らなかったわ」

ヴァランダーはかいつまんで状況を報告した。話を聞くなり署長は言った。

「わたしもすぐ現場に行きましょうか？」

「いえ、署長には南部電力に連絡して、停電原因が警察捜査の対象になっていることを知らせてもらいたい」

「いったいなにが起きたの？　自殺ですか？」

「いえ、まだわかりません」

「破壊工作？　テロですか？」

「いや、まだなにもわからないのです。どんな可能性も除外しないほうがいいとだけは言えます」

「南部電力にはすぐに電話します。今後の進展を知らせて」

通話が終わった。ハンソンが雨の中を走ってくる。ヴァランダーは車のドアを開けた。

「ニーベリと連絡がついた。こっちへ向かっている。中はどんな様子だ？」

「黒焦げの死体だ。頭は焼け落ちてなにもない」

ハンソンはなにも言わず雨の中を自分の車に引き返した。

二十分後、ニーベリの車のライトがバックミラーに見えた。ヴァランダーは車を降りて迎えた。ニーベリはげっそり疲れて見えた。

「なにが起きたというんだ？　ハンソンの電話はいつもながらまったく要領を得ない」

「変電室の中に黒焦げの死体がある。残骸と言うほうがいい。なにも残っていない」

ニーベリはあたりを見まわした。

「高圧電流にふれたら、そのとおり、ふつうなにも残らない。それが停電の原因なのか？」

「おそらく」

「ということはこの近辺の人間ぜんぶが、おれがその黒焦げ死体を除去するのを待っているということか？」

「さしあたり、そのつもりでやってくれ。南部電力はほかの方法でいま通電の作業をしているらしい。が、もちろん、ここは除外されるはずだ」

「もろいな、電気で支えられている社会は」と言うと、ニーベリは鑑識の係官たちに指示を与えはじめた。

エリック・フークベリも同じようなことを言っていた。コンピュータ社会の強さともろさは表裏一体と。いま彼がコンピュータで株の売買をやっていたら、停電で立ち往生していることだろう。

ニーベリはてきぱきと仕事をした。まもなく自家発電機で投光器が稼働しはじめた。マーティンソンが車に戻ってきて、メモに目を通している。

「送電復旧作業員のオッレ・アンダーソンは送電責任者のオーグレンという上司から電話で指令を受けたと言ってます。送電停止がここから始まっていることがわかったからだそうです。

アンダーソンの家はスヴァルテなので、二十分以内にここに到着した。ゲートが壊されているのがすぐにわかった。変電室の鋼鉄製のドアは鍵で開けられていることもわかった。そして、変電室をのぞいて、停電の原因がわかった、というわけです」

「ここの様子は？」

「ここに来たときは、だれもいなかったと言ってます」

ヴァランダーは考えた。

「鍵のことははっきりさせなくてはならない」

アンダーソンの車へ行ってみると、通話中だった。相手は上司のオーグレンらしい。彼はすぐに通話を終わらせた。

「ショックだったでしょう？」

「恐ろしいことです。いったいなにが起きたんですか？」

「まだわからない。ここに来たとき、ゲートは鍵が壊されて開いていたんだね？　だが、変電室の鋼鉄製の頑丈なドアは壊されていなかったが少し開いていた。これはどういうことだと思いますか？」

「全然わかりません」

「ここの鍵を持っているのは、ほかには？」

「送電復旧作業員がもう一人います。モーベリ。イースタに住んでいます。本社にももちろん合い鍵が保管されてますが。すべて厳重に管理されてます」

「だが、だれかが鍵を開けて入った？」

「そうとしか思えません」

「合い鍵はすぐ作れるようなタイプの鍵じゃないんですよね？」

「これはアメリカ製の錠前と鍵です。コピーした鍵では開かないように作られています」

「モーベリのファーストネームは？」

「ラース」

「鍵をかけるのを忘れたということは？」

アンダーソンは首を振った。

「あり得ません。そんなことをしたらクビになる。チェックが厳しいんです。もちろん、セキュリティ対策として当然なことです。ここ数年はさらに厳重になりましたから」

ヴァランダーはほかにはいまのところ訊くことはないと思った。

「しばらくここで待っていてくれませんか。もしかするとなにか訊かなければならないことが出てくるかもしれない。それと、ラース・モーベリに電話してもらいたい」

「なぜですか？」

「ここの鍵を間違いなく持っているかどうか訊いてほしい。ゲートと変電室の鋼鉄製のドアを開ける二つの鍵のことですよ」

ヴァランダーは車から降りた。雨は小降りになっていた。アンダーソンと話したことで、不安がつのってきた。自殺しようとして、偶然にこの場所を選んだということはあり得る。しかし、そうとは思えなかった。とくにドアが鍵で開けられているのがおかしい。自殺ではないだろう。殺人がおこなわれたのだ。それをごまかすため、死体がここの高圧電流に投げつけられて焼かれたのだ。

ヴァランダーは投光器の光の中に入った。鑑識が写真とビデオを撮り終わったところだった。ニーベリが死体の前にひざまずいていた。ヴァランダーが光をさえぎって影を作ったとき、低く不満のうなり声を上げた。

「どうだ?」ヴァランダーが訊いた。

「検視医がここに来るのにとんでもなく時間がかかっている。おれはこの下になにがあるのか見たいのだが」

「なにが起きたと思う?」

「おれが想定で話をしないということは、あんたも知っているだろうが?」

「それでも、われわれは想定で捜査を進めざるを得ない。あんたの意見を聞きたい」

ニーベリはしばらく考えてから答えた。

「自殺するのにこの方法を選んだのなら、なんとも驚きだ。これが殺人なら、じつに残酷な方法だ。これは電気いすで処刑するのと同じと言っていいのだからな」

そのとおりだ、とヴァランダーは思った。復讐かもしれないとさえ思わせる。電気いすと同じような方法で殺す思いつきだ。

ニーベリは仕事に戻った。鑑識の係官がフェンスの内側を調べはじめた。検視医が到着した。

ヴァランダーは何度か会っている。スサンヌ・ベクセルといい、口数の少ない女性の医者だった。到着するなりすぐに仕事を開始した。ニーベリはポットからコーヒーを注いだ。ヴァランダーはほしいかと訊かれ、うなずいた。今晩はどうせ眠れる時間などないにちがいない。マーティンソンがやってきた。全身濡れて震えていた。ヴァランダーはいまもらったばかりのコーヒーをマーティンソンに差し出した。

「電気の復旧作業が始まっています。イースタの周辺はすべて電気がついているようです。どうやったのか、わかりませんが」

「アンダーソンは同僚のモーベリと連絡をとったか？　鍵のことで」

マーティンソンはそれを訊きに行った。ハンソンが車の中に呆然として座っている姿が見えた。ヴァランダーは車まで行って、もう帰れと言った。イースタの町はまだ停電が続いているから、ここにいるよりも、やらなければならないことがたくさんある。ハンソンはありがたそうな顔でうなずくとすぐに立ち去った。ヴァランダーは医者のほうへ行った。

「焼け死んだ男について、話してくれないか？」

「男？　女よ、これは。少なくともそれだけは言えるわ」医者は即座に答えた。

「たしかか？」

「ええ。ほかのことはなにも言えませんが、それだけはたしかよ」

「それでも訊きたいことがある。ここに来たとき、彼女は生きていたか、死んでいたか？」

「それはまだわからないわ」

ヴァランダーは考え込んだ。黒焦げの死体は男だと最初から思い込んでいた。

そのとき、フェンスの周辺を調べていた鑑識の男が、手になにか持ってニーベリのほうへ行く姿が見えた。ヴァランダーはそっちへ行った。

ハンドバッグだった。

ヴァランダーは目を凝らして見た。

最初ははっきりしなかったが、しだいに見たことのあるハンドバッグだと思った。たしかに、一昨日見たものだった。

「フェンスの北側でこれを見つけました」係官がニーベリに言った。

「黒焦げ死体は女だったのか？」ニーベリが驚いて目を上げた。

「そうだ。それだけではない。名前までわかったぞ」

そのハンドバッグは取調室で一昨日見かけたものだった。金属の金具が樫の葉っぱのデザインだった。

「間違いないか？」

「これはソニャ・フークベリのものだ。つまり、あそこで死んでいるのはソニャ・フークベリということになる」

時計は夜中の二時十分をまわっていた。雨足がまた強くなった。

8

未明の三時にイースタに電気が戻った。

その時間、ヴァランダーはまだ鑑識課の係官らとともに変電所の現場に残っていた。通電の知らせは署に戻ったハンソンからあった。スコーネの平坦な地形のかなたに、農家に灯った明かりが見えた。

検視医の現場での調べが終わり、死体は運び出され、ニーベリは鑑識の作業を続けることができた。オッレ・アンダーソンの説明で、変電所内の複雑な送電システムを掌握《しょうあく》した。変電所の敷地内とその付近の足跡調べも引き続きおこなわれた。雨が絶え間なく降って作業は難航した。マーティンソンは泥の中で転び、上着の袖に穴を開けてしまったし、ヴァランダーは寒さに震え、ゴム長靴を持ってこなかったことを後悔した。

イースタに明かりが灯ったとの知らせを受けたヴァランダーとマーティンソンは、パトカーの一つにいっしょに潜り込んで暖をとり、現段階でわかっていることをまとめた。ソニャ・フークベリは警察署を逃げ出してから約十三時間後に変電所で黒焦げになって見つかった。ここまでは歩いてきたのか？　時間的には可能だ。だが、イースタの町からここまでは八キロもある。ヴァランダーもマーティンソンもソニャが徒歩で来たとは思えなかった。

「歩いていたら、絶対だれかに見られていたはずです。警察の車が町中彼女を捜していたんですから」

「念のため、チェックしてみよう。イースタからここまでの道を歩いていた女を見かけた者がいなかったかどうか捜すんだ」ヴァランダーが言った。

「ほかの方法で来たのでは？」

「何者かがここまで車で送ってきたということか？ ここまで車で送ってきて、彼女一人を降ろして戻ったというのか？」

二人は同時に同じことを考えた。ソニャ・フークベリの死にかただ。自殺なのか、それとも他殺か？

「鍵のことが不明だ。フェンスのゲートは壊されていたのに、変電室のドアは鍵で開けられていたのはなぜか？」

二人とも沈黙してその理由を考えた。

「鍵を手に入れることができた人間をリストアップしなければならない。ここの合い鍵すべてを追跡するんだ。だれが持っているのか、鍵の所有者は昨夜どこにいたか、すべてだ」

「よくわかりません。ソニャ・フークベリは殺人を犯したばかりですよね。そしてこんどは彼女が殺されたということですか？ 自分には自殺したと思うほうがしっくりくるんですが」

ヴァランダーは答えなかった。さまざまな考えが浮かんだが、とりとめがなく、関連づけることができなかった。ソニャ・フークベリとの会話が次々に頭に浮かんでくる。たった一回の取り調べになってしまったが。

「あんたもソニャ・フークベリと話したな。印象は？」

「あなたと同じです。彼女は後悔していなかった。まるで虫でも殺したように無関心でした」

「だが、そうなると自殺という想定は成り立たんな。人殺しをして良心の呵責を感じていない人間が自殺などするか？」

マーティンソンがワイパーを止めた。フロントガラスを通して、オッレ・アンダーソンが車に呆然として座っているのが見えた。その向こうに投光器の向きを変えているニーベリの姿が見える。怒っているのか、苛立っているのか、その動きは乱暴だった。

「他殺だとすれば、なにが根拠ですか？」マーティンソンが訊いた。

「根拠はない。自殺かもしれないという推測と同じほどなんの根拠もない。両方の可能性がある。どちらかに絞る必要はない。だが、事故でないことだけはたしかだ」

二人はふたたび黙り込んだ。しばらくして捜査会議は八時にしようと言ってヴァランダーは車を降りた。雨は止んでいた。体全体がだるい。それに寒くてたまらない。のども痛かった。

変電室での作業を終えようとしていたニーベリのほうへ行った。

「なにか見つかったか？」

「いや」

「作業員のオッレ・アンダーソンはなにか言っていたか？」

「なにについて？　おれの仕事のしかたについて文句があるってか？」

ヴァランダーは心の中で十まで数えた。ニーベリの機嫌は最悪だった。ここで彼を苛立たせたら、このあと手がつけられなくなる。

「あの男にはなにがなんだかわからないらしいぞ」しばらくしてニーベリが言った。「黒焦げの死体が停電の原因だったことはたしかだ。だが、死んでから投げ込まれたのか、それとも生きているうちに高圧電流に当てられて感電死したのか、それは医者の検視を待つしかない。いや、彼らにもその判断はむずかしいかもしれない」

ヴァランダーはうなずいた。時計を見ると、すでに三時半をまわっていた。これ以上ここにいる必要はないだろう。

「それじゃ。八時に捜査会議を開く」

ニーベリはぶつぶつ口の中でなにか言った。おれも行くと言ったのだろうとヴァランダーは解釈した。そこからマーティンソンの車に戻った。彼はメモを書きつけていた。

「さあ、帰ろう。おれを家の前で降ろしてくれ」

「車はどうしたんです?」

「エンジンがかからない。うんともすんとも言わない」

二人は無言のままイースタに戻った。アパートに戻ってから、彼は浴槽に熱い湯を張った。いつ待っている間に頭痛薬の最後の一錠を飲み、台所の買い物リストに頭痛薬と書き加えた。いつ薬局へ行く時間がとれるのだろうかと思いながら。

熱い湯でようやく体が温まった。湯の中でうとうとした。頭はまったく空っぽだった。だがしばらくすると、現場で見たもののイメージがよみがえってきた。黒焦げのソニャ・フークベリ。それからエヴァ・ペルソンのことを思い出した。事件の経過を追った。思い出したことを忘れないように、ゆっくり記憶をたどっていった。なにもかもがばらばらで繋《つな》がらない。そもそもヨーアン・ルンドベリはなぜ殺されたのか？　どんなわけがあって、ソニャ・フークベリは彼を殺したのだ？　なぜ十四歳の少女エヴァ・ペルソンを巻き込んだのか？　金がほしいという思いつきで殺したのではないことはたしかだ。なにかに金が必要だったのか？　あるいはまったく別の動機があったのか？

変電室の外で見つかったソニャ・フークベリのハンドバッグには三十クローネしか現金が入っていなかった。強盗した金は警察が押収している。

ソニャ・フークベリは逃亡のチャンスができたとき、ためらわず逃げた。午前十時ごろのことだ。まったくの偶然で、あらかじめ計画されたものではなかった。警察署から逃げ出して約十三時間行方をくらました。そしてその死体はイースタから八キロ離れたところで発見された。どうやって変電所まで行ったのだろう？　ヒッチハイク？　それともだれかに迎えにきてもらったのだろうか？　自殺するつもりで変電所まで送ってもらったのか？　あるいは殺されたのか？　変電室のドアの鍵を持っていて、フェンスのゲートの鍵は持っていなかった人間はだれか？

ヴァランダーは浴室を出た。自殺か他殺か？　自殺なら、なぜ変電所を選んだのか？　その場合どうやって変電室に入ったのか？　他殺なら、なぜ殺されたのか？

ベッドに潜り込んだ。すでに四時半になっていた。頭の中で考えがぐるぐるまわっている。疲れすぎていて、これ以上考えることができない。眠らなければ。明かりを消す前に目覚まし時計を掛けた。そして、鳴りだしたら起きなければ止められないように、ベッドからできるだけ離れたところに置いた。

時計が鳴ったとき、まだ数分しか眠ってないような気がした。つばを呑み込んでみた。のどはまだ痛んだが、寝る前よりはよくなっていた。額に触ってみた。熱はなかった。だが、鼻が詰まっていた。浴室へ行って鼻をかんだ。コーヒーができるまでの間、窓の外をながめた。相変わらず風が強い。だが雨雲はなくなっている。気温は五度。車を修理に出す時間がいつできるのだろうか、とぼんやり考えた。

八時過ぎ、捜査官たちは全員会議室に集まった。ヴァランダーはマーティンソンとハンソンの疲れ切った顔を見て、自分はどんな顔をしているのだろうと思った。ホルゲソン署長だけは、みんなと同様にあまり眠っていなかったにもかかわらずいつもと変わりない。会議の口火を切ったのも彼女だった。

「昨夜の停電は、スコーネではめったにないほど広範囲にわたる、復旧に手間のかかる複雑なものだったらしいです。こんなことが起きるとは、想定外だったらしい。しかし、起きてしまった。関係行政機関と民間防衛組織がセキュリティシステム改善のために調査を開始することを、一応捜査会議に入る前にお知らせしておきます」

署長はここでヴァランダーに合図した。ヴァランダーが現段階で把握《はあく》していることをまとめた。

「まだなにもわかっていない」と話の最後に言った。「事故なのか、自殺なのか、他殺なのか。状況から言って、事故とは考えにくい。ソニャ・フークベリは一人で、あるいはほかの者の手を借りてフェンスのゲートを壊して変電所に侵入したのか。おかしなことにフェンスのほうは壊したのに、変電室のドアの鍵は持っていたらしい。どうも腑に落ちないのだ」

テーブルを囲んでいる者たちを見渡した。マーティンソンが手を挙げて、イースタから変電所までの道は、何台ものパトカーが行き来していて、ソニャ・フークベリが歩いていたとすれば見逃すはずがなかったと言った。

「わかった。ということは、何者かが彼女を変電所まで車で連れて行った、送った、あるいは運んだということになる。タイヤの跡はどうだ？」

この問いはテーブルの端に充血した目で髪の毛もぼさぼさのニーベリに向けられた。定年退職するのが待ちどおしいだろうとヴァランダーは思った。

「警察の車と送電復旧作業員のアンダーソンの車以外に二つの異なるタイヤの跡がある。だが雨が降り続いたためにタイヤの跡は崩れてしまっている」

「不明の車が二台あるということか？」

「アンダーソンはそのうちの一つは同僚のモーベリの車のタイヤじゃないかと言っている。いま調べているところだ」

「ということは、まったくわからないのは残りの一台ということだな」

「そうだ」

「その車がいつごろ現場に来たのかわからないか?」

ニーベリが驚いて顔を上げた。

「そんなこと、どうしてわかるというんだ?」

「あんたの有能さを知っているからね。あんたならひょっとしてわかるかもしれないと思ってのことだ」

「それはどうも。しかしなにごとにも限界というものがあるんでな」

それまで発言しなかったアン＝ブリット・フーグルンドが手を挙げた。

「他殺としか考えられないんじゃありませんか? みんなと同じように、わたしもソニャ・フークベリが自殺したとは思えません。かりに彼女がすべてを終わらせたいと願ったとしても、自分の身を焼くという手段で自殺するとは考えられません」

突然、ヴァランダーは数年前の事件を思い出した。中央アメリカから来た少女が菜の花畑で頭からガソリンをかぶって焼身自殺したのだ。それは思い出せるかぎりもっとも恐ろしい出来事の一つだった。ヴァランダーはすぐ近くで少女が燃えるのを目撃したのだが、止めることができなかった。

「女性が自殺する手段には、たとえば薬があります。ピストル自殺はめったにない。高圧電流に飛び込んで自殺するということも、ちょっと考えられません」

「きっとそうだろう」ヴァランダーが言った。「医者の検視結果を待とう。現場で死体を見ただけのおれたちには、なんとも判断がつかない」

ほかに疑問の手は挙がらなかった。

「次に変電室の鍵のことがある」ヴァランダーが続けた。「いまのところこれがもっとも重要なことだ。盗まれた鍵がないかをチェックすること。ここからソニャ・フークベリの変死捜査に着手しよう。タクシー運転手殺害事件の捜査はエヴァ・ペルソンの尋問から再開する。未成年者だが、かまわず徹底的に訊き出すのだ」

鍵の件はマーティンソンが引き受けた。会議は終わり、ヴァランダーはコーヒーを取りに行って自室に戻った。すぐに電話が鳴った。受付のイレーヌだった。

「来客です」

「名前は？」

「医者で、エナンデールというかたです」

エナンデール？　聞き覚えがなかった。

「用件は？」

「あなたと話をしたいと」

「なにについてだ？」

「わかりません」

「ほかの者に回してくれ」

「もちろん、そう言いましたが、エナンデールさんはほかの捜査官ではだめだと言います。とても大事なことだそうです」

ヴァランダーはため息をついた。

「そっちに行く」と言って、受話器を置いた。

受付で待っていた男は中年で、短く刈り込んだ髪に、ジョギングウェア姿だった。ダーヴィッド・エナンデールと名乗って力強くヴァランダーの手を握った。

「今日はあいにく忙しいのです。ご用件は？」ヴァランダーは急かした。

「長い時間は必要ない。ただ、大事なことなのです」

「昨夜の停電のために警察はてんてこ舞いで、十分しか時間がありません。なにかの訴えですか？」

「ある誤解を解きたいのです」

ヴァランダーは次の言葉を待ったが、エナンデールは続けなかった。しかたがなく部屋に案内した。来客用のいすにエナンデールが腰を下ろしたとたん、いすの肘掛け部分が床に落ちた。

「そのままにしておいてください。壊れているのです」

ダーヴィッド・エナンデールはいきなり用件を言った。

「数日前に亡くなったティネス・ファルクのことですが」

「その件ならもう解決済みです。彼は自然死だったので」

「まさにそのことを正したいのですよ」と言うと、エナンデールは短い毛に指を通した。

男は気になってしようがないことがあるらしかった。

「話を聞きましょう」

ダーヴィッド・エナンデールは慎重に言葉を選んで話しはじめた。

「私は長年ティネス・ファルクの主治医をしています。最初に診たのは一九八一年で、手にアレルギーが出たのがきっかけだった。当時私は病院の皮膚科で働いていたのですが、一九八六年に新しいクリニックが開設されたとき、私は独立してそこに加わった。ファルクは私についてきた患者です。アレルギー反応はなくなっていましたが、私は定期的に彼の健康全体を診ていた。ファルクはつねに自分の健康状態を掌握《しょうあく》していたいタイプの人間でした。彼はまじつに健康に気を使い、食べ物、運動、規則正しい生活を全うしていました」

この話はどこへ向かうのだろう、とヴァランダーは苛立ちはじめた。

「ティネス・ファルクが死んだとき、私は旅行中だった。昨日帰って初めて彼の死を知ったのです」

「どのようにして知ったのですか？」

「彼の元妻が電話してきました」

ヴァランダーはうなずき、話をうながした。

「心臓発作だったと聞きましたが」

「われわれもそのように聞いてます」

「問題は、そんなことはあり得ないということなのですよ」

ヴァランダーは眉毛を上げた。「それはなぜ？」

「じつに簡単なことです。最近、じつは十日前に私はファルクのくわしい健康診断をしたばかりなのです。心臓の状態はじつによかった。二十代の若者と同じようなコンディションだった」

ヴァランダーは考えた。

「つまり、検視した医者が間違っていると言いたいのですか？」

「心臓になんの問題もない人間に心臓発作がまれに起きることがあるということは知っている。だが、あのファルクにいま心臓発作が起きたとは考えられないのですよ」

「それじゃ、死因はなんだと思われるのですか？」

「わからない。だが、私としては間違いを正したい。心臓でないことはたしかなのだ」

「このことは報告します。ほかにもなにか？」

「なにかが起きたにちがいない。頭に傷があったと聞きましたが？　襲われたのではないか？　つまり、殺されたのでは？」

「いや、それを物語る証拠はありません。金も盗られていませんし」

「とにかく心臓でないことだけはたしかです。私は検視医でも解剖医でもないから、死因がなにかを言うことはできないが、心臓に問題はなかったということだけは言っておかなくては気が済まない」

ヴァランダーはメモをとり、エナンデールの住所と電話番号を書きつけた。もう時間がなかった。彼は立ち上がった。

彼らは受付のところで別れた。

「とにかく主治医として、ファルクの死因が心臓発作だとは信じがたいとしっかり伝えたかったのです」エナンデールはそう言って帰っていった。

部屋に戻ると、いまとったメモを引き出しにしまい込み、昨夜の出来事の報告を書くことに没頭した。

前年、ヴァランダーはパソコンを支給され、パソコン使用法の一日講座に参加した。だがその後は面倒なのと時間がかかるのとで放っておいた。つい数ヵ月前まで、見るのもうんざりだったのだが、ある日、たしかに便利なものだと気がついた。彼の机の上は、思いついたことや進行中の考えを書きつけた紙であふれていたが、パソコンを使うと、それらはすべて必要なくなった。いまだ人差し指だけでキーボードを打っていたし、使いかたがわからないところもあったが、それでも整理整頓ができるようになったことだけはありがたかった。

十一時、マーティンソンが変電所の鍵の所持者のリストを持ってヴァランダーの部屋に入ってきた。五人いた。ヴァランダーは名前に目を通した。

「全員が鍵を持っていました。なくした者はいません。モーベリ以外はだれもここ数日変電所に行った者もいません。ソニャ・フークベリが逃亡してからの時間帯になにをしていたか、全員調べましょうか？」

「それはまだいい。検視医が最終的な報告を出すまで、どっちみちおれたちは動けないのだから」

「エヴァ・ペルソンはどうしましょうか？」

「しっかり話を聞き出そう」

「担当者は？」

「アン＝ブリットに頼もうと思っている」

十二時過ぎ、ヴァランダーはフーグルンドといっしょに運転手ルンドベリの報告書に目を通した。のどの痛みはおさまったが、疲れが残っていた。車はやはりエンジンがかからなかった。しかたなく自動車修理工場に電話をかけ、車を取りにきてくれと頼んだ。鍵を受付のイレーヌに預け、彼は徒歩で昼食を食べに出かけた。レストランでは昨夜の停電の話で持ちきりだった。そのあとドラッグストアに寄って石けんと頭痛薬を買った。署まで戻ったとき、本屋に本を受け取りに行くことを思い出したが、風が強かったのでやめにした。駐車場の車は修理工場の者が引き取りに来ていた。電話をしてどこが悪いのかと訊いてみたが、まだわからないという。修理費の見積もりを頼んだが、返事がはっきりしない。電話を切って、決心がついた。もういい。この車はおしまいだ。買い替えよう。

そのあと、彼は机に向かい、考えに沈んだ。ソニャ・フークベリは偶然にあの変電所へ行ったはずがない。あの変電所がスコーネでもっとも大切な変電所であるのもまた偶然であるはずがないという結論に至った。

鍵のことがある。何者かがソニャ・フークベリをあそこまで連れて行ったのだ。変電室の鍵を手にした人間だ。

なぜゲートが壊されたのだろう。いっぽう、ドアの鍵はふつうに開けられているのだ。
マーティンソンから受け取ったリストに目を落とした。五人いる。五人がそれぞれ二個の鍵を持っている。
オッレ・アンダーソン　送電復旧作業員
ラース・モーベリ　送電復旧作業員
ヒルディング・オーロフソン　運行管理主任
アルツール・ヴァールンド　安全責任者
ステファン・モリーン　技術責任者
どの名前も特別の意味をもたなかった。マーティンソンに電話をすると、彼はすぐに電話に出た。
「鍵の所持者たちのことだが、警察の前歴者リストに彼らの名前はないね？」
「チェックするべきでしたか？」
「いや、そうではないが、あんたはいつも慎重だから、ひょっとしてと思っただけだ」
「いますぐにできますが？」
「いや、もう少し待とう。検視医からはまだなにも報告がないか？」
「早くても明日にならなければなにもわからないのではないですか？」
「そうか。それじゃ、このリストの名前をチェックしてもらおうか。時間があったらでいいが」
ヴァランダーとちがって、マーティンソンはパソコンを駆使するのが得意だった。コンピュータのことでなにかわからないことがあったら、まずマーティンソンに訊くのが当たり前になっていた。

ふたたびタクシー運転手の件に戻り、ゆっくりと報告書を読み進んだ。三時、コーヒーを取りに行った。鼻風邪はほぼ正常に戻っていた。のども痛まない。ハンソンからフーグルンドがエヴァ・ペルソンと話に行ったと聞いた。よし、順調に進んでいる。たまには捜査がこのように滞りなく進むこともあるのだ。

ふたたび机に向かったとき、戸口にホルゲソン署長が現れた。手に夕刊を持っている。その顔を見て、なにかとんでもないことが起きたとわかった。

「これ、見ましたか？」と言って、署長は夕刊紙を開いたままヴァランダーに渡した。

ヴァランダーは写真を見て目をみはった。エヴァ・ペルソンが床に倒れている。床に飛ばされたという動きをとらえた写真だった。

写真の下の文章を読んで、胃がぎゅっと縮まった。

有名警察官、十代の少女に暴力を振るう。

「だれが写真を撮ったんです？　あのときカメラマンはいなかったはずでは？」

「でも、いたんでしょうよ」

あのとき、ドアが開いていた。人影があったかもしれないとヴァランダーは思った。

「記者会見の前のことね。だれか、早めに来た記者が奥まで潜り込んだのでしょう」

ヴァランダーは呆然としてしまった。三十年間警察官として過ごしてきた中で、数えきれないほど暴力に巻き込まれる場面があった。だがそれは危険な逮捕の場面でのことだった。一度として尋問や取り調べのときに暴力沙汰になったことはない。どんなに腹を立てても、自ら暴力を振るったこともない。

唯一の例外があのときだった。そしてまさにその瞬間をカメラに収められたのだ。

「これは問題になりますよ。なぜわたしになにも言わなかったの?」ホルゲソン署長が言った。

「エヴァ・ペルソンは母親に殴りかかったのですよ。母親を守るために私はあの子を打ったのです」

「でもそれは写真ではわからないわ」

「しかし、それが事実なんです」

「なぜわたしになにも言わなかったの?」署長が繰り返した。

ヴァランダーは答えなかった。

「これは職務違反の調査の対象になりますよ」

その声に落胆の響きがあった。それがわかって彼は腹が立った。署長はおれを信じていない。

「捜査から外すことを考えているんですか?」

「いいえ。でも、実際になにが起きたのか、知りたいのです」

「それはもう話したでしょう」

「エヴァ・ペルソンはアン＝ブリットにまったく別のことを言ってます。あなたは突然なんの理由もなく彼女を殴ったと」

「それじゃ彼女は嘘をついている。母親に訊けばいい」

ホルゲソン署長は一瞬ためらった。

「訊きました。母親は娘に殴られてはいないと言っています」

ヴァランダーは沈黙した。辞職しようと思った。警察官を辞めて、ここから出ていく。二度と戻ってなどくるものか。

ホルゲソン署長はヴァランダーの反応を待った。が、ヴァランダーはなにも言わなかった。

署長は引き上げていった。

9

ヴァランダーはイースタ署から飛び出した。

逃げ出したのか、それとも気持ちを落ち着かせるためか、自分でもわからなかった。事実はさっきホルゲソン署長に話したとおりだと、自分は知っている。だが、署長は彼の言葉を信じなかった。そしてまさにそのことが、彼を怒らせた。

外に出て、こんどは車がないことに腹を立てた。なにかがあって怒ると、彼は車で近隣を走りまわって、興奮を静める習慣があった。

歩いてアルコール販売店まで行くと、ウィスキーを一本買った。それからまっすぐ家に帰り、電話の線を抜いてテーブルについた。瓶の口を開けて、いきなりごくごくと数回飲み下した。ひどい味だった。だが、いまおれにはこれが必要だと彼は思った。不公平な叱責にあうと、彼はいつもやる気がなくなってしまう。ホルゲソン署長ははっきり言わなかったが、疑っていることはたしかだった。腹が立って、女の下で働くのはと文句を言うハンソンが正しいのかもしれないとさえ思った。もう一回、大きく飲み下した。やっと気分が落ち着いた。すでに、署を飛び出すべきじゃなかったという後悔が胸に広がっている。自分が悪いと思うところがあるから逃げ出したのだと思われるかもしれない。すぐに電話線を壁に差し込んだ。そしてこんどはわがままな子どものように、なぜだれも電話してこないのかと腹を立て、自分からイースタ署に電話をかけた。イレーヌが出た。

「風邪のため帰宅したと言っておこうと思って電話した」

「ハンソンが探していました。ニーベリも。あと、新聞記者が何人か」

「用件は？」

「新聞記者ですか？」

「いや、ハンソンとニーベリだ」

「用件は言いませんでした」

イレーヌはいま目の前に新聞を広げているにちがいない、とヴァランダーは思った。彼女だけでなく、署の者たちはみんな。イースタ署ではきっといまこの話題で持ちきりなのだ。何人かはあのヴァランダーがこれで少しは静かになるだろう、いい気味だと思っているにちがいない。

ハンソンに繋《つな》いでくれとイレーヌに頼んだ。しばらく呼び出し音が鳴ってから、やっとハンソンが電話に出た。競馬の予想表を見ていたにちがいないという気がした。莫大な金が転がり込むことを期待しているにちがいないが、いつも大きな当たりも外れもないようだ。

「どうだい、馬のほうは？」ヴァランダーが訊いた。

新聞に出ていることで自分は参ってなどいないことを示すために、軽口を叩いたつもりだった。

「馬？　なんのことだ？」

「馬に賭けていないのか？」

「いまはしてない。なんだ、なぜそんなことを言う？」

「いや、冗談さ。軽口を叩いただけだ。用事があったそうだが？」

「部屋にいるのか？」

「風邪で、家にいる」

「おれはただ、警察の車が何時ごろ問題の道路を通ったかを報告しようと思っただけだ。パトカーに乗った者たちと話をした。だれもソニャ・フークベリを見かけていない。この間四度往復したそうだが」

「それで彼女は徒歩で変電所まで行ったのではないことがわかったな。警察から逃げ出してから、彼女はまずだれかに電話をかけたにちがいない。あるいはだれかの家まで歩いていった。アン＝ブリットがエヴァ・ペルソンと話すときにこの点を訊くのを忘れないといいが」

「この点とは？」

「ソニャ・フークベリの友人関係だ。彼女を車に乗せた人間を割り出すために」

「アン＝ブリットとはもう話したのか？」

「いや、まだだ」

沈黙。ここでヴァランダーは自分のほうから話題を取り上げることに決めた。

「あれはひどい写真だな」

「ああ」

「カメラマンがどうやって警察の奥まで入り込んだのか。記者会見は決まった会場でやるから、報道関係者が署内をうろつくことはないのだが」

「フラッシュに気がつかなかったのか？」

「いまのカメラは精巧だから、フラッシュなど必要ないんだ」

「どうしてあんな写真が？」

　ヴァランダーは事実をそのまま言った。ホルゲソン署長に言ったときと同じ言葉を使った。付け加えも省略もしなかった。

「全体を見ていた者はほかにいなかったのか？」

「ああ、カメラマン以外は。もちろん彼は嘘をつくだろう。そうしないと写真の価値がなくなるからな」

「事実を公表したらどうだ？」

「ああ。だからいまあんたに話している」

「いや、新聞に公表したらという意味だ」

「そんなことをしてなんになる？　老いぼれ警察官対母娘だぞ。初めから勝目がない」

「いや、忘れてるんじゃないか？　あの娘が殺人犯だということを」

　ヴァランダーはそれでも大きなちがいはないと思った。警察官が暴力を振るうことは看過できないことだ。彼自身そう思う。状況がどんなものだったにせよ、その事実に変わりはない。

「考えてみよう」と言い、ニーベリと話したいのだが、と言った。

ニーベリはなかなか電話口に出なかった。その間、ヴァランダーはまたウィスキーを瓶の口から数回大きく飲み下した。酔いが回ってくるのと引き換えに、プレッシャーは軽く感じられるようになった。

「ニーベリだ」

「新聞見たか？」ヴァランダーはずばり訊いた。

「どの新聞だ？」

「写真だよ、エヴァ・ペルソンの」

「おれは夕刊は読まない。が、その話は耳にしている。だが、話によれば、あの子は母親に暴力を振るったそうじゃないか？」

「だが、写真ではそれがわからない」

「それは関係ないだろう？　事実がそうならば」

「いや、おれはそのために職務違反調査の対象になる。署長がそう言っている」

「それで真実がはっきりするのなら、いいではないか」

「だが、新聞はどうだ？　これが正しい情報だと、改めて報道するだろうか？　殺人犯の少女というセンセーショナルな存在対年寄り警察官だぞ」

ニーベリは驚いた声を発した。

「あんたはいつだって新聞がどう書き立てようと気にしたことがないではないか？」

「そうかもしれない。だが、いままでおれが少女をなぐった写真が新聞に出たこともなかった」

「だが、彼女は殺人を犯した少女だぞ」

「ああ。だが、とにかく不愉快なことになった」

「気にしないほうがいい。おれのほうからは、現場のタイヤ跡の一つは、送電復旧作業員のモーベリのだということが確認できたと知らせようと思った。いま未確認なのが一つだけ残っている。標準タイプのものだが」

「やっぱり何者かがソニャ・フークベリを変電所まで車で連れて行ったのだな」

「もう一つ、気になることがある。ハンドバッグだ」

「ああ。それが？」

「なぜフェンスのそばにあったのだろう？　まるでわざわざ置かれているように」

「いや、放り投げたんじゃないか？」

「しかし、なぜあそこにあったんだ？　警察が見つけるようなところに？」

ヴァランダーはニーベリの言うことがやっとわかった。これは重要なことだった。

「つまり、犯人はなぜそれを持って立ち去らなかったかということだな？　黒焦げの遺体の身元が判明しないことを望んでいたなら、なぜ隠さなかったか？」

「そういうことだ」

「なぜだろう？」

「ここから先はあんたの仕事だ。おれはただ事実を知らせているだけだ。ハンドバッグは変電室から十五メートルのところにあった」

「ほかには？」

「いや、ほかにはなにも見つけられなかった」

話は終わった。ヴァランダーはウィスキーのボトルをつかんだが、すぐにまた戻した。もうじゅうぶんに飲んだ。これ以上飲んだら、限界を超えてしまう。やめておこう。立ち上がって居間へ行った。ふつうの日の昼間、自宅にいるのは妙な感じだった。いつか、定年退職したら、こんなふうなのだろうか？　そう思っただけで気落ちした。窓辺に立ち、マリアガータンの通りを見下ろした。もう日が暮れかかっている。署にやってきた医者のエナンデールのことを思った。そしてＡＴＭの前に倒れて死んだ男ファルクのことも。明日、検視医に電話して、エナンデールの話を伝えよう。ファルクの死因が心臓発作とは絶対に考えられないと主治医がわざわざ知らせにきたことを。そのことによってなにかが変わることはないかもしれないが、とにかく知らせるだけは知らせておこう。

ニーベリが言ったソニャ・フークベリのハンドバッグのことを考えはじめた。結論は一つしかない。突然彼の職業的本能が目を覚ました。ハンドバッグは見つけられるようにわざとそこに置いてあったのだ。

ソファに腰を下ろすと、もう一度最初から記憶を確かめた。人間の体は人相もわからないほど焼けることがある。とくに高圧電流に焼かれた場合はなおさらだ。電気いすに座る人間は、内側から焼かれる。ソニャ・フークベリを殺した人間は、彼女の身元が不明のままになることを恐れた。だからハンドバッグを置いていったのだ。

だが、それでも、なぜフェンスのそばに置かれたのかの理由がわからない。もう一度最初から記憶をたどってみた。しかし、なぜフェンスのそばが選ばれたのかはわからなかった。一度、問題から離れてみよう。早く進みすぎたのだ。まだソニャ・フークベリが他殺であることは確定していない。

台所に戻り、コーヒーをいれた。誰からも電話はかかってこない。時計は午後四時を示していた。キッチンテーブルにつき、こちらから警察署に電話をした。イレーヌは新聞社とテレビ局から何度も電話がかかってきているが、彼の個人電話番号は教えていないと言った。数年前からそれは秘密になっている。ヴァランダーはやはり署にいないと自分が悪いと解釈されると思った。そこまでいかなくとも、少なくとも気にしていると思われる。署に残るべきだった。問い合わせてくるジャーナリスト一人ひとりに事実を話し、エヴァ・ペルソンと母親は嘘をついていると言うべきだった。

気弱さが消え、怒りが戻ってきた。イレーヌにアン＝ブリットに繋いでくれと頼んだ。本来はまずホルゲソン署長に電話して、はっきりと事実をあらためて伝えるべきなのだ。疑念をもたれるのは心外であると。

アン＝ブリットが応える前に、彼は電話を切った。

いまはだれとも話したくない。代わりに、ステン・ヴィデーンの番号を押した。電話に出たのは若い娘だった。ステンの住んでいるシャーンスンドでは、馬の世話役をする女の子がしょっちゅう替わる。ステンはそんな子たちとときどき関係をもっているのではないかと、ヴァランダーは思っていた。ステンが電話に出たころには、すでに彼は電話したことを後悔していた。だが、ステン・ヴィデーンが新聞を見ていないことだけはほぼ確信があった。

「そっちに行こうと思ったんだが、車がないんだ」

「迎えに行こうか」

七時に決めた。ヴァランダーはウィスキーボトルをちらりと見たが、持っていくのはやめることにした。

ドアベルが鳴り、ヴァランダーはぎくりとした。人の訪問を受けることはめったに、いやまったくと言っていいほどない。ジャーナリストが住所を探し当てたのかもしれない。ウィスキーボトルを棚の中に入れてから、ドアを開けた。ジャーナリストではなくアン＝ブリットが立っていた。

「お邪魔ですか？」

顔をそむけたままにして、アン＝ブリットを中に通した。酒を飲んでいたとわかるのを恐れた。居間に腰を下ろした。

「風邪なんだ。働き続けられなかった」

アン＝ブリットはうなずいた。本当は信じていないにちがいない、とヴァランダーは思った。いままで熱があるときも痛みがあるときも働いていたことを知っているアン＝ブリットはとくに。

「気分はどうですか？」

もうおれは弱気ではない、とヴァランダーは思った。まだ少し残っていても、それを見せるつもりはない。

「新聞の写真のことだったら、もちろん不愉快に思っている。カメラマンがどうして署の奥まで入ってこられたんだ？」

「署長はとても心配してます」

「署長はおれの話に耳を貸すべきだ。おれを信じてバックアップするべきなんだ。新聞の記事など鵜呑みにしないで」

「でも、写真は嘘をつかないでしょう？」

「あれが嘘だとは言っていない。おれはたしかにエヴァ・ペルソンを殴った。しかしそれは彼女が母親に手を上げたからだ」

「彼女たちが正反対のことを言っていることは知ってますよね？」

「嘘をついているんだ。もしかするときみは彼女たちのほうを信じるのか？」

アン＝ブリットは首を振った。

「問題は、彼女たちが嘘をついているということをどうしたら証明できるかです」

「どっちが首謀者だ？」

アン＝ブリットの答えは即座にきた。

「母親です。あの人はずる賢いと思う。このことで、エヴァがやったことから人々の目をそらそうとしてるんです。そのうえソニャ・フークベリが死んだので、すべてを彼女の責任にしようとしてる」

「血のついたナイフは別としてだな」

「いいえ、それも含めてです。エヴァの言葉どおりにナイフが見つかったのはたしかですが、それを使って殺したのはソニャだと言い張ればいいのですから」

そのとおりだとヴァランダーは思った。死人に口無しだ。そのうえエヴァ・ペルソンの側には、新聞に大きく載ったカラー写真がある。警官に打たれて床に倒れたばかりのエヴァ・ペルソンの写真が。ぼやけてはいるが、なにが起きたかを物語るにはじゅうぶんだ。

「検事が職務違反調査を命じました」

「どの検事だ？」

「ヴィクトルソン」

ヴァランダーは彼が苦手だった。まだ八月に赴任したばかりだったが、ヴァランダーはすでに何度も彼と衝突していた。

「告訴するだろうな」

「ええ。しかも二対一で向こうが有利です」

「おかしなことに、エヴァは母親とうまくいっていないんだ。それは話をしたときにはっきりわかった」ヴァランダーが言った。

「あの子はいまさらながら、罪は逃れられない、まずいことになったとわかったんじゃないでしょうか？　未成年だから刑務所に入れられるということはないまでも。それで、一時的に母親と休戦することにしたのだと思いますよ」

　ヴァランダーはこのことについていまはこれ以上話すことはないと思った。

「なぜうちまで来たんだ？」

「病気だと聞いて」

「死にかかっているわけじゃないぞ。明日は出勤するつもりだ。おれのことなどどうでもいい。それで、エヴァ・ペルソンはどうだった？」

「話をころりと変えました。こんどは全面否定です」

「なに？　エヴァはソニャ・フークベリが死んだと知っていたはずがないだろう？」

「そうなんです。だから変なんです」

　少し考えて、アン＝ブリットの言葉の意味がわかった。

「ということは？」

「なぜ供述を変えたのでしょう？　彼女はソニャ・フークベリといっしょに運転手を暴行したと認めていたのです。供述したことにはなにも矛盾がありませんでした。片方の言ったことはもう一方の言ったこととぴったり一致していました。なぜすべてを取り消したのでしょうか？」

「おかしいな。いつ、供述を引っ込めたんだ？」

「わたしが訪ねていったときに。だからこうしてお宅まで伺ったんです。わたしが尋問を始めたとき、エヴァ・ペルソンはソニャが死んだことを知っていたはずがないんです。だけど、彼女は話の初めから前の供述をひるがえしました。すべて、ソニャ・フークベリが一人でやったことだと言いだしたのです。自分は無実であると。彼女たちはタクシー運転手に強盗を働くつもりなどなかった。リーズゴードへ行く予定もなかった。ビャレシューに住んでいるソニャの母方の叔父さんのところへ遊びに行くところだったと言うのです」

「その男は実在するのか？」

「電話で話しました。彼はソニャにここ五、六年会っていないと言っていました」

ヴァランダーは考え込んだ。

「よし、それじゃ、こういうことになる。エヴァ・ペルソンが供述を取り消したのは、ソニャ・フークベリが死んだことを知ったためだ。ソニャは死んだのだから、自分がなんと言おうと反論することができないとわかったからだ」

「はい。わたしもそれ以外に考えられません。もちろん彼女には、なぜ途中で供述をひるがえしたのかと訊きました」

「なんと答えた？」

「ぜんぶの罪をソニャに負わせたくなかったからだと」

「友だちだから？」

「はい」

これがなにを意味するのか、二人は同時にわかった。一つしか説明がつかない。エヴァ・ペルソンはソニャ・フークベリが死んだと知っているのだ。

「きみの意見は？」

「ソニャ自身が逃亡してからエヴァに電話をかけた。そして死ぬつもりだと話した」

ヴァランダーは首を振った。

「それはあり得ないだろう」

「そうですね。わたしもそれはないと思います。でも、ソニャはだれかに電話をかけた。その可能性はあります」

「その人物がその後エヴァに電話して、ソニャは死んだと知らせた？」

「ええ。それは考えられます」

「ということは、エヴァ・ペルソンはソニャ・フークベリを殺した人物を知っているということになる。ソニャが他殺だった場合の話だが」

「他殺ではないと思うのですか？」

「いや、それは考えられない。だが、まだ検視医のほうから報告書が上がってきていないうちは、その可能性は残っている」

「わたしもいまの段階でわかることを教えてほしいと催促しましたが、黒焦げの焼死体の検視はとてもむずかしいものらしいです」

「結果が少しでも早くほしいとわれわれが待っていることは向こうは知っているのだろう？」

「いつだってそうじゃないですか？」

そう言うとアン＝ブリット・フーグルンドは時計を見て、立ち上がった。

「子どもたちが待っているので」

ヴァランダーはなにか言うべきだと思った。自身、離婚の経験があるから、彼女にとってい
まがむずかしい時期であることはじゅうぶんに知っていた。

「どうだ、離婚のほうは？」

「ご存じでしょう？　始めから終わりまで、地獄ですよ」

ヴァランダーは彼女を戸口に送り出した。

「ウィスキーでも飲んだらいかがですか。気が休まるかも」アン＝ブリットが言った。

「ああ、もうそうした」ヴァランダーが答えた。

七時、通りからクラクションが聞こえた。台所の窓から下を見ると、ステン・ヴィデーンの
車体の錆びたワゴン車が見えた。ウィスキーの瓶を紙袋に突っ込んで、下におりた。
ヴィデーンの家に着くと、いつものようにヴァランダーは厩舎をぐるりと見て歩いた。空に
なったブースがいくつもあった。十七歳ほどの少女が馬にサドルを置くところだった。彼女が
帰ると、二人だけになった。ヴァランダーはわら桶を逆さまにして腰を下ろし、ステン・ヴィ
デーンは壁に寄りかかった。
「おれは旅に出ることにした。ここは売りに出す」
「買う人間がいるのか？」
「ここで商売できると信じる超間抜けなやつさ」

「いい値で売れるのか？」

「いいや。しかし、最低の値段でもいいんだ、売れさえすれば。贅沢をしなければ、利子で暮らせるほどの金額にはなるだろうよ」

いっTいいくらぐらいの金額を言っているのだろうか、と思ったが、ずばり訊く勇気はなかった。

「旅行先はもう決めたのか？」と代わりに訊いた。

「その前にまずここを売らなければ。行き先はそのあとで決める」

ヴァランダーはポケットからウィスキーを取り出した。ステンはすぐに一口飲んだ。

「おまえは馬なしじゃやっていけないだろう。これからなにをして食っていくんだ？」

「わからん」

「酒で命を落とすなよ」

「いや、それどころか、おれは酒をやめようかと思ってるんだ」

厩舎から、ステンの住む母屋のほうへ向かった。夜の空気が冷たかった。羨望《せんぼう》がまた彼の胸に戻ってきた。もう一人の昔からの知り合いで、イースタで検事をしていたペール・オーケソンは、数年前からスーダンにいる。もう戻ってこないだろうとヴァランダーは思っていた。そしていま、ステンもいなくなろうとしている。未知の、新しいものへ向かって。いっぽうヴァランダー自身はといえば、十四歳の少女を殴ったと夕刊紙に書き立てられている。

スウェーデンは金のある連中が外国へ逃げ出すような国になってしまったのだろうか？　そ

して金のない者は、なんとか逃げ出すための金を作り出そうと躍起になっているのか？

なぜそんなことになってしまったのか？　いったいなにが起きたのか？

事務所として使っている居間に腰を下ろした。ステン・ヴィデーンはコニャックの瓶を出してきて、注いだ。

「劇場で働きたいと思っているんだ」

「なに？」

「いま言ったとおり、劇場で働きたいと思っているんだ。ミラノのスカラ座へ行って、緞帳を上げたり下げたりする係として雇ってもらえないか訊こうと思っている」

「まさか緞帳はいまどき、手動で上げ下げされてないだろうよ」

「いいや、いまでも手動のところがいくつか残っているらしい。毎晩、幕の陰でオペラが聴けるんだぞ。しかもただで！　給料はいらないと言うつもりだ」

「本気か？」

「まあな。ほかにもいろんなことを考えてるよ。北部スウェーデンへ行こうかと思うこともある。そして厳しい寒冷の地の雪の中に葬ってもらうのもいいかと。なにも決まってないさ。決まってるのは、ここを売りに出すことと、おれがここから出ることだけだ。おまえはこのごろどうしてる？」

ヴァランダーはなにも言わずに肩をすくめた。飲みすぎた。頭が重くなってきた。

「相変わらず、密造酒を造る連中を追いまわしているのか？」

ステン・ヴィデーンの言葉にトゲがあった。ヴァランダーは腹が立った。

「おれが追いかけているのは殺人者だ。人間を殺す連中だ。ハンマーで叩き殺すやつらだ。いまもそんな事件を扱っている。ニュースを知っているだろう？」

「いや」

「二十歳にもならない女の子たちがタクシー運転手をナイフで刺し殺した事件だ。おれはそいつらを追いまわしているんだ。密造酒造りなど関係ない」

「よくいつまでもやってられるな」

「おれだってそう思う。だが、だれかがその仕事をしなくてはならない。そしておれはほかの連中よりそれに向いてるらしいんだ」

ステン・ヴィデーンは笑いを浮かべた。

「そんなにむきになるなよ。おれはおまえがいい警察官だと知っている。ずっと前からそう思っていたよ。問題は、おまえがほかのことをするひまがあるのかということだ」

「おれは逃げ出しはしない」

「おれのように、か？」

ヴァランダーは答えなかった。二人の間に溝ができた。急に彼は、いつからできていたのだろうと思った。いままで二人ともそれに気がつかなかっただけではないか。若かったころ、彼らは仲がよかった。その後、それぞれ別の道を進んだ。長い時間のあと、再会したとき、彼らはかつての友情にしがみついた。だが、もはや、自分たちが変わってしまっていたことに気がつかなかった。いま初めてヴァランダーはそのことに気づいた。おそらくステン・ヴィデーンもそうだろう。

「タクシー運転手を殺した女の子の一人の義理の父親はエリック・フークベリなんだ」ヴァランダーが言った。

「本当か？」

「ああ、本当だ。いま、その女の子も死んでしまった。他殺らしい。おれはいまこんなことを置いてどこかに行ってしまうことなどできないんだ。たとえどんなにそうしたくても」

そう言うと彼はウィスキーボトルをポケットにしまった。

「タクシーを呼んでくれないか？」

「もう帰るのか？」

「ああ」

ステンの顔にがっかりした表情が浮かんだ。ヴァランダーも同じ思いだった。友情が幕を閉じた。正確に言えば、とっくに終わっていたということに、彼らはやっと気がついたのだ。

「家まで送るよ」

「いや、いい。おまえは飲んでる」

ステン・ヴィデーンはなにも言わなかった。電話のところに行って、タクシーを呼んだ。

「十分で来るそうだ」

外に出た。秋の夜は風もなく空気が冷たかった。

「若いとき、おれたちは将来どうなると思ってたのだろうか？」ヴィデーンが言った。「もう忘れてしまった。それにおれは過去はあまり振り返らない。いまのことで、そして将来の不安で手いっぱいだ」

タクシーが来た。

「手紙を書いて様子を知らせてくれ」ヴァランダーが言った。

「ああ、そうする」

ヴァランダーはタクシーに乗り込んだ。

車は暗い夜道をイースタへ向かった。

アパートの自室に足を踏み入れたとたん、電話が鳴った。アン＝ブリットだった。

「いま帰ってきたんですか？　何度も電話をしたんですけど、なぜ携帯の電源を切っているんです？」

「なにか起きたのか？」

「ルンドの検視医にもう一度電話を入れて直接話をしました。男性の医者で、なにも確実なことは言えないと言いましたが、一つだけ、発見したことがあると教えてくれました。ソニャ・フークベリは後頭部が砕けていたそうです」

「つまり、電流が体に流れたときはすでに死んでいたということか？」

「それははっきりしませんが、意識がなかったかもしれません」

「自分で怪我をしたとは考えられないのだろうか？」

「検視医によれば、自分でつけられるような傷ではないということです」

「それじゃ、これで彼女は他殺だったと言えるな」

「それはずっと前からわかっていたと思いますが？」

「いや、その疑いがあると思っていたが、確証はなかった」

電話の向こうで子どもの泣き声がした。翌朝八時に会う約束をして、アン＝ブリットはそそくさと電話を切った。

ヴァランダーは台所のテーブルに向かった。ステン・ヴィデーンのことを考えた。それからソニャ・フークベリ、そしてエヴァ・ペルソンのことを考えた。

エヴァ・ペルソン。彼女は知っているにちがいない。ソニャ・フークベリを殺した人間を。

10

木曜日の朝五時、ヴァランダーは突然眠りから覚めた。目を開けたとたん、なぜ早く目を覚ましたのかわかった。気になることがあったのだ。だが、忘れていた。フーグルンドに約束した、女性の集まりで話すこと。警察官の仕事について話すことになっていた。

そのままベッドにとどまった。完全に記憶から抜け落ちていた。なにも用意していない。話のポイントだけでも書いておけばよかった。

不安で胃が痛みだした。今晩の女性たちはもちろん例の新聞写真を見ているだろう。またフーグルンドは今晩の話し手は自分ではなくクルト・ヴァランダーであるととっくに伝えているだろう。

おれにはできない。女性たちは、目の前にいるのは女性に対して暴力を振るう男だと思って、おれを見るだろう。本当のおれではなく。本当のおれというのがなんであれ。

横たわったまま逃げ道を考えた。唯一、時間があるかもしれないと思われるのはハンソンだ。だが、彼はだめだ。アン＝ブリットが初めから言っているように、彼は話といったら競馬の話しかできない。それに彼は口の中でもぐもぐ話をする。彼をよく知っている者だけがなにを言っているのか聞き取れるのだ。

五時半になり、彼は起き上がった。今晩のことは避けられないと覚悟した。台所のテーブルにつき、近くのノートをたぐり寄せた。ページのいちばん上に〈講演〉と書いた。リードベリだったら、警察官の仕事とはという題で女性たちを前に講演するとして、いったいどんな話をするだろうか。しかし、リードベリだったらだいいち、この種の話を引き受けはしないだろうという結論に達した。

六時になったが、手元のノートにはまださっきの一語があるだけだった。あきらめようとしたとき、急にアイディアが浮かんだ。いま取り組んでいることを話せばいいのだ。タクシー運転手殺害事件の捜査。ステファン・フレードマンの葬式の話から始めてもいい。現実の警察官の一日そのものを、省略なしに、カモフラージュなしに話すのだ。彼はいくつかのポイントを書き出した。写真のことも避けずに話そう。弁明ととられてもしかたがない。実際そうなのだから。しかしなんと言っても事実を知っているのは自分しかいない。

六時十五分、ペンをおいた。気の重さは変わらなかったが、逃げ出したい気分ではなくなった。服を着たとき、今晩着る清潔なシャツがあるかどうか確かめた。クローゼットの奥に一枚だけ残っていた。床の上には汚れたシャツが山になっている。最後に洗濯してからずいぶん経っていた。

七時過ぎ、車の修理工場に電話をかけて、修理の状況を訊いた。結果はよくなかった。ちょうど、エンジンをぜんぶ取り替えるほうがいいかどうか検討しているところだという。工場長はその日のうちに見積もりを知らせると言った。外の温度計は七度を示している。微風、曇り、しかし雨は降っていない。通りを見下ろすと、老人がごみ箱をあさっている。ヴァランダーは昨夜のことを思い出した。羨望《せんぼう》の念はなくなり、ただ少し憂鬱《ゆううつ》だけが残った。ステンはもうじきいなくなる。以前の自分を知っている人間がこれでもう一人姿を消す。そのうちだれもいなくなるだろう。

モナのことを考えた。リンダの母親だ。彼女とも関係が断絶している。別れたいという話を彼女が切り出したとき、彼は驚き、どうしていいかわからなかった。いや、驚いたというのは正確ではない。心の奥でその恐れを感じてはいた。そして去年、彼女は再婚した。別れてからずっと彼は戻ってきてほしいと訴えていた。もう一度やり直そうと。いま思うと、まったく理解できないことだ。本当はやり直したくなどなかったからである。一人でいることに耐えられなかっただけだった。モナともう一度いっしょに住むなどということは考えられなかった。別れは必然で、遅すぎたくらいだった。再婚相手は保険会社のコンサルタントかなにかでゴルフ愛好者だ。ヴァランダーは会ったことがなかったが、数回電話で声を聞いたことはあった。リンダは特別に好きではないと言っていた。だが、モナはとにかく気に入った暮らしをしているらしい。スペインのどこかにサマーハウスがあるとか。相手の男は金持ちらしい。ヴァランダーとは大違いだ。

外に出た。歩きながら、今晩の話を考えた。パトカーが近づいてきて、署まで乗っていくか訊いたが、ヴァランダーは断った。歩くほうがいい。

署に着くと、受付前に男が立っていた。ヴァランダーがそばを通り過ぎると、男がこっちに向かってきた。男の顔に見覚えがあったが、どこで会ったのか、思い出せなかった。

「クルト・ヴァランダー。ちょっと時間ありますか？」

「話による。きみはだれだ？」

「ハラルド・ツーングレン」

名前に覚えがなかった。

「写真を撮った男と言えばわかるかも？」

たしかに記者会見でこの男の顔を見た覚えがあった。

「廊下に忍び込んだのはあんたか？」

ハラルド・ツーングレンは三十歳ほどで、長い顔に短髪だった。にやりと笑った。

「トイレを探していたんですよ。だれにも止められなかったし」

「用件は？」

「あの写真にコメントしてもらおうと思って。インタビューを頼みますよ」

「あんたはどうせ話をそのまま書きはしないだろう」

「それはどうかな」

帰れと言おうと思ったが、これは一つの可能性だという気もした。

「立会人を一人入れたい。話を聞く人間を」

ツーングレンはまたにやりと笑った。

「インタビューの証人というわけ？」

「ジャーナリストとはいやな経験が多かったものでね」

「十人連れてきたっていいですよ、証人を」

ヴァランダーは時計を見た。七時二十五分。

「三十分だけだ。それ以上は時間がない」

「いつ？」

「いまだ」

署の中に入った。マーティンソンはすでに出勤しているとイレーヌが教えてくれた。ツーングレンに待つように言って、ヴァランダーはマーティンソンの部屋に行った。パソコンに向かって打ち込んでいる。ヴァランダーは手短に説明した。

「録音しましょうか？」

「いや、来てくれればそれでじゅうぶんだ。そしてあとでおれが言ったことを覚えていてくれればいい」

マーティンソンは不安そうだった。

「その男がなにを訊いてくるのかわからないんでしょう？」

「ああ、わからない。だが、あのときなにが起きたのかおれは知っている」

「怒りださないでくださいよ」

ヴァランダーは驚いた。

「おれが興奮して手がつけられなくなることがあるとでもいうのか？」

「ええ、そういうこともあります」

ヴァランダーはうなずいた。

「わかった。気をつける。さあ、行こう」

小さいほうの会議室を使った。ツーングレンは小型のテープレコーダーを取り出してテーブルの上に置いた。マーティンソンは後ろに控えた。

「昨日の晩、エヴァ・ペルソンの母親と話したんですよ。あの母娘、あんたを訴えることに決めたらしい」

「なんの罪で？」

「暴行。どうですか、どう反応する？」

「暴行などではまったくなかった」

「それは向こうの言い分とはちがっている。それにおれの写真もあるし」

「あのとき本当になにが起きたのか知りたいか？」

「あなたの見解を聞きたいな」

「見解？　見解じゃなく事実だ」

「さあ、向こうの言う事実とあんたの言う事実がちがっていれば、見解と言っていいんじゃないですか？」

これではどうにもならない、とヴァランダーは思った。売り言葉に買い言葉だ。挑戦を受けなければよかったと後悔した。断るにはもう遅すぎる。

事実をありのままに言った。エヴァ・ペルソンは突然母親に殴りかかった。ヴァランダーはその中に入り、娘の攻撃を止めようとした。それで彼女に平手打ちをした。

「母親も娘はそうじゃなかったと言ってる」

「とにかくこれが起きたことのすべてだ」

「女の子が母親を殴るなんてことが、実際にあるんですかね？」

「エヴァ・ペルソンは人を殺したことを自供したところだった。状況はかなり緊迫していた。そういうときは、思いがけないことが起きるものだ」

「昨日エヴァ・ペルソンに話を聞いたとき、自供を強制されたと言ってたな」

ヴァランダーとマーティンソンは目を合わせた。

「強制？」

「ああ、そう言ってたね」

「だれが強制したんだ？」

「尋問した連中に決まってるだろう？」

マーティンソンが怒りだした。

「でたらめもひどすぎる。われわれは自供を強制するなどということはいっさいしない」

「いやしかし、彼女はそう言っている。そしていま彼女はぜんぶを否定して、まったく無罪だと主張している」

マーティンソンがそれ以上食い下がらないことに、ヴァランダーは不服だった。彼自身はすでに平静を取り戻していた。

「捜査はまだ始まったばかりだ。エヴァ・ペルソンは今回の犯行に深く関与している。自供を取り消したところで、彼女が関係している事実は変わりない」

「あんたはつまり、彼女が嘘をついていると言っているんですか？」

「それには答えたくない」

「なぜ？」

「現在進行中の捜査に関する情報をしゃべってしまうことになるからだ。外に出してはならない情報を」

「しかし、あんたは彼女が嘘をついていると言うんですね？」

「それはあんたの言葉だ。私は事実がどうだったかを話しているだけだ」

ヴァランダーはどんな見出しが新聞に載るか、見えるような気がした。しかし、これでいいのだと思えた。エヴァ・ペルソンと母親の主張は最終的には彼女たちのためにならないだろう。センセーショナルに書き立てる夕刊紙を味方につけたことも、決して助けにならないだろう。

「あの子はまだ子どもだ。今回のことはすべて年上の子に引きずり込まれたことだと言っている。それはかなり信憑性があるように見えませんかね？　エヴァ・ペルソンは実際真実を言っているんじゃないですか？」

ヴァランダーはソニャ・フークベリのことを言ってしまおうかと一瞬思った。まだ彼女の死は公式には発表されていない。しかし、それはできない。それでもその事実を知っているために、彼は優位に立てた。

「かなり信憑性があるとは、どういうことだ？」

「エヴァ・ペルソンの言う、年上の友だちに引きずり込まれたということですよ」

「ルンドベリ殺害事件を捜査するのは、あんたでもおたくの新聞社でもない。われわれ警察だ。あんたたちが結論を出し、審判を下すのは勝手だが、現実はおそらくちがったものになるだろう。だがおたくの新聞などはそんなことは小さくしか報道しないだろうが」

インタビューが終わったことを示すために、ヴァランダーは両手をテーブルにバンと音を立てて置いた。

「インタビューに応えてくれて、どうも」とツーングレンはテープレコーダーを片付けながらぼそぼそとつぶやいた。

「マーティンソンが出口まで送っていく」と言って、ヴァランダーは立ち上がった。

握手はせずに部屋を出た。郵便物を取りに行きながら、いま話したことを思い浮かべた。言うべきことはすべて言ったか？　ほかの表現をするべきことはなかったか？　郵便物を脇に挟んで、コーヒーを持って部屋に戻った。ツーングレンのインタビューは、まあ、うまくいったと言っていいだろう。もちろん、実際に言ったとおり書かれる保証はなかったが。机に向かい、郵便物に目を通した。急ぎのものはなにもない。そのとき、昨日訪ねてきた医者のことを思い出した。机の引き出しにしまっておいたメモを取り出し、ルンドの検視医へ電話をかけた。運よく、探していた医者とすぐに話すことができた。ヴァランダーはエナンデール医師の言ったことを伝えた。検視医は話を書き留め、この情報がすでに終了している法医学的検査になんらかの影響を与えるようなことがあれば連絡すると言った。

八時、ヴァランダーは会議室へ行った。ホルゲソン署長はすでに来ていた。そしてレナート・ヴィクトルソン検事も。検事を見て、ヴァランダーはアドレナリンが噴き出すのを感じた。夕刊紙の見開きに大きく写真が載ったら、たいていの人間は逃げ出したくなるだろう。前日署を勝手に飛び出して帰宅したときは、最悪の気分だった。だがいまは闘争的になっていた。いすに腰を下ろすと、さっそく話しだした。

「みんなも知ってのとおり、昨日の夕刊紙に私に平手打ちをされたエヴァ・ペルソンの写真が載った。本人と母親は否定しているが、事実はエヴァ・ペルソンが母親に殴りかかったのを止めるために私が中に入ったのだ。彼女を抑えるために私は平手打ちしたが、強く打ってはいない。だが、彼女は床に倒れた。このことは、警察署の中に潜り込んで写真を撮ったジャーナリストにも話してある。今朝、彼に会ったばかりだ。マーティンソンが証人として同席している」

ここでいったん話をやめ、ヴァランダーはテーブルを見まわした。ホルゲソン署長は渋い顔をしている。自分が話を切り出したかったのだろう。

「この件について、私に対する職務違反調査が始まると聞いた。私はもちろんかまわない。さて、急を要する話に入ろう。ルンドベリ殺害とソニャ・フークベリの身になにが起きたのかの検証だ」

彼が口を閉じると、ホルゲソン署長がすぐに発言した。ヴァランダーは署長の表情が気にくわなかった。彼女に裏切られたという気持ちが消えなかった。

「当然のことですが、クルトはエヴァ・ペルソンの尋問から外れてもらいます」

ヴァランダーはうなずいた。

「それは承知しています」

本当はほかのことを言うべきなのに、とヴァランダーは思った。警察署長の第一の責務は部下をサポートすることだと。無批判的であれというのではない。あらゆるときにサポートすべきだ、というのでもない。だが、部下の警察官と被疑者の間に意見の食い違いがある場合のことだ。署長は嘘のほうを支持するのが楽なのだ。都合の悪い真実を支持することよりも。

ヴィクトルソンが手を挙げて、彼の考えをさえぎった。

「私はいうまでもなくイースタ署内部の調査を厳密にフォローするつもりだ。またエヴァ・ペルソンに関しては、彼女の新しい供述に真剣に耳を貸すべきだと思う。おそらく彼女の言うとおり、ソニャ・フークベリが単独で計画し、実行したのではないかと思っている」

ヴァランダーは耳を疑った。あたりを見まわし、自分と同じように感じている同僚の賛意を得ようと思った。ハンソンはいつもどおりフランネルのシャツを着てぼおっと考えに沈んでいる。マーティンソンは首の後ろをこすっている。アン＝ブリットはといえば、いすに沈み込んでいる。だれも彼と目を合わせなかった。それでも彼は、みんなは自分と同じ考えだと解釈した。

「エヴァ・ペルソンは嘘をついている。最初の供述が真実です。ここで最大限の努力をして、われわれはそれを証明してみせます」

ヴィクトルソンは話を続けようとしたが、ヴァランダーはそうさせなかった。前の晩、アン＝ブリットが電話で話していたことをほかの者たちはまだ知らないだろうと踏んで話しだした。

「ソニャ・フークベリは殺された。検視医は彼女の後頭部に強い衝撃でできた傷を見つけた。それが直接の死因であった可能性がある。とにかくそれで意識不明になったことはおおいに考えられる。そうしたあと、何者かが彼女を高圧電流の走っている電線に押しつけたのだろう。とにかく、彼女が他殺であることは疑いのないところだ」

思ったとおり、これはだれもまだ知らないことだったらしく、みなの顔に驚きが走った。

「これは検視医の初期段階での意見だ。これからもっと出てくるかもしれない。が、もっと出てくることはあっても、これより控えめになることはないはずだ」

意見を言う者はいなかった。ヴァランダーは優位に立ったと感じた。新聞に載った写真を思い出すだけで腹が立ち、エネルギーが新たに湧いてきた。だがなによりも不愉快なのはリーサ・ホルゲソン署長のあからさまな不信感だった。

彼はさらに話を進め、くわしく状況を分析した。

「ヨーアン・ルンドベリは運転するタクシーの中で殺された。表面上は思いつきで犯行に及んだ強盗殺人に見える。少女たちは金ほしさだったと言っている。だが、その金の特別の用途はないという。犯行後、彼女らは行為を隠そうともしていない。捕まえると、ほぼ同時に犯行を自供した。二人の供述は一致しており、二人とも犯行を後悔している様子はない。われわれはさらに凶器も見つけた。その後、ソニャが逃亡した。衝動的なものだったにちがいない。十三時間後彼女は南部電力の変電所で死体となって見つかった。どうやってそこへ移動したかを解くことがいまなによりの急務だ。殺された理由もわからない。同時に重要なことが発生している。エヴァ・ペルソンが供述をひるがえしたことだ。すべてソニャ・フークベリが一人でやったことだと前供述を否定している。ソニャが死んだいまとなっては検証が不可能なことを言いだしたのだ。問題はペルソンがどうやってソニャが死んだことを知ったのかだ。いや、正確に言えば、ペルソンはそれを知ったにちがいないのだ。いまソニャが殺されたことはまだ公表されていない。知っているのはごく限られた数の人間だ。昨日、エヴァ・ペルソンが供述を変えたときにソニャの死を知っていたのはさらに限られた人間だけなのだ」

ヴァランダーはここで話を止めた。全員が話に聴き入っている。ヴァランダーは話の核心に入った。

「警察署から逃げ出してから、ソニャ・フークベリはなにをしたか。それが鍵を握る。それを探し出そう」ハンソンが言った。

「変電所までは歩いていったのではないだろう。百パーセント確実ではなくとも、車で行ったのだろうと推測していい」ヴァランダーが言った。

「少し急ぎすぎないか？」ヴィクトルソンが言った。「もしかすると、変電所に着いたときにはすでに死んでいたのかもしれないではないか」

「私はまだ話の途中です。もちろん、その可能性も否定できませんが」ヴァランダーが不愉快そうに言った。

「そうではないと証明するものがあるのか？」

「ありません」

「それではソニャ・フークベリは変電所に着いたときは死んでいた、つまり彼女は運ばれたとの見方が可能ではないか？　彼女が自分の意思で変電所まで行ったとする根拠は？」ヴィクトルソンが訊いた。

「車で送っていった人間を彼女が知っていたということもあり得る」

ヴィクトルソンは首を振った。

「畑のど真ん中にある変電所にわざわざ出かける用事があるというのか？　しかも雨の降っている中を？　彼女は殺されてから運ばれたと考えるほうが自然ではないか？」

「あなたこそ急ぎすぎてるのではないですか？」ヴァランダーが言った。「われわれはいまいくつかの可能性を挙げているだけです。選んでいるのではないのですよ、まだ」

「ソニャ・フークベリを変電所まで車で送ったのはだれか？」マーティンソンが口を挟んだ。

「それがわかれば、彼女を殺した人間もわかります。だが、依然としてなぜ殺したのか、殺しの理由がわからない」

「それはあとでわかるだろう。私の考えでは、エヴァ・ペルソンはソニャ・フークベリを殺した人間から彼女の死を聞いたのだと思う。あるいはこのことを知っている人間から」ヴァランダーが言った。

ヴァランダーはホルゲソン署長をまっすぐに見た。

「ということは、エヴァ・ペルソンが事件解決の鍵を握っているということです。彼女は未成年者だ。そのうえ嘘をつく。だが、どうしてもわれわれは彼女を追及しなければならない。彼女がどうやってソニャ・フークベリの死を知ったのか、私はまずそれを知りたい」

ヴァランダーは立ち上がった。

「エヴァ・ペルソンを尋問するのは私ではないので、ここで失礼する」

そう言うと彼は足早に部屋を出た。自分の退場のしかたに大満足だった。幼稚な振る舞いであることはわかっていたが、このやりかたは効果があるはずだった。おそらくエヴァ・ペルソンと話をするのはアン＝ブリット・フーグルンドになるだろう。彼女はなにを訊けばいいか知っている。彼女なら自分が準備をしてあげる必要もない。ヴァランダーはジャケットを手に取った。これからの時間を、気になっていることを調べるのに使うことにしよう。うまくいけばソニャ・フークベリ殺しの犯人を二つの方向から追いつめることができるかもしれない。部屋を出る前に、捜査資料の中から写真を二枚抜き出してポケットに入れた。

町のほうへ歩きだした。事件の経過全体がなにか腑に落ちない。不安がつのる。なぜソニャ・フークベリは殺されたのか？　それもスコーネの四分の一もが停電するような方法で殺されるとは？　これは単に偶然なのだろうか？

広場を斜めに渡ってハムヌガータンに入った。ソニャ・フークベリとエヴァ・ペルソンがビールを飲んだというレストランはまだ開いていなかった。レストランの中をガラス越しにのぞいた。中に人がいる。見覚えのある人間だった。ヴァランダーはガラスを叩いた。中の男は気づかずに、バーカウンターのところで働いている。ヴァランダーはもう少し大きく叩いてみた。男が見上げた。ヴァランダーが手を振ると、男は近づいてきた。ヴァランダーとわかると男は笑い、ドアを開けた。

「まだ朝早い。九時前だというのにもうピザが食べたいのか?」

「まあね。コーヒー一杯でもいいのだが。じつはあんたに訊きたいことがあるのだ」

イストヴァン・ケチェメティはハンガリー出身で、一九五六年にスウェーデンにやってきた。イースタの町のあちこちでレストランを開いてきた。ヴァランダーは夜、食事を作るのが面倒なときに、よくイストヴァンの店で食べた。ときどき猛烈にしゃべるが、ヴァランダーは彼を気に入っていた。それに彼はなんといっても、ヴァランダーが糖尿病だということを知っている数少ない人間だった。

店にはイストヴァン一人しかいなかった。厨房から、肉を叩く音が聞こえた。店は十一時にランチのためにオープンする。ヴァランダーは店の奥のほうのテーブルについた。イストヴァンを待つ間、彼は二人の少女たちがあの晩どこに座っていたのか、店の中を見渡した。イストヴァンが二人分のコーヒーを持ってやってきて、腰を下ろした。

「あんたこのごろ来ないね。やっと来てくれたのに、こんな時間に来るとは、食事以外の用事かね?」

イストヴァンはため息をついた。

「みんなが私の協力をほしがる。スポーツ振興会とか民間援助団体とか。この間も動物のための墓地を作ろうという人たちからの誘いかけがあったばかりだ。そしてみんな募金を求める。みんな、私の金をほしがる。店の宣伝をするからと。だけど、動物墓地にピザの広告なんて出せないじゃないか？」

ふたたびイストヴァンは深くため息をついた。

「もしかするとあんたもなにかほしいのかい？　このイストヴァンにスウェーデン警察のために寄付してくれというのかい？」

「いや、いくつか訊きたいことがあるだけだ。先週の火曜日、あんたは店に出たかね？」

「私は毎晩店に出るよ。先週の火曜日？　ずいぶん前のことじゃないか？」

ヴァランダーは二枚の写真をテーブルの上に並べた。店の中は薄暗かった。

「これを見てくれないか？　見覚えがあるか？」

イストヴァンは写真を持ってカウンターのほうへ行った。時間をかけてよく見てからテーブルに戻った。

「ああ、見たと思う」

「タクシー運転手殺害事件のことは聞いているか？」

「ひどいことだ。あんなことが起きるなんて。しかも犯人は未成年だとか」

そう言ったとたん、彼はヴァランダーの用件がわかったようだった。

「この二人か？」

「そうだ。彼女たちはあの晩、ここに来た。あんたにどうしても思い出してもらいたいのだ。どこに座っていたのか？　連れがいたか？」

懸命に思い出そうとしているイストヴァンを見ながら、ヴァランダーは待った。イストヴァンは写真を手にテーブルの間を歩きだした。あの晩の客たちがどこに座っていたのかを思い出そうとしているのだとわかる。おれもきっとそうするだろう。あの二人の女の子たちの席を思い出せるといいが。

イストヴァンの足が止まった。窓のそばの席だ。ヴァランダーはそっちへ移動した。

「女の子たちはここに座ったと思う」

「たしかか？」

「たぶん」

「どっちがどっちに座った？」

イストヴァンが不安そうになった。テーブルのまわりを一回、二回とまわり、足を止めて考えた。それからあたかもメニューを置くかのように写真を一枚ずつテーブルに置いた。

「たしかか？」

「ああ」

そう言いながらも、イストヴァンは顔をしかめている。まだなにか思い出そうとしているのだ。

「なにかがあった。二人の女の子たちのことを覚えているのは、一人が十八歳以上には見えなかったからだよ」

「そのとおり、一人は十九歳だったが、もう一人は未成年だった。だがいまはそのことはいい」

イストヴァンはライラ！と厨房に声をかけた。かなり肥満した金髪の若い女が体を揺すりながら出てきた。

「ここに座ってくれ」と言って、イストヴァンはいすを指差した。ライラと呼ばれた娘はエヴァ・ペルソンの写真が置いてあるほうのいすに腰を下ろした。

「なにしてるんですか？」とライラが訊いた。その言葉はヴァランダーにも聞き取れないほどのスコーネ訛りだった。

「ただ座っててくれればいいんだ」イストヴァンがなだめるように言った。

ヴァランダーは待った。イストヴァンは必死に思い出そうとしている。

「なにかがあったんだ」イストヴァンが繰り返した。

それから急に思い出したらしく、こんどは向かい側のいすにライラを座らせた。

「席を替えたんだ。そうなんだ、あの晩、二人は途中で席を取り替えたんだよ」

ライラは厨房へ引き上げた。ヴァランダーはソニャ・フークベリがその晩の前半座っていた席に腰かけた。見えるのは目の前の壁、そして通りに面した窓。店の面積の大半は、彼の後ろにあった。席を替えると、店の入り口ドアが見えた。柱と小さな宴会用の部屋があり、すぐ近くに二人用のテーブルが見える。

「このテーブルに客はいたか？」と言って、ヴァランダーは指差した。「女の子たちが席替えしたころに、ここにだれか座ってたか？」

イストヴァンは考えた。

「いた。客が一人そこに座っていた。ただ、それが女の子たちが席を替えたときと同じころかというと、それは自信がないな」

ヴァランダーは集中した。

「その男の様子は？　それとも知っている客か？」

「いや、それまで一度も来たことのない客だった。しかし、簡単に特徴が言えるよ」

「簡単に言える？」

「そうだよ」

「ん？」

「中国人か、少なくともアジア人だった」

ヴァランダーは考えた。なにか決定的なことに近づいている。

「女の子たちがタクシーで出ていったあとも、その男は残ったのか？」

「ああ。そのあと一時間はいたね」

「彼と女の子たちは話をしたのか？」

イストヴァンは首を振った。

「わからない。そんな様子は見なかったと思うが、したかもしれない」

「その男、勘定は現金で払ったのか?」

「クレジットカードだったと思うが、思い出せない」

「いいね。そのときのカードの控えがあるだろう?」

「それはもうクレジット会社に送ってしまったよ。たしかアメリカンエキスプレスだったと思う」

「それでも店にコピーがあるだろう?」

コーヒーが冷めていた。焦《あせ》りが強くなった。ソニャ・フークベリは外から何者かが近づくのを見たのだ。それでよく見るために席を替えたのだ。アジア人?

「いったいあんたはなにを探しているのかね?」イストヴァンが訊いた。

「その晩に起きたことを正確に知ろうとしているのだ。その先はまだ考えていない」

イストヴァンに礼を言って、レストランを出た。

アジア人か。

不安がまた胸に広がった。急ぎ足になった。

11

イースタ署に着いたときは息切れがしていた。急いできた理由は、アン＝ブリット・フーグルンドがいまエヴァ・ペルソンを取り調べ中だと知っていたからである。イストヴァンから聞いたことを彼女に伝えて、訊いてほしいことがあった。受付でイレーヌからかかってきた電話のメモの束を受け取ると、読みもせずポケットにしまい込み、すぐさま取調室に電話をかけた。

「いまちょうど終わるところでした」アン＝ブリットが言った。

「いや、待て。あと二、三、質問がある。休憩をとってくれ。そっちへ行く」

重要なこととわかったらしく、アン＝ブリットはそうすると言って電話を切った。廊下でしびれを切らして待っていると、やっとアン＝ブリットが部屋を出てきた。ヴァランダーはすぐに用件を伝えた。レストランで席の交替があったこと、ソニャ・フークベリから見えた唯一の席に座っていた男のことを。だが、聞き終わったアン＝ブリットは眉を寄せた。

「アジア人？」

「そうだ」

「これが大事なことだと本当に思うのですか？」

「ソニャ・フークベリは席を交替した。それは彼女がその男が見えるところに移りたかったからではないか。なにか意味があるにちがいないのだ」

アン＝ブリット・フーグルンドは肩をすぼめた。

「エヴァ・ペルソンと話してみます。でも、具体的にはなにを訊いてほしいのですか？」

「なぜ彼女たちが席を交替したのか？　いつ替えたのか？　エヴァ・ペルソンが嘘をつくかどうかよく観察するのだ。また、後ろにいた人間に気づいたかどうか訊いてくれ」

「でも、あの子はなにも見せませんよ」

「供述を引っ込めたあとはなにを言っている？」

「ハンマーで殴ったのもナイフで刺したのもソニャ・フークベリで、自分はなにも知らなかったと」

「最初にまったくちがうことを言ったのはなぜだと訊いたか？」

「ソニャが怖かったからだと言ってます」

「なぜ怖かったのか？」

「それには答えません」

「実際に怖かったのだろうか？」

「いいえ。嘘を言っていると思います」

「ソニャが死んだと聞いたときの彼女の反応は？」

「黙り込みました。でもそれはお芝居で、本当は驚いたのだと思います」

「ということは、彼女は知らなかったということか？」

「ええ、たぶんなにも」

アン＝ブリットは取調室に向かって歩きだした。ドアのところで立ち止まり振り向いた。

「母親が娘に弁護士をつけました。すでにあなたを告訴する準備を始めているようです。弁護士の名前はクラース・ハリソン」

ヴァランダーの知らない名前だった。

「若くて上昇志向の強い、マルメの弁護士です。闘争的な人物のようですよ」

ヴァランダーはどうでもいいと思った。疲れが全身を覆う。それから次に怒りがよみがえった。理不尽な責めを受けていると感じた。

「エヴァ・ペルソンからいままで知らなかったようなことをなにか訊き出したか？」

「正直なことを言いますと、あの子は少しばかり頭が足りないのではないかと思います。でもとにかく新しいほうの供述にしがみついています。それだけを繰り返しているんです。まるで壊れたテープレコーダーのように」

ヴァランダーは首を振った。

「このルンドベリ殺害事件は根が深いぞ。おれはそんな気がしてならない」

「あなたが正しいといいのですが。あの子たちがただ金ほしさからタクシー運転手を痛めつけて殺したというのではあんまりですから」

アン＝ブリットはエヴァ・ペルソンの取り調べに戻り、ヴァランダーは部屋に戻った。マーティンソンを探したがいなかった。ハンソンも外出していた。受付でもらった電話メモに目を通した。ほとんどがジャーナリストからのものだった。だが、中にティネス・ファルクの元妻からの電話があった。そのメモを取りよけてから、受付に電話してイレーヌに自分宛の電話を繋《つな》がないようにと頼んだ。番号案内に電話し、カード会社のアメリカンエキスプレスの番号を教えてもらった。電話をかけて用件を伝えると、別の係にまわされた。アニタと名乗る女性が電話を受けた。彼女は、念のためと言って番号を訊き、かけ直すと言った。ヴァランダーはいったん電話を切って待った。数分後、電話を繋ぐなとイレーヌに頼んだことを思い出し、慌ててまたアメリカンエキスプレスに電話をかけた。もう一度かけ直してもらい、こんどは通じた。ヴァランダーは用件を伝え、説明した。

「少し時間をいただけますか?」アニタという女性が言った。

「はい。ただ、この件は捜査上すこぶる重要であることを理解してください」

「できるだけのことはしてみます」

通話が終わった。次にヴァランダーは自動車修理工場へ電話した。少し待たされたあと、工場長が電話口に出た。修理代は信じられないほど高かった。しかし、とにかく明日にはできているという。部品が高価なので、工賃はほぼただだと工場長は言う。ヴァランダーは翌日の十二時に車を引き取りに行くと約束した。

しばらくなにもしないで座っていた。頭の中にはアン゠ブリットが尋問しているエヴァ・ペルソンのことがあった。自分が尋問をしているのではないのが悔しかった。アン゠ブリットは取り調べ中に一押しするべきときに弱腰になる傾向がある。ホルゲソン署長から不公平な扱いを受けていると言う悔しさがよみがえった。ホルゲソン署長は疑いをもっていることを隠さなかった。まったく許せないことだ。待ち時間を利用して、彼はティネス・ファルクの元妻という女性に電話をかけた。一回の呼び出し音で女性の声が出た。

「イースタ警察署のヴァランダーです。マリアンヌ・ファルクさんですか？」

「よかった、お電話、お待ちしていました」

明るい、心地よい声だった。モナの声に似ていると思い、少し胸が痛んだ。

「エナンデール医師から連絡ありました？」

「ええ、話は聞きました」

「それじゃおわかりですね。ティネスの死は心臓発作が原因ではないということを」

「そんなに確実に言い切ることはできませんが」

「どうして？　彼は襲われたんですよ」

確信のある話しかただった。ヴァランダーは急に興味を引かれた。

「驚いていないようですね？」

「なにに？」

「突然不幸が起きたことに。襲われたと言うのですか？」

「ええ、驚いていません。彼には敵が多かったらしいから」

ヴァランダーはノートとペンを引き寄せた。眼鏡はすでにかけている。

「どういう敵です？」

「わかりません。でも彼はいつも不安がっていました」

ヴァランダーはマーティンソンの報告書に書かれていたことを思い出そうとした。

「たしかITコンサルタントでしたね？」

「はい」

「特別に危険な仕事とは思えませんが？」

「仕事の内容によるでしょう？」

「どんな内容だったのですか？」

「それは知りません」

「知らない？」

「ええ」

「それでも、襲われたと思っておられる？」

「彼のことをよく知っていましたから。たとえ別れたとしても。この一年、彼は心配そうでした」

「しかし、なぜかは言わなかった？」

「ええ、ティネスは寡黙な人でしたから」

「敵が多かったと言いましたね？」

「ええ、でもそれは彼自身の言葉です」

「敵とは？　どういう敵ですか？」

ちょっと間を置いてマリアンヌ・ファルクが答えた。

「おかしく聞こえるかもしれませんが、お答えすることができないのです。わたしたちは長い間いっしょに暮らしましたし、子どもまでもうけているのに」

「敵という言葉は、意味なく使われるものではありませんよ」

「ティネスはしょっちゅう旅行していました。世界中を。わたしの知るかぎりいつもそうでした。旅先でどんな人たちに会っているのか、わたしは知りません。でも帰ってくると、なにか考え込んでいることがよくありました。ほかにも、わたしがスツールップ空港に迎えに行ったとき、不安そうだったこともありました」

「しかし、ファルク氏はなにかもう少し話したのではありませんか？　なぜ敵がいるのか？　敵とはだれなのか？」

「彼は口数の少ない人でした。でもわたしにはわかりました。彼の不安が」

この女は単に心配性なのかもしれない、とヴァランダーは思った。

「ほかにもなにか言いたいことが？」

「いいえ。ただ、あれは絶対に心臓発作などではないということを言いたいのです。警察にはぜひ真相を究明してほしいのです」

ヴァランダーはよく考えてから答えた。

「うかがったことを書き留めました。なにかあったら、連絡します」

「警察には実際なにが起きたのか、事実を明らかにしていただきたい。わたしはティネスと別れましたが、ずっと愛していましたので」

通話は終わった。ヴァランダーはぼんやりと、モナもまだ自分を愛してくれているのだろうかと考えた。ほかの男と結婚しているいまも。いやそんなことはないだろうと彼は否定した。それどころか、そもそもモナは自分を愛していたのだろうかと自問した。それから苛立ったように首を振って、無理矢理マリアンヌ・ファルクが電話で言っていたことに頭を切り替えた。彼女の心配は本心のようだった。しかし、彼女の話から新たにわかったことはなかった。ティネス・ファルクという人物が何者だったのか、まったくわからない。マーティンソンの報告書を引っ張り出し、ルンドの検視医へ電話をかけた。そうしながらも、アン＝ブリットがドアから顔を出すのではないかと神経を尖らせていた。彼の関心はもともとエヴァ・ペルソンの話にあった。ティネス・ファルクは心臓発作で死んだ。元妻がどんなに心配しても、その事実は変わらない。検視医をつかまえると、ティネス・ファルクの元妻の話を伝えた。

「突然の心臓発作というものは起き得るのです、だれにでも。ティネス・ファルクという男はまさにそれで死んだのです。解剖でそれが判明したんですから、前のあなたの電話でも、いまの元奥さんの話でも、その事実は変わりませんよ」

「頭の傷は？」

「あれはアスファルトに倒れたときの傷です」

ヴァランダーは礼を言って電話を切った。ちょっとの間、このことが気になった。マリアンヌ・ファルクはティネスが不安がっていたと言っていた。

マーティンソンの報告書を開いてみた。ファルク元夫人の心配が気のせいだったらいちいちつきあってはいられない。

食堂へ行って、コーヒーを持ってきた。すでに十二時近い。マーティンソンとハンソンはまだ戻っていない。外出先はだれも知らなかった。ヴァランダーは自室に戻った。もう一度、電話のメモの束に目を通す。アメリカンエキスプレスのアニタからの電話はなかった。窓辺に立ち、遠くのウォータータワーをながめた。カラスが数羽飛んでいる。気分が落ち着かない。ステン・ヴィデーンの決心が彼を不安にさせていた。まるで自分がいつのまにか競争のどん尻にいるような感じだった。それがなんの競争なのかわからなかったが、勝たないまでもビリというのはいやだと思った。漠然とした思い。とにかくいまは時間がないという感じが彼を苛んでいた。

「このままじゃだめだ。いまはなにか行動しなければ」と声に出して言った。

「だれと話しているんです?」

振り返ると、部屋の入り口にマーティンソンが立っていた。気配はまったく感じなかった。イースタ署でマーティンソンほど歩きかたが静かな警官はいなかった。

「ひとりごとだ。あんたはひとりごとを言わないのか?」

「夢でうわごとを言うらしいです。同じことでしょうかね?」

「用件は?」

「変電所の鍵を持っている人間を当たってみました。前科のある人間はいません」

「なるほど」ヴァランダーが言った。

「なぜフェンスのゲートが壊されたのか、知りたいのです。二つ理由が考えられる。ゲートの鍵がなかったか、何者かがわれわれには理解できない芝居を打っているか」

「芝居？」

「ええ。破壊行為、サボタージュ。何と言えばいいかわかりませんが」

ヴァランダーは首を振った。

「だが、変電室の鋼鉄の扉は鍵で開けられていた。おれはもう一つ、理由が考えられると思う。フェンスのゲートを壊した人間と変電室のドアを開けた人間は別の人物だというのはどうだ？」

マーティンソンは顔をしかめた。

「どういうことですか？」

「説明はできないが、一つの可能性として言ったまでだ」

話が途切れ、マーティンソンは姿を消した。十二時になっていた。ヴァランダーは待ち続けた。十二時半近くになってようやくアン＝ブリットがやってきた。

「あの子はまったく急ぐということを知らない。まだあんなに若いのに、どうしてこんなにゆっくりしか話せないのかしら」

「間違ったことを言うのを恐れているのかな？」ヴァランダーが言った。

アン＝ブリットはいすに腰を下ろした。

「頼まれたことを訊いてみました。中国人は見かけなかったそうです」

「中国人とは言わなかった。アジア人と言ったはずだ」

「とにかくだれも見かけなかったそうです。席を替えたのは、ソニャが窓から隙間風が漏れてくると言ったためだそうです」

「訊かれたとき、彼女はどう反応した？」

アン＝ブリットは心配そうに言った。

「あなたが思ったとおりです。その質問は思いがけなかったようです。彼女の答えはぜんぶ嘘だと感じました」

ヴァランダーは手でテーブルをパンと叩いた。

「そうにちがいない。レストランに入ってきたその男はなにか関連があるのだ」

「関連？　どんな関連ですか？」

「それはまだわからない。とにかくこれはふつうのタクシー運転手殺害事件じゃないんだ」

「わたしには、この先どう捜査を進めればいいのかがわかりません」

ヴァランダーはアメリカンエキスプレスからの電話を待っていると話した。

「それでそのアジア人の男の名前がわかる。名前がわかれば大きく一歩踏み出すことになる。その間にきみはエヴァ・ペルソンの家に行って部屋を見せてもらうのだ。ところで、エヴァの父親は？」

アン＝ブリットは書類をめくった。

「ヒューゴ・ルーヴストルムといいます。結婚はしていないようです」

「イースタに住んでいるのか？」

「ヴェックシューのようですね」

「のよう、というのは？」

「娘のエヴァによれば、父親のヒューゴという男は酔っぱらいの路上生活者のようです。エヴァは嫌悪しています。とはいえ、父親と母親のどっちをより憎んでいるか、微妙ですが」

「まったく連絡はとり合っていないということか？」

「ええ、そのようです」

ヴァランダーは考えた。

「まだおれたちはいちばんの深淵部には到達していないだろう。いまの状況の背後を見るんだ。もしかするとおれが間違っているのかもしれん。いまの若者たちは、男の子だけでなく女の子も、殺人など小さなことだと思っているのかもしれない。それならおれの負けだ。だが、まだわからない。おれはやっぱり、あの女の子たちはなにか理由があって人殺しをしたのだと思いたい」

「三角関係のもつれとか？」アン＝ブリットが言った。

「なに言ってるんだ？」

「ルンドベリのことを少し調べるほうがいいのではないでしょうか？」

「なぜだ？　あの子たちは運転手がだれか、あらかじめ知っていたわけじゃなかった」

「そうですね、そのとおりですよね」

アン＝ブリットはなにか気になることがあるらしい。ヴァランダーは待った。

「でも、こう考えることはできないでしょうか？　もし本当に衝動的にやってしまったのなら、ですが。まず、彼女たちはタクシーを呼んだ。どこに行くつもりだったのかは、あとではっきりさせましょう。とにかく彼女たちは、あるいはどちらか一人でもいいですが、運転手がルンドベリだということに気がついた。ルンドベリをあらかじめ知っていた」

ヴァランダーはアン＝ブリットの言わんとしていることがわかった。

「そうだな。その推定は正しいかもしれん」

「彼女たちは武器を持っていた。ハンマーとナイフです。近い将来、ハンドバッグやポケットに武器を入れて歩くのは、当たり前になるのかもしれませんね。とにかく彼女たちは運転手がルンドベリであることに気がついた。それで暴行を加え、殺した。そういう経過だったかもしれませんね。ずいぶん突拍子もないことのように聞こえますけど」

「いや、ほかだって突拍子もないことばかりだ。よし、ルンドベリを洗ってみよう」

アン＝ブリットは立ち上がり、部屋を出ていった。ヴァランダーはノートにいまのアン＝ブリットの推測を書いた。もう一時だ。仕事はなにも進んでいない気がした。空腹を感じて食堂に行った。サンドウィッチを探したが、売り切れていた。上着を取って、署を出た。今回は忘れずに携帯電話を持ち、受付でイレーヌにアメリカンエキスプレスが電話をかけてきたら、携帯に繋いでくれと頼んだ。警察署からもっとも近いレストランに入った。人がじろじろ見ている。新聞に出た写真のせいだ。いやな気がしてそそくさと食べて外に出た。そのとき電話が鳴った。アメリカンエキスプレスのアニタだった。

「見つけました」

ヴァランダーは紙とペンを探したが、持っていなかった。

「十分後に電話をかけ直してもいいですか？」

アニタは直通電話の番号を教えてくれた。ヴァランダーは署に急いで戻り、部屋から電話した。

「クレジットカードの持ち主はフ・チェンという人物です」

ヴァランダーは書き留めた。

「カードは香港で発行されています。彼の住所はカウルーンとなっています」

ヴァランダーはスペルを訊いた。

「一つ問題があります。このカードは偽物なんです」

ヴァランダーはぎくっとした。

「それじゃ、使用止めになっているんですか？」

「それよりもっとひどいのです。盗まれたわけじゃないのです。偽造なのです。アメリカンエキスプレスはフ・チェンという人物に一度もクレジットカードを発行したことはありません」

「ということは？」

「早い時点で発見されたのはよかったと言わなければなりません。でも、そのレストランは食い逃げされたことになります。お金は戻ってきません。もっとも保険に入っていれば別ですが」

「フ・チェンという人物は実在しないということですか？」

「いえ、そうではありません。きっとどこかにいるのでしょうが、クレジットカードが偽物なのです。住所もでたらめです」

「最初からそれを言ってほしかったな」

「言いそびれました」

ヴァランダーは礼を言って、通話を終わらせた。香港から来たらしい男がイストヴァンのレストランを訪ね、偽のクレジットカードで支払いをした。そのレストランで彼はソニャ・フークベリとなんらかの接触があったのかもしれない。視線を交わすだけの接触？

ヴァランダーは捜査を進めるために、なんらかの関連を引き出そうとしたが、なんの糸口も見つけることができなかった。もしかすると、おれが間違っているのかもしれない。ソニャ・フークベリとエヴァ・ペルソンは、人の命を屁とも思わない新しい時代の怪物《モンスター》なのかもしれない。

自分の選んだ言葉にぎくりとした。モンスター。十九歳と十四歳の女の子たちはモンスターなのか。

机の上を片付けた。もうこれ以上先送りすることはできない。今晩の講演のことだ。警察官の一日を話すことに決めたが、それでもやはり、ポイントを書き出しておかなければならない。

準備しないとあがってしまうからだ。

書きはじめたが、集中できなかった。ソニャ・フークベリの黒焦げ死体が脳裏にちらつく。電話に手を伸ばし、マーティンソンにかけた。

「エヴァ・ペルソンの父親のことを調べてくれないか？　ヒューゴ・ルーヴストルムという名だ。ヴェックシューで路上生活しているらしい」

「ヴェックシューの同僚に連絡するのが手っ取り早いですよ。自分はいまルンドベリを調べてます」

「自分で思いついたのか？」

「いや、アン＝ブリットから頼まれました。彼女がエヴァ・ペルソンの家に行く前に。ルンドベリからなにか出てくるとは思えないんですが」

「もう一つ、コンピュータで調べてほしい人物がいる。フ・チェンだ」

「え？」

ヴァランダーはスペルを言った。

「だれなんです？」

「あとで説明する。午後集まろう。四時半はどうだ。短時間でかまわないが」

「本当にフ・チェンという名前なんですか？」

マーティンソンはまだ半信半疑のようだ。

ヴァランダーは答えなかった。

その後は、夜の講演の準備に費やした。始めてすぐ、引き受けたことを後悔した。以前、ストックホルムの警察学校で同じテーマで話したことがあった。彼自身は失敗したと思ったが、講演後、数人の学生がよかったと感想を言いに来たことを思い出した。なにがよかったのか、彼にはわからなかったが。

四時半、これ以上準備できないとあきらめた。あとは出たとこ勝負だ。書類をまとめて、会議室へ行った。まだだれも来ていない。頭の中のばらばらの情報をまとめようとしてもうまくできなかった。

殺されたルンドベリと二人の少女たちの関係がどうしても繋がらない。そしてさらにそのことと変電所で焼死体となって見つかったソニャ・フークベリとが繋がらない。この捜査には土台がない。事実がいくつもあるのに。大きな、決定的な〝理由づけ〟がかけているのだ。マーティンソンとハンソンが連れ立ってやってきた。その後ろからアン゠ブリットが来る。ヴァランダーはホルゲソン署長が現れなくてほっとした。

短い会議になった。アン゠ブリットからエヴァの家に行った報告があった。

「変わったところはなにもありませんでした。スツードガータンにあるアパートです。母親は病院の給食室で働いています。エヴァの部屋はあの年齢の女の子らしいものでした」

「壁にポスターが貼ってあったか？」ヴァランダーが訊いた。

「わたしの知らない人気バンドの男たちのポスターがありましたけど、特別なものじゃなかったです。なぜですか？」

ヴァランダーは答えなかった。

エヴァ・ペルソンの尋問の報告はすでにできあがっていて、アン＝ブリットがみなに配った。ヴァランダーはイストヴァンのレストランを訪ねたこと、偽のクレジットカードでの支払いを発見したことを話した。

「カードの持ち主はフ・チェンという。この男を捜し出すのだ。最悪、事件とは無関係であることがわかればいい」

四人はその日の捜査結果を報告しあった。マーティンソンが先に、その次にハンソンがソニャ・フークベリのボーイフレンドの一人として浮上したカッレ・リスに会った話をした。だが、カッレ・リスはほとんどソニャ・フークベリのことを知らないということがわかっただけだった。

「カッレによれば、ソニャは秘密主義だったらしい。それがどういう意味なのかはわからないが」

二十分後、ヴァランダーは短くまとめた。

「ルンドベリは少女たちのうちの一人によって、あるいは両方によって殺された。動機は金だと彼女たちは言っている。特別な使用目的のない金だと。だが、真実ではないとおれは思う。だから捜査を続けるのだ。ソニャ・フークベリは殺された。なにかわれわれがまだ見つけていない理由があるにちがいない。まだわれわれの知らない深淵部がここにある。ゆえに、なにも除外せず全面展開で捜査をおこなう。もちろん、いくつか優先的に調べなければならない疑問点はある。だれが変電所までソニャを車で送ったのか？　なぜ彼女は殺されたのか？　ソニャとエヴァの知人友人を徹底的に調べ上げるのだ。思ったより時間がかかりそうだ」

五時少し前にミーティングは終わった。アン＝ブリットが近づいて、夜の講演をよろしくと言った。

「女性に対する暴力で、聴衆に突き上げられるんじゃないか？」ヴァランダーが言った。

「そんなことはないと思います。以前からあなたの評判はいいですから」

「それはもう壊れてしまっただろうよ」

ヴァランダーは家に帰った。ペール・オーケソンから手紙が届いていた。テーブルの上に置き、帰ってきてから読むことにした。シャワーを浴び、服を着替えた。六時半に家を出て、女性たちが待っている家に向かって歩きだした。暗闇の中に立ち、明かりのついた一軒家をしばらくながめ、それから意を決してベルを押した。

その家を出たのは九時過ぎだった。汗をかいていた。予定よりも長く話した。そのあとの質問も思ったより多かった。集まった女性たちはだいたい彼と同年配で、彼女たちからの注目に彼は気をよくした。いま帰るときも、本心はもうしばらくとどまりたいと思ったほどだ。

ゆっくり家に向かって歩いた。なにを話したのかはほとんど覚えていなかったが、女性たちは話を聴いてくれた。それが気持ちよかった。

その中にとくに彼の目を引いた同年配の女性がいた。会が終わる前に、二、三言葉を交わした。女性はソルヴェイ・ガブリエルソンと名乗った。その女性のことがさっきから頭を離れなかった。

家に着くと、その名前を台所のメモ帳に書いた。なんのためにそんなことをしたのか、自分でもわからなかった。

電話が鳴った。ヴァランダーはまだ上着も脱いでいなかった。

マーティンソンだった。

「講演はどうでしたか？」とまず彼は訊いた。

「うまくいったよ。だが、それを訊くために電話してきたんじゃないだろう？」

マーティンソンは用件をなかなか言わなかった。

「まだ署で仕事をしてるんですが、どうしたらいいのかわからない電話がかかってきたんです。ルンドの検視医からです」

ヴァランダーは緊張した。

「ティネス・ファルク。覚えてますか？」

「ATMのそばで倒れた男だな。もちろん覚えている」

「その死体がなくなったようなのです」

ヴァランダーは眉を寄せた。

「死体の消える先と言ったら、棺の中しかないだろう？」

「そう思いますよね。しかし、どうも何者かが死体を盗み出したらしいんです」

ヴァランダーは答える言葉がみつからなかった。

「まだ続きがあるんです」マーティンソンが続けた。「死体がなくなっただけじゃないんです。冷凍室の担架《たんか》の上に、見慣れぬものが置いてあるというんです」

「なんだ？」

「壊れた継電器です」

継電器？　ヴァランダーは継電器とはどういうものなのか知らなかった。電気関係の器具だろうということぐらいしか知識がなかった。

「それもふつうの継電器じゃないらしい。かなり大型のものだというのです」

どきっとした。答えがわかるような気がした。

「大型の継電器？　なにに使うものだ？」

「変電所で使われるものです。ソニャ・フークベリの黒焦げ死体があったようなところで」

ヴァランダーは動けなかった。

繋がりができた。

だがそれは、まったく予期していない展開だった。

12

マーティンソンは食堂で待っていた。

木曜日の夜、すでに十時をまわっていた。夜間通報センターの部屋からラジオの音がかすかに聞こえてくる。それ以外は静まり返っていた。マーティンソンは紅茶を飲みながら、ラスクを食べている。ヴァランダーは上着も脱がずに、彼の前に座った。

「講演はどうでしたか？」

「それはさっきも訊かれたよ」

「自分は以前は人前で話すのが好きでしたが、いまはそんなことができるかどうかさえ怪しいものですよ」

「いや、おれよりはずっとうまいはずだ。興味があるなら言うが、参加者は十九人、警察が社会のためにやっている血なまぐさい仕事の話をいやな顔もせずに聴いてくれた。話のあとも親切な、あまり厳しくない質問をしてくれて、おれは警察本庁の長官が聞いたら飛び上がって喜ぶような模範的な答えをした。これで満足か？」

マーティンソンはうなずき、テーブルの上のラスクのくずを払うと、ノートを広げた。

「初めから話します。八時五十一分、ここの通報センターの電話が鳴り、担当者はその電話をまわしてきました。緊急を要するものでもないし、出動が必要なわけでもないと判断したためでしょう。それに残っていたのは自分だけだったもので。もし自分がいなかったら、通報者はきっと明日電話してくれと言われたにちがいありません。通報者の名前はスツーレ・ポールソン。肩書きは知りません。とにかくルンドの死体保管所《モルグ》の責任者です。このごろではモルグとはもう呼ばれなくなったんでしたね。とにかく検視を待つ死体や、解剖後葬儀社が引き取りにくるまでの間死体が置かれている部屋のことです。八時ごろ、ポールソンは冷凍箱のふたの一つがずれていることに気づき、開けてみると、中にあるはずの死体がなかった。代わりに大型の継電器が置いてあった。彼はすぐに交替前の時間に仕事をした職員に問い合わせた。職員は、帰宅時間の六時には間違いなく死体はそこにあったと言った。死体は六時から八時の間に消えたとみられる。モルグの入り口は裏にもあって、道路から直接入れるようになっている。ポールソンが調べると、裏の入り口ドアの鍵が壊されていた。彼はすぐにマルメ警察に通報した。マルメ警察はパトカーを送り込み、十五分後、問題の死体はイースタから持ちこまれ検視されたものだと判明。マルメ警察はイースタにも届けろと言い、ポールソンはそうしたというわけです」

　マーティンソンはノートから目を上げた。

「つまり、消えた死体を捜すのはマルメの仕事ですが、われわれにも関係がある話というわけなんです」

　ヴァランダーは考え込んだ。まったく奇妙な話だ。またなんとも不愉快な話でもある。不安が胸に押し寄せる。

「マルメの同僚たちが指紋採取してくれてるといいが。このような行為はどう分類されるのだろう。死者に対する冒瀆？　死者の平安を乱す行為？　問題はマルメ警察がこれを重大事と受け止めないかもしれないことだ。ニーベリは変電所で指紋採取しただろうか？」

マーティンソンは考えた。

「したと思います。ニーベリに電話して確認しましょうか？」

「いまはまだいい。ただ、マルメの警察に継電器の指紋を採取してほしいと伝えてくれ」

「いますぐですか？」

「ああ、それがいい」

マーティンソンは電話をかけにいった。ヴァランダーはコーヒーを取りに行きながら考えた。一つの繋《つな》がりが浮かび上がった。だがそれは、思ってもいないことだった。もちろんこの時点ではまだ、単なる偶然という可能性もある。いままでの経験からそれは無視できないことだ。だが、彼はそうではないと感じていた。何者かが死体を盗むためにモルグに押し入った。そしてあとに継電器を置いていったのだ。急に、まだ警察に入りたてのころに聞いたリードベリの言葉が胸に浮かんだ。犯罪者は現場にあいさつを残していくことがある。意図的なものもあるが、間違って残していくことも同じくらいあるのだ。

これは間違いではない。いつも大型の継電器を持ち歩くとか、偶然にどこかに置いていく人間などいるはずがない。人の注目を引くことが狙いだ。だれの注目を？　モルグの連中の、ではない。狙いはおれたち警察だ。

もう一つ、なぜ死体を運び去ったかの理由だ。特定集団やセクトの人間の死体が運び去られることはいままでもあった。だがティネス・ファルクはそのような活動に従事していない。いや、そうとは言い切れないかもしれないが、おそらくしていなかっただろう。そうなると残る理由は一つだけだ。死体はなにかを隠蔽《いんぺい》するために運び去られたのにちがいない。

マーティンソンが戻った。

「運がよかった。継電器はビニール袋に入れられてました。むき出しで放り出されていたわけじゃなかった」

「指紋は?」

「いま採取しているところだそうです」

「死体はまだ見つからないのか?」

「はい」

「目撃者は?」

「聞いてません」

マーティンソンのいない間に考えていたことを話した。死体はなにかを隠すために運び出され、継電器は意図的にそこに置かれていたという点にマーティンソンはうなずいた。ヴァランダーはまたファルクの主治医エナンデールが警察を訪ねてきたことと、元妻と電話で話したことも伝えた。

「おれはさほど重大なこととは思わなかったんだ」ヴァランダーは認めた。「検視医の報告を信じるのが順序だろう」

「死体がなくなったからといって、ティネス・ファルクは殺されたということにはなりませんからね」

ヴァランダーはマーティンソンの言葉に同意した。

「それでも、死体がなくなったのは、ティネス・ファルクの真の死因を知られるのを恐れた人間のしわざではないかという気がしてならないんだ」

「あるいは、ファルクはなにかを飲み込んでいたとか？」

ヴァランダーが眉を上げた。

「たとえば？」

「ダイヤモンド、麻薬、わかりませんが」

「そうだったら、検視医が見つけただろう」

「それじゃ、どう進めましょうか？」

「ティネス・ファルクとは何者だ？」ヴァランダーが考えを声に出した。「自然死という検視が出たので、われわれは彼のことをなにも調べなかった。だが、エナンデール医師はわざわざ署まで来て、死因が心臓発作というのはおかしいと疑問を呈した。ファルクの元妻は、彼は不安そうだったと言っている。また敵が多かったとも。彼女の話から、ファルクは複雑な人間だったことがわかる」

マーティンソンは顔をしかめた。

「ITコンサルタントに敵が多いとは？」

「そうなんだ。だが、元妻はそう言っていた。しかしそれはおれが電話で聞いたことで、正式にはだれにもファルクの死の件で事情聴取していない」

マーティンソンは薄いファイルを持ってきた。中にファルクに関する報告書が入っている。

「子どもたちとも話してませんね。いや、だれからも話を聞いていません。自然死という結論が出たためか」

「いまでも、基本的にはそれが警察の結論だ。ただ、いまはっきりしたのは、ティネス・ファルクとソニャ・フークベリは無関係ではないかもしれないということだ。もしかするとエヴァ・ペルソンも」

「そうなると、ルンドベリもですか？」

「そうだ。タクシー運転手もだ」

「いまわかっているのは、ティネス・ファルクはソニャ・フークベリが黒焦げ死体となって発見されたときにはすでに死んでいたということ。つまり、彼がソニャを殺したということはあり得ない」マーティンソンが言った。

「もしいまファルクが他殺だったということになれば、犯人はソニャ・フークベリを殺したのと同一人物かもしれないな」

ますます不安がつのってきた。まったく予測しなかった事態に遭遇している。深淵部は一つではなかったのだ。ほかにも深淵部がある。もっと深く掘り下げなければ底には到達しない。

マーティンソンがあくびをした。彼は通常この時間は眠っているのだ。

「われわれが出向いて消えた死体を捜す必要はない。今晩はこれ以上なにもできないな」ヴァランダーが言った。

「ファルクのアパートを見てみる必要がありますね」もう一度あくびをしながらマーティンソンが言った。「たしか、一人暮らしです。そこから始めて、次は彼の妻の話を聞くことにしますか」

「元妻だ。離婚している」

マーティンソンは立ち上がった。

「家に帰って寝ます。車はどうなりました？」

「あした修理が終わる」

「家まで送りましょうか？」

「おれはもう少し残る」

マーティンソンは食堂の入り口で振り返った。

「あの写真、いやだったでしょう。わかりますよ」

ヴァランダーはマーティンソンの目を正面からとらえて言った。

「どう思う？」

「なにについて？」

「おれが悪いと思うか?」

「あなたがエヴァに平手打ちをしたのは事実でしょう。でも、あなたの言うとおり、エヴァが母親に暴力を振るったのが先だと思いますよ」

「とにかくおれは決めた。もしこれで懲戒処分を受けるのなら、おれは警官を辞める」

自分で自分の言葉に驚いた。内部調査で彼の言い分が認められなかったら辞職すると決意していたわけではなかったからだ。

「そのときは、立場が替わりますね」

「立場が替わる?」

「辞めないように説得するのが自分になるという意味です」

「あんたにはできないさ」

マーティンソンは答えなかった。書類を持って出ていった。ヴァランダーは残った。少し経って、夜勤の警官たちが食堂に入ってきた。ヴァランダーに目礼してあいさつを交わすと、彼らは仲間内でしゃべりだした。春にはバイクを買いたいという声が聞こえた。

警官たちはコーヒーを手に出ていき、ふたたびヴァランダーだけになった。いつのまにか、頭の中で一つの考えが形をなしていた。

時計を見た。まもなく十一時半だ。本来は明朝まで待つべきなのだ。だが、不安が彼を駆り立てた。

十二時少し前、彼はイースタ署をあとにした。

ポケットには、いつも机のいちばん下の引き出しにしまっておくピッキング用の合い鍵の束があった。

アペルベリス・ガータンまで十分ほど歩いた。風が吹きはじめ、気温も零度近くまで下がっている。雲が空を覆っている。町はまるで打ち捨てられたようにひとけがなかった。重い荷物を積んだ長距離トラックが、ポーランド行きのフェリーに乗るために港へ向かって走っていく。ヴァランダーは、ティネス・ファルクはちょうどこのぐらいの時刻に死んだのだと思った。手に握りしめた血のついた明細書に時刻が記されていた。

建物の陰に立って、アペルベリス・ガータン十番地の建物を見上げた。いちばん上の階には明かりがなかった。そこがファルクのアパートだった。その下の階も真っ暗だ。だが、その下の階の窓には明かりがついている。ヴァランダーはぶるっと震えた。以前彼はそこで見知らぬ女性の腕の中で目を覚ましたのだった。すっかり酔っぱらっていたため、自分がどこにいるかもわからなかった。

ポケットの中のピッキング用の合い鍵に触れてためらった。これからしようとしていることは違法だし、どうしてもいましなければならないことではなかった。夜が明けてからすることもできるし、正式に鍵を入手することもできる。だが、胸の不安がおさまらない。それは無視できないものだった。待つことができないときにこのような不安感が彼を駆り立てるのだ。

建物の入り口のドアには鍵がかかっていなかった。署の自室から懐中電灯を持ってきていた。

階段は暗かった。耳を澄まし、建物の中の音に注意を払いながら静かに階段を上りはじめた。知らない女性とここに来たとき内部がどうだったかを思い出そうとした。だが、なにも思い出せない。最上階まで階段を上った。二つドアがあり、ファルクのアパートは右側だった。ふたたび耳を澄ました。左のアパートのドアに耳をつけて聞く。なにも音がしない。小さな懐中電灯を口にくわえると、合い鍵の束を取り出した。泥棒よけの頑丈な防犯ドアだったら、この時点であきらめたかもしれない。だが、それはふつうのドア用の鍵だった。元妻の言ったことは信用できないかもしれないとヴァランダーは思った。ファルクが不安がっていたとか、大勢の敵がいるとかいうのは、彼女の想像にすぎないかもしれない。

鍵を開けるのに思ったよりも時間がかかった。練習が必要なのは射撃だけではないかもしれない。汗が流れてきた。指先の感覚がなくなっていた。ピッキングが下手になっている。やっと開けることができた。そっとドアを開けて耳を澄ました。一瞬暗闇から息遣いを感じたように思ったが、気のせいだった。玄関に入り、静かにドアを閉めた。

知らない住居に入って最初に感じるのはいつも臭いだった。だが、このアパートはなにも臭わなかった。まるで新しい住居で、人がまだ住んでいないかのようだ。そのことを記憶におくことにして、彼は懐中電灯をつけて静かにアパートの中に入った。人がいるかもしれないという緊張感があった。ほかの人間はいないことがはっきりわかると、靴を脱ぎ、カーテンを閉めてから部屋の電気をつけた。

寝室まで来たとき、電話が鳴った。ぎくっとして飛び上がった。呼び出し音がまた鳴った。

彼は息を止めた。そのとき、暗闇の奥で留守電が応答しはじめた。ヴァランダーは急いで音のほうへ行った。だが、なにも言わずに電話が切れる音だけがした。だれが電話してきたのか？夜中に、死んだ人間の家に？

ヴァランダーは通りに面している部屋の一つに入り、窓辺に立った。カーテンの隙間から外をうかがう。人も車もない。彼は暗闇に目を凝らした。だが、人影は見えなかった。

居間へ行き、そこから始めることにした。まず机の上のランプをつけた。それから部屋の真ん中に立って、見まわした。ここにティネス・ファルクという男が住んでいた。居間はまるでいま掃除したばかりのようにぴかぴかで、わずかの乱れもなく片付いていた。革のソファセット、一方の壁には海の絵がかけられ、もう一方の壁沿いに本棚があった。

机の上を見た。アンティークの真鍮《しんちゅう》のコンパスが置いてある。デスクの上の緑色のフェルトの上にはなにもなかった。ペンが数本、アンティークのオイルランプのそばに並べられている。

次に台所へ入った。流しのそばにコーヒーカップが一個あった。台所のテーブルにかけられたビニールクロスの上にメモ帳がある。明かりをつけて、メモを読んだ。バルコニーのドア。ファルクはおれと似ているところがあるのかもしれない、とヴァランダーは思った。二人とも台所にメモ帳を置く。居間に戻り、バルコニーのドアを開けてみた。固くて閉めにくい。ティネス・ファルクにはこれを処理する時間がなかったことになる。ヴァランダーは寝室に戻った。ダブルベッドはきちんと整えられていた。ひざまずいてベッドの下をのぞいた。スリッパが一足。クローゼットを開けて、タンスの引き出しを開けてみた。すべてきちんと片付いている。

居間に戻り、机の前に立った。留守番電話の下に取り扱い説明書があった。ポケットからビニールの手袋を取り出した。録音されているメッセージを消さずに聞くことができるやり方を覚えると、再生のボタンを押した。

最初のメッセージはヤンネと名乗り、元気かどうか訊いていた。日時は示されない。そのあと二つのメッセージは、呼吸の音だけで、無言だった。ヴァランダーは両方とも同じ人間のような気がした。四番目はマルメの仕立て屋で、注文したズボンができたというものだった。ヴァランダーは仕立て屋の名前を書き取った。次はまた無言のメッセージだった。それがちょっと前にこの部屋に入ってきたときのものと思われた。ヴァランダーはもう一度始めからぜんぶ再生し、ニーベリならこの三つの呼吸音が同じ人間のものかどうか調べられるだろうかと思った。

取り扱い説明書を元の場所に置いた。机の上には写真が三枚飾られていた。二枚はおそらくファルクの子どもたちだろう。少年と少女だ。少年は熱帯の景色を背景に笑っている。十八歳くらいだろうか。写真の後ろを見ると、ヤン、一九九六年アマゾンにてとあった。ということは留守電のメッセージの最初の声はこの息子かもしれない。少女のほうが年下だ。ベンチに腰かけ、あたりにはハトの群れがいる。ヴァランダーは写真を裏返した。イーナ一九九五年、ベニスにてとある。三枚目は白い壁の前に立っている男たちのグループ写真だった。ピントが合っていない。ぼやけている。裏返して見たが、なにも書かれていなかった。机の袖の引き出しを開けると、いちばん上に拡大鏡が入っていた。それを使って男たちの顔をよく見た。年齢はばらばらだ。最後尾の列の左端にアジア人らしき男がいた。ヴァランダーは写真を置いて、考えに集中した。だが、先に進めなかった。その写真を持って帰ることにし、ポケットに入れた。緑色のフェルトの下をのぞいて見た。新聞の切り抜きがある。料理のレシピだ。魚のフォンデュ。引き出しの中を見ていった。すべてがきちんと片付いている。三番目の引き出しに分厚いノートがあった。ヴァランダーはそれを机の上に置いた。革の表紙に金文字で日誌とある。表紙を開けてノートをめくり、いちばん後ろのページまできた。十月五日日曜日が、ティネス・ファルクの日記と思われるこのノートに書き込まれた最後の日だった。風が穏やかになったあと吹き止んだと書かれていた。〈気温は三度。空が晴れ上がっている〉

アパートの掃除に三時間二十五分かかった。前週に比べて十分短縮できたとある。

ヴァランダーは眉を寄せた。掃除について書かれているのがわからなかった。

それから最後の文章を読んだ。〈夜、短い散歩〉

ますますわからなくなった。ティネス・ファルクは十月六日の午前零時数分過ぎにATMのそばで死んだ。この書き込みは、ファルクがその時点ですでに一度散歩をしていることを示すものか？　そうだとすれば、彼はその晩二度目の散歩で死んだのか？

十月四日の書き込みを見てみた。〈一九九七年十月四日。一日中強風。気象庁によれば、毎秒八メートルから十メートルの風だという。ちぎれ雲が空を飛んでいる。朝六時の気温は七度。午後二時には八度。夜は五度まで下がった。今日の宇宙は静かだった。友人たちから知らせがなかった。Cは応答しない。すべて静寂〉

ヴァランダーは最後の二行を読み返した。意味がわからなかった。理解できない内容だ。ページをめくって日付を後戻りした。毎日気象についての記載がある。そして〈宇宙〉について一言。〈静か〉と書いてあることもあれば、〈メッセージあり〉と書かれていることもあった。メッセージとはなんだろう。わからない。ノートを閉じた。

日誌にはほかにも特異な点があった。人の名前が一つも書かれていないことだ。子どもたちの名前さえも。

日誌はどこを開いても気象と宇宙からのメッセージの有無が書かれていた。それ以外には、日曜日に何時間何分掃除に費やしたかの記載。

ヴァランダーは日誌を引き出しに戻した。

このティネス・ファルクという男、頭がおかしかったのだろうか？　日誌に書かれた字は、マニアックな、あるいは混乱した人のそれだった。

ヴァランダーはまた立ち上がって窓のそばに行った。通りには依然として人影はない。すでに一時過ぎになっている。

机に戻って、残りの引き出しに目を通した。ティネス・ファルクは株式会社を所有していた。彼一人が株主だった。ホルダーの一つに会社の定款を見つけた。ティネス・ファルクは新しく設定されるITシステムのコンサルタントと管理を仕事としていた。仕事の詳細はなにも定款には書かれていなかった。書かれていたとしても、ヴァランダーには理解できなかったにちがいない。しかし顧客には銀行がいくつも名を連ねていたし、南部電力会社の名もあった。

特別に目を引くものはなかった。

最後の引き出しを閉めた。

ティネス・ファルクは痕跡を残さない人間だ。すべてが完璧で、没個性で、整理整頓され、人間臭さがない。彼という人間がこの空間に住んでいたとはまったく感じられない。

ヴァランダーは本棚の本に目を移した。文学書と実用書が交じっている。スウェーデン語、英語、ドイツ語の本が交じっている。詩も一つの棚を占領していた。ヴァランダーは適当に一冊抜き取ってみた。ページが開いた。何度も読みこまれているようだ。ほかの棚には宗教史と哲学書があった。宇宙についての本も、魚釣りの手引き書もあった。本棚を離れてステレオの前にかがみこんだ。ファルクの集めたアルバムはずいぶん多種多様だった。オペラもバッハのカンタータもある。エルヴィス・プレスリーのアルバム集があるかと思えば、バディ・ホリーのものもあった。音楽だけでなく宇宙の音や海底の音のCDもあった。片隅に昔のLPレコードもあった。ヴァランダーは首を振った。シーヴ・マルムクヴィストや、サクソフォンのジョン・コルトレンのLPが見える。ビデオ機器の上にいくつか映画のビデオがある。アラスカの熊の映画、NASAの発行したアメリカの宇宙開発物語、そして隅のほうにポルノ映画もあった。

ヴァランダーは立ち上がった。膝が痛む。これ以上はもうなにもないだろう。手がかりを見つけることはできなかった。しかし、絶対にこの部屋のどこかにあるという気がしてならなかった。

ティネス・ファルクの死とソニャ・フークベリの殺しはどこかで繋がっているはずだ。そして死んだファルクの体がなくなったことも。

もしかすると、タクシー運転手ヨーアン・ルンドベリも関連しているのかもしれない。

ヴァランダーはポケットからさっきの写真を取り出し、元の位置に戻した。自分がここに来たことをだれにも知られたくなかった。あとでファルクの元妻が警察といっしょにこの部屋にきたとき、なにかがなくなっていると気づくかもしれないと思ったのだ。

ヴァランダーは明かりを消し、カーテンを開けた。あたりに耳を澄まし、そっとドアを開ける。ピッキングの跡はまったく目につかなかった。

外に出ると、足を止めてあたりの様子をうかがった。人影はない。町は静まり返っている。彼は町の中央に向かって歩きだした。時刻は一時二十五分をまわっていた。

音もなく彼の後ろからついてくる影があることに、ヴァランダーは気がつかなかった。

13

ヴァランダーは電話で起こされた。

まるでその電話で起こされるのを待っていたかのようにぱっと目が覚めた。受話器を取ったとき、そばの目覚まし時計を見た。五時十五分。

電話の声は聞き覚えがなかった。

「クルト・ヴァランダー？」

「ああ、そうだ」

「起こしたのなら申し訳ない」

「いや、起きていた」

なぜこんなことで嘘をつくのか？　朝の五時に眠っているのは恥ずかしいことではないのに。

「暴行のことで質問したい」

ヴァランダーは一瞬にしてはっきり目が覚め、ベッドの上に起き上がった。男は名前と新聞社名を言った。こういう可能性を考えるべきだった。ジャーナリストが早朝電話をかけてくることを警戒するべきだった。警戒していれば電話に出なかったのに。捜査に関してなにか緊急の用事があったら、同僚は携帯のほうにかけ直すに決まっている。携帯番号は外の人間には知らせていない。

いまはもう答えるしかない。

「暴行ではないことはもう説明している」

「写真は嘘だと言い張るんですね?」

「いや、あれは全体の真実を語るものではない」

「それじゃ、あなたの見る全体の真実とやらを聞きましょう」

「いまは調査中なので話すことができない」

「なにか言えるでしょう」

「言うべきことはすでに言った。あれは暴行ではない」

電話を切り、電話線の差し込みを抜いた。新聞の見出しが目に浮かぶ。〈沈黙を通す警察官、怒って電話を叩きつける〉。ヴァランダーは枕に頭を戻した。窓の外の街灯が風に揺れている。カーテンを通して入ってきた光が壁に波を描いている。

電話で起こされるまで、夢を見ていた。夢の中のイメージがゆっくり戻ってきた。

去年の秋、ウステルユートランドの群島に行ったときのことだ。群島に住み、島々に郵便物を届ける男の家に招待された。男とはヴァランダーの警察官としての経験の中でももっとも悲惨な事件の一つの捜査の中で出会った。ヴァランダーは迷いながらも彼の招待を受けて島へ出かけた。早朝、男は彼を群島の中の一つの小島にボートで連れて行った。小島は群島の先端にあって、岩石化した原始の時代の野獣のように、険しく恐ろしい形で海の中からそそり立っていた。木も生えていない岩ばかりの島を歩きまわっているうちに、彼はある種の悟りに到達したのだった。その後も一人で島を歩きまわったあの瞬間を何度も思い出した。あのときの心境にもう一度到達したいという気持ちになった。

あの島を歩いた夢。夢はなにかを彼に訴えているのだ。なにを？　なにを思い出せと言っているのだろうか？

五時四十五分、やっと起きだし、電話の線を元に戻した。窓の外の温度計は三度を示している。相変わらず風が強い。コーヒーを飲みながら、昨日の出来事を考えた。思いがけない繋《つな》がりが現れた。タクシー運転手、ソニャ・フークベリ、そしてATMのそばで死んだ男。その男のアパートを夜中に忍び込んで調べたこと。頭の中で出来事を追っていった。なにを見逃しているのだろう？　おれはまだ底の底まで掘り下げていない。適切な問いを発していない。

七時、彼は立ち上がった。答えは得られないままだったが、少なくとも問題を絞り込むことはできた。エヴァ・ペルソンに真実を語らせるのだ。レストランでなぜソニャ・フークベリと席を替えたのか？　店に入ってきた男はだれなのか？　なぜ彼女たち二人はタクシー運転手を殺したのか？　ソニャが死んだとどうしてわかったのか？　この四つの問いに答えさせるのだ。

署に向かって歩きだした。思ったよりも寒かった。もう秋だということがまだピンときていないのだ。もう少し厚手のセーターを着てくるのだったと後悔した。歩いているうちに、片方の足が靴の中で濡れていることに気がついた。立ち止まって靴の裏を見ると、穴が開いていた。思わずかっとした。怒りのあまり、靴を脱いで裸足《はだし》で歩いてやる、という気持ちをやっと抑えた。

これがおれに残っているものだ。長い警察官生活の末、残っているのは穴の開いた靴なのだ。

通り過ぎた男がけげんそうな顔で彼を見た。ヴァランダーはいつのまにか大きな声でひとりごとを言っていたことに気づいた。

署に着くと、受付でもう出勤しているのはだれかとイレーヌに訊いた。マーティンソンとハンソンだった。ヴァランダーは自分の部屋に来るように伝えてくれと頼んだ。が、すぐに会議室へと訂正した。アン゠ブリットが来たら同じように伝えてくれと言った。

マーティンソンとハンソンは同時にやってきた。

「昨晩の講演はどうだった？」ハンソンが訊いた。

「そんなことはどうでもいい」と答えてから、自分の不機嫌さをハンソンにぶつけてしまったと思った。

「疲れているんだ」と言い訳した。

「疲れているのはお互いだ。とくにこんなことを読んだらなおさらだ」

手に今日の新聞を持っている。ヴァランダーはすぐに止めるべきだと思った。新聞に出ていることなどを話しているひまはない。だがなにも言わずに、いつもの席に腰を下ろした。

「法務大臣が意見を発表したそうだ」ハンソンが言う。「スウェーデン警察の活動について抜本的な改革が進められている。大規模な変革をともなう改革だが、これでやっと警察は正しい方向に進むことができる、だとさ」

ハンソンは新聞をテーブルの上に投げ出した。

「正しい方向へ進むことができる、だと？　なに言ってるんだ？　現場のわれわれはどの方向へ行ったらいいかわからず、ぐるぐるまわっているというのに？　いつも新しい優先順位とやらを通達される。今日は暴行、強姦、児童虐待、そして経済犯罪が優先順位の高いものになっているが、明日はどうなるか、だれにもわからない状態じゃないか」

「問題はそれじゃないですよ。なにもかもがすぐに変更されるので、いまなにが優先順位が高いものか、だれにもわからない、これこそが問題なんです。しかもそのうえ、経費の削減も同時に課せられる。だれか、どの分野を無視するべきか、教えてくださいよ」マーティンソンが言う。

「ああ、そのとおりだ」ヴァランダーが言った。「だが、いまイースタ警察は千四百六十五件の未解決事件を扱っていて、もうこれ以上ふやしたくない」

ヴァランダーはテーブルの上を両手でバンと叩いて、不平を言う時間は終わりと告げた。マーティンソンの言うこともハンソンの言うことも正しいことはだれよりも彼が知っていた。しかしそれでも彼の中には、歯を食いしばって、仕事をこなしていこうとする強い意志があった。と同時に、自分はもしかすると疲れすぎていて、新しい変革が次々に提案されることについていけないといういうきらいがあるのかもしれないとも思った。

アン＝ブリットがドアを開けて入ってきた。

「暴風よ」と言いながら、上着を脱いだ。

「秋だからな。さて、始めようか。じつは昨晩、捜査作業を劇的に変更させるような思いがけないことが起きた」と言うと、ヴァランダーはマーティンソンに合図した。ティネス・ファルクの死体が盗まれたとマーティンソンがみんなに話した。

「それはとにかくわれわれにとって新しい経験だな」話を聞き終わると、ハンソンが言った。

「イースタ警察のわれわれには死体が消えるという経験はない。ゴムボートが消えたことはあった。おれも覚えている。が、死体が消えたとはな」

ヴァランダーもその事件は覚えていた。モスビー・ストランドの海岸で発見されたゴムボートが、その後警察内でなくなったのだ。いまだにどういうことだったのか、解明されていない。

アン＝ブリットがヴァランダーに質問した。

「つまりそれは、ATMのそばで死んだ男と運転手ルンドベリの殺害とは関係があるということですか？　なんだかいかにも唐突ですね」

「ああ、そのとおり。だが、いまはその可能性も考えた上で捜査を進めなければならない。簡単な仕事にはならないといまから覚悟する必要がある。ルンドベリ殺しは少女たちが犯したまれに見る残酷な事件だったが、比較的簡単に解決できるように見えた。だが、事態はしだいに複雑な様相を呈してきた。犯人の一人ソニャ・フークベリが警察署から逃亡し、変電所で死体となって発見された。いっぽう、男が一人、ATMのそばに倒れて死んだことは、われわれは通報を受けて知っていた。だが、われわれは男の死は事件性がないという判断を下した。もちろん、その可能性がなかったわけではないが、検視により死因が心臓発作の自然死とされたからだ。だが、昨夜その死体が消えた。死体のあとには、高圧電流の継電器が残されていた」

ヴァランダーはここで話を止めて、その日の朝家で考えた四つの問いを考えた。が、いま彼は、まったく別のところから始めるべきだと思った。

「何者かがモルグに押し入って死体を運び去った。これはおそらく死体になにか知られたくないこと、隠したいことがあったためではないか。そしてその後に継電器が代わりに残された。忘れられたとか、間違ってそこに置かれたとは考えられない。死体を持ち去った者は、われわれにあててそれを置いていったのだ」

「犯人の目的はただ一つですね？」アン＝ブリットが言った。

ヴァランダーはうなずいた。

「そうだ。われわれにソニャ・フークベリとティネス・ファルクが関係あると思わせることだ」

「目くらましの道ではないか？」ハンソンが疑いを言った。「ソニャが焼死体で見つかったと新聞で読んだ人間が仕組んだのでは？」

「マルメ警察によれば、継電器は大型で、非常に重いものだといいます。書類カバンに入れて歩くようなものではないんです」マーティンソンが話を戻した。

「一歩一歩進もう」ヴァランダーが言った。「ニーベリがその継電器はソニャ・フークベリが見つかった変電所のものかどうか調べている。もしそうなら、目くらましではないとわかる」

「いえ、そうとは言い切れません」アン＝ブリットが言う。

ヴァランダーは首を振った。

「いや、おれの考えているとおりだろうと思う」

マーティンソンがニーベリに電話し、ほかの者たちがコーヒーを取りに行った。ヴァランダーは早朝電話で起こされたジャーナリストの話をした。

「あの話はもうじきだれも取り合わなくなりますよ」アン=ブリットが言った。

「きみが正しいといいが、おれにはまったくそうは思えないんだ」

ふたたび会議に戻った。

「いま大事なこと。それはエヴァ・ペルソンに真実を言わせることだ。未成年者であってもかまわない。彼女を本格的に尋問しなければならない。アン=ブリット、きみの仕事だ。なにを訊かなければならないか知っているはずだ。いい加減な答えでなく、真実がわかるまで手をゆるめるな」


それから一時間、捜査の分担に費やした。気がついてみると、風邪の症状はとっくになくなり、全身に力が戻っていた。十時半に会議は終わった。ハンソンとアン=ブリットはそれぞれ部屋に引き上げ、ヴァランダーとマーティンソンはティネス・ファルクのアパートへ行くことになった。ヴァランダーはマーティンソンに昨夜一人で忍び込んだことを言おうと思ったが、結局黙っていた。自分の行動のすべてを同僚に話さないことが彼の弱点だったが、自分の欠点を直すことに関して彼はとっくに放棄していた。

マーティンソンがファルクのアパートの鍵を手配する間、ヴァランダーは自室に戻り、さっきハンソンが投げ捨てた新聞を開いた。ざっと目を通し、自分についての記事が載っているかどうかを見た。見つけたのは小さな囲み記事で、経験豊かな警察官が未成年者に暴力を振るったとの疑惑がもたれているとあった。名前は挙げられていないが、それでも頭に血が上った。

新聞を捨てようとしたとき、交際相手を求める欄が目に入った。なにげなく読みはじめた。五十歳になったばかりの離婚経験のある女性、子どもが大きくなって寂しさを感じている。クラシック音楽と旅行が趣味。ヴァランダーは女性の外見を想像してみたが、目に浮かぶのはエリカの顔ばかりだった。エリカは一年ほど前に出会ったヴェステルヴィークのカフェのオーナーで、ときどきいまでもなんとなく思い出す。ばかばかしくなって、彼は新聞をくずカゴに投げ捨てた。だが、マーティンソンが部屋に来る寸前にその欄だけを裂いて、机の引き出しに放り込んだ。

「ファルクの元の奥さんが鍵を持ってくるそうです。現場まで歩きますか、それとも車で行きましょうか?」

「車がいい。靴に穴が開いてるんだ」

マーティンソンがけげんそうな顔をした。

「警察庁長官がそれを聞いたらなんと言うでしょうね?」

「もう〝親しみやすいお巡りさん〟キャンペーンを展開しているんだから、こんどは〝裸足のお巡りさん〟とでもいうところかな」

マーティンソンの車で警察署を出た。

「本当のところ、具合はどうなのですか？」マーティンソンが訊いた。

「頭にきている」ヴァランダーが答えた。「慣れるものだと人は言うが、そんなことはない。人は慣れないものだ。おれは長い警察官生活であらゆる非難や攻撃を受けてきた。唯一、怠け者という非難だけは受けたことがないかもしれないが。とにかく批判され続けたら、人は面《つら》の皮が厚くなるとかいうが、そんなことはない。少なくともおれに関するかぎり」

「昨日言ったことは本気ですか？」

「昨日？　なにを言ったというんだ？」

「懲戒処分を受けるくらいなら辞めると言いましたよね？」

「わからない。とにかくいまはなにも考えられない」

マーティンソンはヴァランダーがそのことについていまは話したくないのだとわかったらしく、沈黙した。アペルベリス・ガータン十番地に着いた。車が停まっていて、女性がそばに立っていた。

「マリアンヌ・ファルクです。離婚後も夫の姓を名乗っているようですね」

車から降りようとするマーティンソンをヴァランダーが止めた。

「ティネス・ファルクの遺体が盗まれたということ、彼女は知っているのか？」

「ええ、自分の前にだれかが知らせていました」

「電話で話したとき、驚いた様子だったか？」

マーティンソンは考え込んだ。

「いや、驚いた様子はなかったですね」

車を降りて、マリアンヌ・ファルクのほうへ行った。強風の中に立っている女性は、上等な洋服を着ていた。背が高く痩せていて、少しモナに似ていた。あいさつを交わした。不安そうだ、とヴァランダーは思った。彼は神経を集中させた。

「死体は見つかったのですか？　こんなことが起きるなんて、考えられないではないですか」

ヴァランダーはマーティンソンにまかせた。

「もちろん、こんなことが起きるのは残念なことです」

「残念なことですって？　あってはならないことですよ。警察はなんのためにあるのだと思って？」

「おっしゃるとおりです。しかしそのことについてはまたあとで話しましょう」ヴァランダーが言った。

家の中に入り、階段を上がった。ヴァランダーは落ち着かなかった。昨晩、なにか忘れてこなかっただろうか？

マリアンヌ・ファルクが先に立って歩いた。最上階に着くと、突然足を止めた。ヴァランダーは前を歩いていたマーティンソンを押しのけた。アパートのドアが開いていた。昨晩彼が形跡を残さないようにあれほど苦労して開けたドアはバールのようなものでこじ開けられていた。ヴァランダーは耳を澄ました。マーティンソンはすぐそばで、息をひそめている。二人ともピストルを携帯していない。ヴァランダーは手を挙げて、下の階に下がるように合図した。

「中にだれかいるかもしれない。応援を送ってもらおう」小声で言った。

マーティンソンが携帯電話を取り出した。

「車で待っていてください」ヴァランダーがマリアンヌ・ファルクに言った。

「なにが起きたの？　どういうこと？」

「私の言うとおり、車の中で待っていてください」ヴァランダーが強く言った。

彼女は階段を下りていった。マーティンソンが電話をかけた。

「応援が来ます」

そのままそこを動かなかった。ティネス・ファルクのアパートからはなんの音もしなかった。

「サイレンを鳴らさないように言いました」マーティンソンが小声で言った。

ヴァランダーはうなずいた。

八分後、ハンソンが警官二人を連れてやってきた。ハンソンは手にピストルを持っている。

ヴァランダーは警官の一人からピストルを受け取った。

「よし、入るぞ」

階段とドアと二組に分かれた。ヴァランダーはピストルを持っている手が小刻みに震えているのに気がついた。恐怖がつのってくる。いつもながら、どんなことも起こり得るこのような状況は怖い。ハンソンに合図してから、そっとつま先でドアの隙間を押し開けると、中に声をかけた。もう一度声をかけたとき、後ろのドアが開き、彼は飛び上がった。向かいの部屋から年取った女性がドアをはすに開けて様子をうかがっている。マーティンソンが女性を中に押しやり、閉めさせた。ヴァランダーは三度目の声をかけた。

「中に入るぞ」

中はだれもいなかった。だが、アパートの中は前の晩彼が一人で押し入ったときとはまったく別の様相を呈していた。引き出しは引っ張り出され、中身が床に散らかっていた。壁の絵は曲がり、レコードやCDが床に飛び散っていた。

「ニーベリと鑑識の連中にすぐ来るように連絡してくれ。それまで、床を歩きまわるな」

ハンソンと警官たちは外に出た。マーティンソンは建物内の住人たちから話を聞きに行った。ヴァランダーは居間の入り口に立ったまま動かなかった。いままで何度も犯罪現場となったアパートを捜索したことがあるが、調べなくとも、この現場はなにかちがうのがわかる。ゆっくりと目で追っていった。なにかがここから消えているという気がした。もう一度ゆっくり、一つずつ見ていった。机まで目が届いたとき、なにがなくなっているかわかった。彼は靴を脱ぎ、机まで行った。

写真がない。グループ写真がなくなっている。強い日差しの下、白い壁の前で撮られたグループ写真がない。かがみこんで机の下をのぞき、引き出しから投げ出された紙や文房具の下を捜した。写真はなくなっていた。

その瞬間、ほかにもなくなっているものがあることに気がついた。前の晩、読んだティネス・ファルクの日誌だ。

後ろに一歩下がって深く息を吸った。おれがここにいたことを知っている人間がいるのだ。

おれがここにやってきたのと出ていくのを見ていた人間がいる。本能的にそれを感じたために、自分は昨晩窓の外をうかがったのか？　闇の中でおれを見ていた者がいるのだ。

そのとき、マーティンソンが入ってきた。

「隣人はホーカンソンという一人暮らしの老婦人です。なにも聞こえなかったし、見なかったと言っています」

ヴァランダーは酔っぱらって一階下の女性のところで一晩過ごしたことを思い出した。

「住人全員に聞き込みをするんだ。なにか気がついた人がいるかもしれない」

「ほかの者に頼んでもいいですか？　自分はすでに手いっぱいです」

「いや、抜かりなくやる必要がある。あんたがやれ。住人の数は多くないはずだ」

マーティンソンが出ていった。二十分後、鑑識課がやってきた。

「ニーベリは変電所のほうからまっすぐこっちにやってきます」係官が言った。

ヴァランダーはうなずいた。

「留守電を調べてくれ。録音されているものをすべて知りたい」

係官はメモをとった。

「この現場をビデオ撮影してくれ。このアパートを隅から隅まで撮ってくれ」

「この部屋の住人は旅行中なんですか？」

「いや、ここは先日ATMのそばで突然死した人間の部屋だ。いいか、この部屋を徹底的に調べてくれよ」

アパートを出て、外の車まで行った。空が晴れ上がっていた。マリアンヌ・ファルクは車の中でタバコを吸っていたが、ヴァランダーの姿を見て車を降りてきた。

「いったいなにが起きたんです？」

「家宅侵入です」

「なんということ！　死んだばかりの人の部屋に押し込みするなんて！」

「離婚されているということですが、ティネスの部屋に入ったことがありますか？」

「わたしたちはいい関係でした。もちろん何度も来たことがあるわ」

「鑑識の仕事が終わったら、私といっしょにアパートの中を見ていただきたい。なにかなくなっているものがあるかもしれません」

彼女ははっきりと答えた。

「それはどうかしら？」

「どう、とは？」

「たしかにわたしはティネスと何年も結婚していました。最初のころは彼のことをよく知っていたかもしれないけど、あとは全然理解できませんでしたから」

「なにかあったのですか？」

「いいえ。でも、彼、変わったんです」

「どのように？」

「さあ。とにかくわたしには彼がなにを考えているか、わからなかった」

ヴァランダーは考えた。

「いや、それでも、一応アパートの中からなにか紛失しているものがないか、見てほしいのです。何度もここに来たことがあるとさっき言いましたよね」

「絵とか、ランプとか目につくものなら、なくなっていればわかるかもしれないけど、ほかはどうかしら。ティネスは秘密の多い人だったから」

「どういう意味ですか？」

「どういう意味って、言葉どおりですよ。彼がなにを考えているのか、なにをしているのか、わたしはまったくわからなかった。電話でもこのことは言ったと思いますけど」

ヴァランダーは前の晩読んだ日誌のことを思い出した。

「彼、日記を書いていましたか？」

「いいえ、それはなかったと思います」

「一度も？」

「ええ、一度も」

ということは、彼女は元夫のことを本当に知らなかったわけだ、とヴァランダーはうなずいた。少なくとも、彼が日記を書いていたことは知らなかったのだ。

「ティネスは宇宙に関心がありましたか？」

彼女の顔に浮かんだ驚きの表情は、芝居ではなかった。

「なぜそんなことを訊くんですか？」

「いや、どうだったかと思いまして」

「若いころ、いっしょに夜空を見上げたことがあったかもしれないけど、それ以降はそんなこと一度もありません」

ヴァランダーはほかの角度から話を続けた。

「ティネスには大勢の敵がいた、と言ってましたね。それに、彼は不安がっていたと」

「ええ、少なくとも本人はそう言ってました」

「ほかにはどういうことを？」

「彼のような人間には敵がいると」

「それだけですか？」

「ええ」

「どういう意味だと思いますか？」

「いままでも言ったとおり、わたしは彼のこと、いまではまったくわからないのですよ」

車が一台、急ブレーキをかけて舗道に停まった。中からニーベリが出てきた。ヴァランダーはマリアンヌ・ファルクとの話はいまはここまでと決めた。彼女の電話番号を控え、あとで連絡すると言った。

「最後に一つだけ。ティネスの遺体がなくなった理由に心当たりがありますか？」

「いいえ、まったく」

マリアンヌ・ファルクが車で立ち去ると、ニーベリがやってきた。

「こんどはなんだ？」

「押し込みだ」

「いま、そんなことにつきあっているひまはない」

「それが、どうもこれは、われわれがいま扱っている一連の事件と関係がありそうなんだ。あんたがここでなにを発見してくれるかが重要な手がかりになるはずだ」

ニーベリは手鼻をかんだ。

「継電器のことだが、あんたが正しかった。マルメから来た警官たちはモルグに残されていたあの継電器を持ってきてくれた。それを見て南部電力の連中はイースタ変電所のものだと証言したよ」

ヴァランダーは緊張した。

「間違いないか？」

「ああ、間違いない」

ニーベリはアパートの建物の中に姿を消した。ヴァランダーは道に目を戻し、スーパーマーケットと銀行のATMのほうを見た。

これでソニャ・フークベリとティネス・ファルクの関連は確認されたわけだが、その関連がなんなのかは相変わらずわからないままだ。

ゆっくりと警察署へ向かって歩きはじめた。だが、数メートルも行かないうちに早足になった。

不安が背中を押してくる。

14

署に戻るとヴァランダーは、いままでの資料をすべて集めて点検を始めた。だが、さまざまな出来事に共通項を見つけるのはむずかしく、むしろばらばらに、勝手に事象が起きているような印象を受けた。それらはぶつかり合って、砕け散ってしまっていた。

十一時近くになった。彼は洗面所へ行って、冷たい水で顔を洗った。それもまたリードベリから教わった習慣だった。

出口なしで苛立っているときは冷たい水で顔を洗うのがいちばんだ。

洗面所からまっすぐ食堂へ行った。コーヒーを取りに来たのだが、またもやコーヒーメーカーが壊れていた。いつかマーティンソンが、コーヒーメーカーのためのカンパを市民に訴えたらどうかと言っていた。コーヒーがいつでも飲める環境にないと警察は仕事ができないからという理由で。ヴァランダーは不服そうにしばらくコーヒーメーカーをにらんでいたが、そのうち、自分の部屋のどこかにインスタントコーヒーの瓶があることを思い出した。部屋に戻り、探しはじめた。やっと机のいちばん下の引き出しに、靴ブラシと破れた手袋といっしょにインスタントコーヒーの瓶を見つけた。

さまざまな出来事を書き出してみた。欄外に発生時間を書いた。それらの出来事の裏にあることを見極めようとした。まだ一連の事件のもっとも深いところに到達していない、目に見えること以外に、もう一つの底があるのだと確信していた。それを見つけなければならないのだ。

しばらくすると、目の前に、不気味で意味のわからない物語が浮かび上がった。十代の少女たちが二人、ある晩ビールを飲みに出かけた。一人は、まだアルコールなど飲むことを禁じられている十四歳の少女だ。レストランで、彼らは席を替えた。それはアジア系の男がレストランにやってきて近くのテーブルについたのと、ほぼ同じ時間のことだった。その男は偽造カードで支払いをした。香港に住むフ・チェンという名前で。

数時間後、女の子たちはタクシーを呼んだ。リーズゴードへ行ってくれと言って乗り込むと、運転手をナイフとハンマーで殺害した。運転手の金を盗むと、それぞれ家に帰った。まもなく逮捕され、彼女たちはすぐに罪を認めた。二人で犯行に及んだと供述し、動機は金がほしかったためと言った。年上の少女が警備の目を盗んで警察から逃げ出し、のちイースタ郊外の変電所で黒焦げの死体となって見つかった。状況から自殺ではなく殺害されたものと思われる。その変電所はスコーネの四分の一の電力を供給する重要な役割を担っている。ソニャ・フークベリの焼死体はトレレボリからクリシャンスタまで広い地域を停電させた。焼死体が見つかったころ、もう一人の少女エヴァ・ペルソンが供述を取り消した。

これらのことと並行して、もう一つのことが起きていた。それがタクシー運転手とソニャ・フークベリの死の鍵を握る出来事かもしれない。ティネス・ファルクというITコンサルタントの謎の死である。ファルクは離婚経験のある一人暮らしの男で、日曜日アパートをていねいに掃除したあと、一度、あるいは二度夜の散歩に出かけている。夜中、近くのATMのそばで死んでいるのが見つかった。現場検証と検視から、男の死に事件性がないという結論が下され、警察は捜査の対象にしなかった。少し時間が経ってから、ティネス・ファルクの死体がモルグから盗み出され、代わりに大型の継電器が担架《たんか》の上に置かれていた。ファルクのアパートは何者かに侵入され、少なくとも写真一枚と日誌がなくなっている。

これらの出来事の一隅には、ファルクの写真に写っているアジア人の男がいて、同じ男が二人の少女たちと同じときにレストランにやってきたと思われる。

ヴァランダーはいま書いたものに目を通した。もちろん結論らしきものはまだこの段階では出せないことはじゅうぶんにわかっていたが、それでもある程度の推定が可能になった。読み返してわかったことがあった。

ソニャ・フークベリが殺されたのは、口封じのためではないか。ティネス・ファルクの死体がなくなったのも、なにかを隠すためにちがいない。そこに共通点がある。

問題は、隠したいものがなんであるかだ。また、隠そうとしているのは何者か。

ゆっくりと、まるで地雷の埋められている地面を進むように確認していった。事件の核心を探す。リードベリから、必ずしも起きた順番に意味があるとはかぎらないと教わっていた。もっとも重大なことは事件の最初か終わりにある。あるいは途中ということもあり得る。

ノートを閉じようとしたとき、ふと頭に浮かんだことがあった。最初はなんのことかわからなかったが、すぐにピンときた。エリック・フークベリの言った言葉だ。コンピュータ社会の強さともろさは表裏一体。もう一度メモを初めから読み直した。

変電所を中心に据えたら事件はどう見えるか？　何者かが死体を高圧の送電線に当てることによってスコーネの広い地域を停電させた。完全に電気を奪ってしまった。どこを攻撃すればいいか知っている者の破壊工作？　しかしそれにしても、死体を運び去ったあとになぜ継電器が置かれていたのだろう？　ソニャ・フークベリとティネス・ファルクは関係があるのだということをはっきりさせるためというのが、唯一考えられる根拠だ。だが、この〝関係〟とはいったいなんだろう？

ヴァランダーは苛立ち、メモを手で払った。まだ一つの解釈に絞り込むときではなかった。予断なく徹底的に探さなければならない。

考えに沈み、いすの上で体を揺らしながらコーヒーを飲んだ。それからさっきの新聞の相手探しのページを引っ張り出した。おれだったら、どんな広告を載せる？　糖尿病持ちで、それも仕事に嫌気がさしている五十歳の警察官に興味をもつ女性などいるだろうか？　広告にあるような、夕暮れの散歩や暖炉の前のひととき、週末をヨットでなどというキャッチフレーズがない男に？

新聞を置くと、自分の広告を書きはじめた。

最初の下書きは嘘っぽくなった。五十歳の警察官、離婚経験あり、成人した娘が一人。孤独を破りたい。外見や年齢にこだわらない。家庭的でオペラを好む女性を求む。〈警察官九七〉まで返事を！

嘘ばかりだ、と読み返して思った。外見はおおいに関係ありだ。それにおれは孤独を破ることなど求めていない。おれがほしいのはいっしょにいてくれる女性。それは孤独を破るというのとはまったく別のことだ。おれが求めるときにそこにいてくれる人。おれが一人でいたいときに一人にしてくれる人だ。

ヴァランダーはいま書いた紙を破って初めから書き直した。次に書いたのは、あまりにも率直すぎた。五十歳の警察官、糖尿病で離婚経験あり、成人した娘が一人。気の向いたときにいっしょにいられる人を求む。容姿端麗でセクシーな女性。〈年老いた犬〉まで返事を！

こんな広告にだれが返事を出すだろう？

新たにまた文章を書きはじめたとき、ドアにノックの音がした。もう十二時になっている。アン＝ブリットだ。相手探しの広告ページがまだ机の上にある。新聞を裂いてくずカゴに捨てたが、アン＝ブリットに見破られたような気がしてヴァランダーは苛立った。

絶対に相手探しの広告など出さないぞと心に決めた。アン＝ブリットのような女が応えてきたらどうする？

アン＝ブリットは疲れているようだった。

「いまエヴァ・ペルソンの尋問を終えてきたところです」と言って、どっかりと腰を下ろした。

ヴァランダーは新聞広告から頭が切り替わった。

「どんな様子だった？」

「頑固です。ハンマーを振るったのもナイフで刺したのもソニャ・フークベリが一人でやったことだと言い張ります」

「彼女の様子はどうだったと訊いたのだ」

アン＝ブリットは少し考えてから答えた。

「前とはちがっていました。準備して答えている感じでした」

「なぜそう思った？」

「早口だったのです。答えの多くはあらかじめ用意されているような感じでした。想定外と思われる質問をわたしがしたときだけ、前のような投げやりで無関心な態度が戻ってきました。無関心の陰に隠れるのですよ、彼女は。あのような態度をとって、のらりくらりしながらゆっくり考えるのです。特別に頭がいいかどうかわかりませんが、鈍くはありません。自分のついた嘘はちゃんと覚えています。二時間以上も話していて、一度も言っていることに矛盾するところがありませんでした。そんなことはふつうできませんよ」

ヴァランダーはメモノートを引き寄せた。

「いまはもっとも大事なことだけ話してくれ。きみの受けた印象だ。ほかのことはあとで報告書を読ませてもらう」

「わたしには、彼女が嘘をついているのは明白でした。でも十四歳にすぎない子がどうしてあんなに筋金入りなのか、わたしにはわかりません」

「女の子だからか？」

「いいえ、男の子だってあんなにタフな神経の子はいませんよ、めったに」

「武装解除させることはできなかったのだね？」

「ええ。彼女は最後まで自分は関係ないと言い張りました。またソニャ・フークベリが怖いとも言っています。なぜ怖いのかその理由を探り出そうとしましたが、答えは得られませんでした。唯一、言ったのは、ソニャはとても乱暴だということでした」

「実際そのとおりだったんだろう」

アン＝ブリットはメモに目を落とした。

「逃亡したソニャからの電話は受けていないと言っています。ほかにも電話をかけてきた者はいないと」

「彼女がソニャの死を知ったのはいつだ？」

「ソニャの義父のエリック・フークベリがエヴァの母親に電話で教えたのです」

「ソニャの死を知ってショックを受けたか？」

「本人はそう言っています。でも、わたしにはそうは見えませんでした。もちろん驚きはしたと思います。ソニャがなぜ変電所に行ったのかということについてはまったくわからないと言ってます。またゞれがソニャをそこまで送っていったのかも見当がつかないと」

ヴァランダーは立ち上がって窓辺へ行った。

「本当に反応しなかったのか？　悲しみも、心が痛む様子もなかったのか？」

「ええ、さっきから言っているように、エヴァの感情はコントロールされていて、冷静でした。答えの多くは用意されたもので、それ以外はぜんぶ嘘、適当な答え、という印象でした。ソニャの死を知って驚いたとは言っていますが、全然そうは見えませんでした」

ヴァランダーは急に訊きたいことを思いついた。

「自分にもなにか起きるかもしれないと怖がる様子はなかったか？」

「いいえ。わたしもそれは考えました。でも、ソニャに起きたことが自分にも起きるのではと恐れている様子はまったくありませんでした」

ヴァランダーは机に戻った。

「そうだとすると、なにが見える？」

「エヴァ・ペルソンは部分的に真実を話しているかもしれないということ。でもルンドベリ殺しのことはちがいます。彼女は共犯者だったとわたしは確信しています。でも、もしかするとソニャ・フークベリの行動全体に関してはあまり知らなかったかもしれません」

「なにに関して？」

「わかりません」

「レストランでなぜ二人は席を替えたのだろう？」

「ソニャが隙間風が入ると言ったため、とエヴァは言い張っています」

「あとからレストランに入ってきた男については？」

「エヴァはだれも見なかったと言います。ソニャがそのレストランで自分以外の人間と接触したことはないとも言っています」

「レストランを出たとき、なにか気がつかなかったか？」

「それもノーです。本当かもしれません。十四歳の女の子ですから、すべてに気がつくなんてことはあり得ないでしょう」

「ティネス・ファルクという名前に覚えがあるか、訊いたか？」

「聞いたこともないと言ってました」

「本当だと思うか？」

アン＝ブリットは少し考えた。

「答えたとき、少しためらいがあったかもしれません。ちょっとわかりません」

自分が尋問をするべきだった、とヴァランダーは思った。エヴァ・ペルソンがためらったかどうか、自分ならわかったにちがいない。

アン＝ブリットは彼の考えを読んだようだった。

「わたしにはあなたのような自信がありません。もっと確信的に答えられるといいのですが」

「いずれわかるだろう。正面玄関が閉まっていたら、裏口から入ればいいのだ」

「一生懸命考えるんですが、どうしても物事の繋《つな》がりが見えないのです」

「時間がかかりそうだな。外から応援を頼むか。われわれの人数は少なすぎる。それでもこの件をすべてに優先させて捜査しているのだが」

アン＝ブリットが驚いた表情を見せた。

「いままであなたは、いつも、外からの応援はいらないと言ってましたよね？　意見が変わったんですか？」

「ああ、たぶん」

「いま警察内でおこなわれている組織変更のこと、なにか知ってますか？　わたしは全然わからないんですが」

「少しは知っている。イースタ警察区は廃止され、われわれはいま南部スコーネ警察区下に入っている」

「そこに二百二十の警察業務があるんですね。それが八つの自治体下にある。シムリスハムヌからヴェリンゲまで。このような組織替えがどう機能するようになるのかはだれもわからないんです。いままでよりもよくなるとはかぎらないでしょう？」

「いまは、この事件の捜査をどう割り振ってどう進めるか、おれの頭はそれでいっぱいだ。組織替えのことについては、いつかホルゲソン署長とちゃんと話したいと思っている。それももし彼女がおれを締め出さなければの話だが」

「ついでですが、エヴァ・ペルソンは相変わらず母親といっしょに言い立てていますよ、あなたがなんの理由もなく殴ったと」

「ああ、そうだろう。ほかのことも嘘をついているのだから、当然このことだって嘘をつくだろうよ」

ヴァランダーは立ち上がり、ティネス・ファルクのアパートに不法侵入があったことを話した。

「死体は見つかりましたか？」

「いや、おれの知るかぎりまだだ」

アン＝ブリットはいすから立たなかった。

「この事件、あなたには理解できますか？」

「いや、まったく。だから心配なのだ。スコーネの大きな範囲が停電したことも忘れてはならない」

彼らはいっしょに廊下を行った。ハンソンが部屋から首を出し、ヴェックシュー警察からエヴァ・ペルソンの父親の所在について連絡があったと言った。

「ヴェックシューとヴィスランダとの間で掘建て小屋に潜り込んでいるそうだ。この男についてなにを知りたいのかと向こうは訊いてきているぞ」

「いまのところは所在がわかっただけでいい。もっと重要なことを先行させよう」

マーティンソンが戻ってきたら、一時半に会議を開くことに決めた。ヴァランダーは部屋に戻り、車の修理工場へ電話をかけた。車はできているという。すぐに引き取りにいくことにした。警察署を出てフリードヘムス・ガータンをスールブルンス・プランまで歩いた。風が冷たかった。

自動車修理工場の主任はホルムルンドといい、ヴァランダーの車のメンテナンスを長年受け持ってきた。バイクの愛好者で、歯の欠けた口から出るスコーネ弁はヴァランダーでさえときどきわからないことがあった。長年同じ風貌で、ヴァランダーはこの男が六十近いのか五十前後なのか、いまだにわからなかった。

「こんどの直しは高いぞ。だが、あんたがこの車をすぐに売れば、なんとか元はとれるだろうよ」

ヴァランダーは車を走らせた。エンジンの変な音はなくなっていた。車を買い替えるかもしれないと思うだけで、うれしくなった。いままでどおりプジョーにするか、それとも新しい車種にするか。ハンソンに訊いてみよう。彼は競走馬と同じくらい車にくわしいのだ。

ウステルレーデンのグリルバーに乗りつけてランチを食べた。新聞に目を通そうとしたが、集中するのがむずかしかった。このところずっと事件の核心を探していた。そしてその核心に至る道も。最後に思いついた核心は停電だった。ソニャ・フークベリの焼死体は、殺人だけでなく、スコーネの広い地域にわたる停電を狙った破壊工作だったら？　だがもう一つ、核心になり得るものがあった。レストランに現れたアジア人である。彼に気がついたからソニャ・フークベリは席を替わったと思われる。その男は偽のクレジットカードを持っていた。ティネス・ファルクの部屋で見た集合写真がなくなっていた。ヴァランダーは最初にポケットに入れたのを戻したことが悔しくてならなかった。もしあの写真を持っていたら、レストランのオーナー、イストヴァンに見せて男のことが確認できたのに。

ヴァランダーはフォークをテーブルに置くと、ニーベリに電話をかけた。何度も呼び出し音が鳴り、あきらめかけたときにニーベリが電話に出た。

「男たちの集合写真、そういうものがあったか？」

「ほかの者たちに訊いてくる」

ヴァランダーは焼き魚をつつきながら待った。

ニーベリが戻った。

「ノルウェーで一九八三年に撮られた三人の男の写真が一枚あるそうだ。男たちが両手に鮭を二、三匹ずつ持っている、鮭釣りの記念写真だ」

「ちがうな、ほかには？」

「ない。だが、あんたはなぜそういう写真があると思っているんだ？」

ニーベリはバカじゃない、とヴァランダーは思った。だが、答えは用意していた。

「いや、べつに知っていたわけじゃない。おれはただティネス・ファルクの交際範囲を知りたいだけだ」

「ここはもうじき終わる」ニーベリが言った。

「なにか見つけたか？」

「ふつうの押し込みだな。麻薬中毒者かなんかじゃないか？」

「手がかりは残っていたか？」

「指紋がいくつか。たいていはファルクのものだろう。死体がなくなったいま、どうやって指紋を確認するのかわからないが」

「遅かれ早かれ見つけるさ」ヴァランダーが言う。

「いや、そう簡単にはいかないぞ。盗まれた死体はおそらくどこかに埋められただろうから」

なるほど。おそらくニーベリの言うとおりだろう。そう思ったとき、新しい考えが浮かんだ。

が、ニーベリに先を越された。

「マーティンソンにティネス・ファルクを洗ってくれと頼んだ。前科歴があるかもしれないと思ったからだ」

「あったのか？」

「ああ。だが指紋は採取されていなかった」

「なんの前科だ？」

「器物破壊罪で科料を裁判所に命じられたということだ」

「罪名は？」

「それはマーティンソンに訊いてくれ」

すでに一時をまわっていた。ガソリンを入れてから署に戻った。マーティンソンもちょうど同じ時刻にやってきた。

「物音を聞いたとか、なにかいつもとちがうものを見たという人間がまったくいないんですよ」マーティンソンが駐車場から署の建物にいっしょに歩きながら言った。「住人全員にあたりました。ほとんどが老人なので、日中家にいるんです。あとリハビリ療法士の女性が一人。あなたと同じぐらいの年齢でしょう」

ヴァランダーはなにもコメントせず、さっきニーベリから聞いたことを訊いた。

「ニーベリからティネス・ファルクの前科のことを聞いたが？」

「その資料なら自分の部屋にあります。たしかミンク飼育場《ファーム》がどうしたとかいうことでしたよ」

ヴァランダーは顔をしかめてマーティンソンを見たが、なにも言わなかった。

マーティンソンの部屋で一九九一年の犯罪記録を見た。ティネス・ファルクはスルヴェスボリの北で警察に逮捕されていた。ある晩ミンクファームの主が、ミンクの檻の戸が開けられていることに気づき、警察に通報した。捕まったのはファルクだけだったが、ほかの数人は逃げた。尋問され、彼はすぐに罪を認めた。ミンクの毛皮利用に反対だから檻から逃がそうとしたと言った。組織に所属していない、個人でやったことだと言い、逃げおおせた者たちの名前を言わなかった。

ヴァランダーは読み終わった紙を置いた。

「動物愛護を目的とする破壊行為《サボタージュ》は、若者たちのやることだと思ったが、ちがったな。一九九一年というと、ファルクは四十歳を過ぎていただろう」

「自分は娘が野外生物研究グループに入っているんで、本来なら動物愛護の連中に共感するところですが」

「いや、野鳥の観察とはちがうだろう、ミンクファームを襲うのは」

「野外生物研究グループも動植物の命を大切にすることを学びますよ」

よくわからないことに口出しして、議論になりたくなかった。だが、ティネス・ファルクがミンク解放運動に参加していたことはヴァランダーを困惑させた。

二時過ぎ、捜査班は集まった。ミーティングは短いものになった。ヴァランダーはこの間考えたことを発表しようと思っていたが、やめにした。早計すぎる。二時十五分、ミーティングは終わり、ハンソンは検事に説明をしに行き、マーティンソンはコンピュータで調査を続け、アン＝ブリットはエヴァ・ペルソンの母親から聞き取りをすることになった。ヴァランダーは部屋に戻りマリアンヌ・ファルクに電話をかけた。留守電になっていたが、話しはじめると、マリアンヌが電話口に出た。三時にアペルベリス・ガータンのファルクのアパートで会うことに決めた。早めに現場に着くと、ニーベリと鑑識課の係官たちはすでに引き上げていて、パトカーが一台だけ建物の前に停車していた。ヴァランダーが階段を上りはじめると、できれば忘れたいと思っていた下の階の女性が突然ドアを開けて現れた。見覚えがあった。いや、あるような気がした。

「窓から見えたわ」と言って、女性はほほ笑んだ。「あいさつしようと思って。覚えていらっしゃるかどうかわからないけど？」

「覚えてますよ」ヴァランダーが答えた。

「連絡すると言ってらしたけど、しなかったわね」

ヴァランダーはそんな約束は覚えていなかった。だが、したかもしれないと思った。すっかり酔っぱらって、しかも女性に目がくらんでいるときは、なんだって約束する自分を知っていた。

「そのつもりだったが、忙しくて。おわかりでしょうが」

「さあ?」

ヴァランダーは口の中でもぐもぐと言い訳した。

「コーヒーでも一杯いかがかしら?」

「知っていると思いますが、この上で不法侵入があったもので、いま仕事中なのですよ」

女性はドアを指差した。

「何年も前に、わたしは安全ドアに替えたんです。この建物の住人はほとんどぜんぶそうしたけど、ファルクだけは替えなかったわ」

「ファルクを知ってたんですか?」

「あの人、人付き合いが悪かったわ。階段ですれ違ったりすればあいさつしたけど、それ以外はまったくなにも」

ヴァランダーは彼女にもう少し訊きたいと思ったが、少しでも早くこの場から立ち去りたかった。

「別の機会にコーヒーに招いてください」

「さあ、その気になったらね」

ドアが閉まった。ヴァランダーはすっかり汗をかいていた。最上階まで一気に階段を駆け上がった。頭の中にはいま聞いたばかりのことが響いていた。重要なことに思えた。住人たちのほとんどが安全ドアに替えたとき、ティネス・ファルクだけは替えなかったということ。しかも彼は元妻によれば、敵が多いと不安がっていたというではないか。

ティネス・ファルクの破られた玄関ドアはまだ修理されていなかった。アパートの中に足を踏み入れた。ニーベリたちは散らばった現場をそっくりそのままに残していた。

ヴァランダーは台所のいすに腰を下ろしてマリアンヌ・ファルクを待った。アパートの中は静かだった。時計を見ると三時十分前。階段を上がってくる靴の音が聞こえたような気がした。ティネス・ファルクはケチだったのだろうか。それでドアを取り替えなかったのだろうか。安全ドアは一万クローネから一万五千クローネするだろう。ときどき自分の家にもドア取り替えのチラシが挟み込まれている。いや、もしかするとマリアンヌ・ファルクが間違っているのだろうか？　敵などいないのかもしれない。わからない。あの日誌に書かれていた意味不明の書き込みを思い出した。ティネス・ファルクの死体はモルグから消えた。それに続いて何者かが彼のアパートに忍び込んだ。そして少なくとも日誌と写真一枚がなくなっている。

だれか顔を知られたくない者がいるのだ。それに、あの日誌も吟味されたくないのだ。またもや昨夜あの写真を持ってこなかったことが悔やまれた。日誌に書き込まれていたのは奇妙な言葉だった。頭の混乱している人間の言葉なのか。もしあの日誌を持ち出してよく調べたら、なにか手がかりがつかめたかもしれない。

階段から足音が近づいてきた。ドアが開いた。ヴァランダーはマリアンヌ・ファルクを出迎えるために立ち上がり、台所を出て玄関へ行った。

本能的に危険を感じて振り返った。

だが、遅すぎた。アパートの中に破裂するような音が響いた。

15

ヴァランダーは横に倒れた。

その唐突な動きが命を救った。あとでニーベリらが玄関近くの壁から銃弾を摘出してわかったことだった。現場検証と、なによりヴァランダーの上着が、ことの詳細を物語っていた。そのときヴァランダーはマリアンヌ・ファルクを出迎えるために玄関に行った。玄関ドアに背中を向けていたが、後ろから激しい敵意を感じた。マリアンヌ・ファルクではない、ちがう人間が発しているものだ。ヴァランダーは飛び上がった。そのとたんに敷物に足を取られて転んだ。同時に彼の心臓をめがけて撃たれた弾が胴体と左腕の間を撃ち抜いた。弾は上着の布地に小さな、それでも間違いない痕跡を残した。

その夜、ヴァランダーは家でメジャーを探した。上着そのものは検証のため署に置いてきたが、彼が知りたかったのはシャツの袖の内側から心臓の位置までの距離だった。七センチ。ウイスキーをグラスに注ぎながら、絨毯の角に命を救われたと思った。こういうときにいつも思い出すのは、若いころマルメで暴漢に襲われたときのことだ。刃物の刃先が心臓の右上八センチのところに深く突き刺さった。そのとき死ぬのも生きることのうちと彼は悟ったのだった。いま、その八センチが七センチに、一センチ縮んだ。

なにが起きたのか、何者が発砲したのかはわからなかった。ヴァランダー自身は影のようなものしか認識できなかった。強烈な音と衝撃が走る中、かすかに感じた動きとぼんやりとした影。自身は玄関ホールにかかっていたファルクのコートの上に倒れかかりながら、目の隈でとらえた。

あのとき彼は弾が当たったと思った。まだ発砲の轟音が響いているときに、激しい悲鳴が聞こえた。自分自身の声だと思った。だがそれは走り去る影に顔を殴られ押し倒されたマリアンヌ・ファルクの叫びだった。彼女もその人間を影としか認識できなかった。事情聴取したマーティンソンは、彼女から階段を歩くときはいつも足元を見つめる習慣があると聞いた。銃声のような音が聞こえたが、下からだと思った。それで立ち止まり後ろを見た。そのとき上から人が駆け下りてくる音がした。見上げたとたん、顔を殴られてその場に倒れた。

おかしなことに、建物の外で警備に当たっていた警官たちは、怪しい影を見ていない。ヴァランダーを撃った人間は建物の正面玄関から外に出たにちがいないのだ。地下室へのドアは施錠されていた。だが、警察官たちは建物から出てきた人間はいなかったと言う。マリアンヌ・ファルクが入っていったことは見ていた。その後炸裂音が聞こえたが、建物から出てくる人間はいなかったと。

これらの目撃証言を取り調べたのはマーティンソンだったが、腑に落ちないまま、建物全体を調べた。一軒一軒のアパートをノックし、おびえる老人たちにクローゼットやベッドの下まで見てくれるように頼んだ。だが、怪しい影の痕跡はどこにもなかった。壁に突き刺さった銃弾がなかったら、ヴァランダー自身夢でも見たのかと思うほどだった。

しかし彼が狙われて撃たれたのは事実だった。またもう一つ、気がついたことがあったが、当分自分の胸に秘めておくことにした。絨毯の角のおかげで命拾いしたわけだが、それで転んだおかげで、撃った人間は弾が当たったと思い込んだのだ。ニーベリがコンクリート壁からほじくり出した銃弾は、当たった体に円錐形の穴を開けて食い込むタイプのものだった。ニーベリはヴァランダーに弾を見せながら、犯人はこの一弾しか撃たなかったと言った。これが当たれば、一発で必ず殺せると知っていた人間のしわざだと。

最初はうろたえた警察も、すぐに犯人捜しを始めた。建物内の階段はまもなくマーティンソンを先頭に、銃を携帯した警察官であふれ返った。が、追跡している相手がだれなのかを知る者は一人もいなかった。マリアンヌ・ファルクもヴァランダーも犯人の人相や特徴を言うことはできなかった。緊急手配が発せられ、イースタの町は警察の車が忙しく行き交ったが、だれもが犯人を捕まえることはできないと知っていた。ニーベリらが壁から銃弾をほじり出している間、ヴァランダーとマーティンソンは台所にとどまり、マリアンヌ・ファルクは服を着替えに家に戻った。ヴァランダーは上着を鑑識に渡した。まだ発砲音で耳が痛い。ホルゲソン署長がアン＝ブリットといっしょにやってきて、ヴァランダーはまたも初めから説明した。

「なぜ撃ったのでしょうか？　まず押し込み、そして銃撃ですよ」マーティンソンが言葉を挟んだ。

「押し込みと同じ人間のしわざではないか」ヴァランダーが言った。「なにかを探しているのではないか。最初に侵入したときに見つけられなかったものを取りにきたのでは？」

「もう一つ問いがあるのではありませんか？　犯人はだれを撃つつもりだったのか？」

ヴァランダーは最初からそれを考えていた。これは彼が夜中にティネス・ファルクのアパートをさぐりに行ったことと関係があるのではないか？　アパートの窓から外を二度もうかがい見たのは間違っていなかったのではないか？　あの暗闇に潜んでいた人間がいたのではないか？　あの晩のことを言ってしまおうかと思ったが、ためらいがあって言わなかった。

「おれだとわかって狙ったはずはない。だれでもよかったはずだ。たまたまおれだっただけだ。おれたちが問題にしなくてはならないのは、犯人はなにを探していたかだ。マリアンヌ・ファルクにもう一度来てもらおう」

マーティンソンがホルゲソン署長といっしょにアペルベリス・ガータンから署に戻った。鑑識の仕事も終わりかけていた。アン＝ブリットとヴァランダーだけが台所に残った。マリアンヌ・ファルクが電話でこれからそっちに向かうと告げてきた。

「気分はどうですか？」アン＝ブリットが訊いた。

「最悪だ。きみがよく知ってるとおり」

数年前、アン＝ブリットはイースタ郊外の泥の上で撃たれた。それはヴァランダーの落ち度でもあった。ハンソンが落とした銃を犯人が拾っていると知らずに、アン＝ブリットに前進を命じていたからだ。彼女は生死をさまよう重傷を負った。長い療養生活のあと、やっと職場に戻った。復職したとき、彼女は変わっていた。ヴァランダーは夢の中でまで恐怖に襲われると彼女に聞かされていた。

「だが、だいじょうぶだ。昔、暴漢にナイフで襲われたことがあるが、とにかくいままでおれはまだ銃に撃たれたことはない」

「カウンセラーにかかるとか、危機《クライシス》カウンセリング・グループに相談するとか、人と話すほうがいいですよ」

ヴァランダーは苛立って頭を振った。

「そんな必要はない。それにもうこの話はしたくない」

「なぜいつもそんなに強がりを言うんですか？　あなたは素晴らしい警察官です。でもあなただって人間なんです。それを認めなければ。あなたのやりかたは間違ってますよ」

ヴァランダーは彼女の激しさに驚いた。そのうえ、彼女の言葉は正しかった。毎日警察官としての役割を果たすのに懸命で、人間としてどうかなど考えたこともなかった気がする。

「とにかく、いまは家に帰ってください」

「それでなにがよくなるというんだ？」

そのときマリアンヌ・ファルクがやってきた。アン＝ブリットに帰ってもらう口実ができたとヴァランダーは思った。

「彼女とは自分一人で話をしたい。協力ありがとう」

「協力？　協力ってなんですか？」

アン＝ブリットは憤慨したまま帰っていった。立ち上がったとき、ヴァランダーは軽いめまいをおぼえた。

「さっき、なにが起きたんですか？」マリアンヌ・ファルクが訊いた。

マリアンヌ・ファルクの上あごが腫れている。

「私は三時前にここに着いていたんですが、足音がしたので、あなただと思って玄関に出たんです。だが、あなたじゃなかった」ヴァランダーが言った。

「だれなんです？」

「知りません。あなたも心当たりがないようですね」

「男の人相さえ見ませんでした」

「男であることは間違いないのですね？」

その問いは思いがけなかったようだ。少し考えてからマリアンヌ・ファルクはうなずいた。

「ええ。男でした」

彼女は正しいとヴァランダーは思った。なんの根拠もなかったが、そう思えてならなかった。

「居間から始めましょうか。部屋の中をぐるっと回って、なくなっているものがないか、見てもらえますか？　終わったら次の部屋へ行きましょう。ゆっくり時間をかけてください。引き出しの中、カーテンの後ろもお願いします」

「ティネスだったらこんなこと、絶対に許さなかったでしょうよ。あの人は秘密主義でしたから」

「話はあとで。居間から始めてください」

マリアンヌ・ファルクが真剣に部屋の中を見ているのがわかる。開いたドアから、彼女の動きを目で追った。見れば見るほど、美しい人だと思った。この人に応えてもらうためには、相手探しの広告をどんなふうに書いたらいいものか？　寝室へ移った。ヴァランダーは彼女の目が止まるのを、ためらうのを待ちかまえていた。わからなかったと肩を落とすのを待っていた。

三十分後、彼女は台所に戻ってきた。

「クローゼットは開けなかったですね」ヴァランダーが言った。

「彼がなにを持っていたか、わかりませんから、なにがなくなっているかもわからないと思って」

「なにかなくなっているものがありましたか？」

「いいえ、なにも」

「別れたご主人の部屋をあなたはどれほど知っていたのでしょうか？」

「このアパートにいっしょに住んだことはないんです。あの人は離婚してからここに引っ越してきましたから。ときどき電話してきましたよ。たまにいっしょに食事もしました。子どもたちのほうがよく会ってましたけど」

ヴァランダーはマーティンソンからATMのそばで発見されたティネス・ファルクのことをどう聞いたか、思い出そうとした。

「娘さんはパリに住んでいるとか？」

「ええ。イーナはまだ十七歳でパリのデンマーク大使館でベビーシッターの仕事をしています。

フランス語を勉強したいとかで」

「息子さんは？」

「ヤンのことですか？　彼はストックホルムの大学で勉強しています。十九歳です」

ヴァランダーはまたアパートの中のことに話題を戻した。

「もしなにかなくなっているものがあったら、気づくと思いますか？」

「もし、いままでにわたしが見たことがあるものだったら」

ヴァランダーはうなずいた。失礼と言って、一人で居間に戻り、窓の下に飾られていた三羽の鶏の置き物の一つを外した。台所に戻ると、彼女にもう一度部屋を見るように言った。彼女はすぐに気づいた。クローゼットの中になにがあるか知らないとしても、視覚にはなんの問題もない。

二人は台所で腰を下ろした。五時近くになっている。秋の夕方は暮れるのが早い。

「ティネス・ファルクはIT関係の会社を経営していたとか？」

「ええ。彼はコンサルタントでした」

「コンサルタント？」

マリアンヌ・ファルクはけげんそうにヴァランダーを見上げた。

「スウェーデンはコンサルタントでまかなわれている国ですよ。そのうちに政党の党首までコンサルタントに取って代わられるでしょう。コンサルタントとは高給取りの問題解決者です。うまくいかないときは、彼らが責められる役割を負うんです。だからこそ高額を支払われるんでしょうけど」

「それで？　あなたの夫はIT部門のコンサルタントだったんですね？」

「ティネスはわたしの夫ではありません。元夫です」

ヴァランダーは苛立った。

「彼がどんな仕事をしていたか、もっとくわしく話してくれませんか？」

「組織内部のコントロールシステムの作成にとても優れていたらしいです」

「それはつまり？」

ここで初めて彼女は笑った。

「コンピュータについてもっとも基礎的な知識さえもっていない人には、説明できないわ」

ヴァランダーはそのとおりだろうと思った。質問を変えた。

「彼の顧客は？」

「わたしの知る範囲では、銀行が多かったようです」

「とくに名前を挙げると？」

「わかりません」

「彼の活動を知っている人がいるでしょうか？」

「会社に会計士を雇っていました」

ヴァランダーはポケットに手を突っ込んで、メモ用紙を探した。自動車修理工場からの請求書しかなかった。

「マルメに事務所があるロルフ・ステニウスという人です。住所や電話番号は知りません」

ヴァランダーはペンを置いた。なにか見逃しているような気がする。頭の中でそれをつかまえようとしたが、できなかった。マリアンヌ・ファルクがタバコの箱を取り出した。

「吸ってもいいかしら？」

「どうぞ」

流しから小皿を一枚持ってくると、彼女はタバコに火をつけた。

「ティネスはお墓の中で身をよじっていやがっていることでしょうよ。タバコが大嫌いでしたから。結婚している間はいつも、タバコを吸うときわたしを表に追い出していたんですよ。これは、ちょっとした復讐ね」

ヴァランダーはここで話題をふたたび変えた。

「最初に話を聞いたとき、あなたはティネスには敵が多いと言いましたね？　それと、彼は不安がっていたとも」

「ええ、そんな感じがしました」

「これはとても重要なことだということはおわかりですね」

「もう少しくわしく知っていたら、もっと話せるのですけど。でも、本当になにも知らないんです」

「人が不安がっているかどうかは、見ればわかるものですよ。しかし、敵がいるかどうかは目に見えない。ティネスはなにか言ったにちがいない。聞いてませんか？」

マリアンヌ・ファルクはすぐには答えず、しばらく窓の外に目をやり、タバコを吸っていた。

すでに暗くなっている。ヴァランダーは待った。

「数年前から始まったことです。わたしは彼が落ち着かなくて、不安そうだと思った。同時に興奮しているようでもありました。なにかに取り憑かれているような感じ。そしてとても奇妙なことを口走りはじめたのです。たとえばここに来てコーヒーを飲んでいると、突然、『ああ、人が知ったら、きっとおれは殺されるだろうな』とか、『どこまで追跡者が迫っているかは、絶対にわからないものだ』とか」

「本当にそんな言葉を？」

「ええ」

「それで、なんの説明もなかったのですか？」

「ええ」

「どういう意味か、訊かなかったのですか？」

「訊きましたよ。でも彼は怒って、黙れと言ったんです」

ヴァランダーはしばらく考えてから言った。

「お子さんたちの話を聞かせてください」

「子どもたちはもちろん、あの人が死んだことは知っています」

「お子さんたちもまた、父親が不安そうだと感じていたでしょうか？　敵がいると聞いていたでしょうか？」

「さあ、どうでしょう。子どもたちはあまり父親と話をしなかったのです。別れてから、あの子たちはわたしと住んでいましたし、ティネスはあまりあの子たちと会いたがりませんでしたから。べつにあの人の悪口を言っているんじゃありません。子どもたちに直接訊いてくだされ ばわかります」

「友人関係は？」

「彼に友人はほとんどいません。結婚してから、彼は一匹狼なのだとわかったのです」

「あなた以外に彼を知っている人はいませんか？」

「同じ仕事をしているITコンサルタントの女性がこの町にいます。シーヴ・エリクソンという人です。電話番号はわかりません。でもたしか、住所はスカンスグレンド通りだったはずです。シューマンス・ガータンの近くの。たしか仕事によっては共同で引き受けていたはず」

ヴァランダーは書き留めた。マリアンヌ・ファルクはタバコを消した。

「もう一つ質問があります。あとでまた訊きたいことが出てくるかもしれませんが、いまのところはこれだけです。数年前にティネス・ファルクはミンクファームからミンクを放したとがで罰金を科されています」

マリアンヌ・ファルクは大きく目をみはった。心底驚いているように見えた。

「聞いたことがありません」

「しかし、そんなことがあり得ると思いますか？」

「檻の中のミンクを逃がしたということですか？　いったいどうしてそんなことをするのかさえ、わたしにはわからないわ」

「たとえば、そういうことをする団体で彼は活動していませんでしたか？」

「え？　どんな団体のことをいうのですか？」

「たとえば過激な環境組織とか動物愛護団体とか」

「まったく考えられないことだわ」

ヴァランダーは相づちを打った。彼女が本当のことを話しているとわかる。マリアンヌ・ファルクは立ち上がった。

「またお話を聞く必要が出てくると思いますが」

「ティネスは別れたとき、とても寛大な経済的援助をくれました。おかげでわたしはいやなことをしないで済んでいるのです」

「いやなこととは？」

「働くこと。わたしはたいてい本を読んで過ごしています。それとリネンの布にバラを刺繍して」

この女は冗談を言っているのだろうか、とヴァランダーは思ったが、なにも言わなかった。玄関まで見送った。マリアンヌ・ファルクは玄関ホールの壁の穴に気がついた。

「近ごろの押し込み強盗は、銃で撃つんですか？」

「そういうこともあります」

彼女はヴァランダーを上から下まで見た。

「でもあなたは拳銃を携えていない？」

「ええ」

彼女は首を数回横に振った。それから握手して戸口に向かった。

「もう一つ」ヴァランダーが急に思いついたように言った。「ティネスは宇宙に関心がありましたか？」

「どういうこと？」

「宇宙船とか宇宙学とか」

「前にも一度お訊きになりましたよね。あのときと答えは同じです。あの人はめったに空を見るなどということをしませんでした。もしそんなことをしたとしたら、本当に星が天にあるかどうかをチェックするためだったでしょうよ。まったくロマンティックなところのない人でしたから」

彼女は階段の下り口で立ち止まった。

「だれがこのドアを直すのかしら」

「この建物の管理人はいないんですか？」

「それはだれか他の人に訊いてください」

マリアンヌ・ファルクは階段を下りていった。ヴァランダーはファルクのアパートの中に戻り、台所のいすに腰かけた。さっきなにかを見逃していると思ったときと同じ場所に座った。内なる警鐘にいつも耳を傾けよと教えてくれたのもリードベリだ。警察官は技術を用い、合理的な判断を下す世界にいるが、それでも直感というものが決定的な意味をもつと。

そのまましばらく動かずに考えた。やっとわかった。マリアンヌ・ファルクはなくなっているものはないと言った。侵入した男、ヴァランダーを撃った男が来た目的は、なにかを戻すためだったのか？　ヴァランダーはその問いに自ら首を振った。いすから立ち上がったとき、ドアをノックする音が聞こえて、ぎくっとした。心臓が激しく打ちはじめた。二度目のノックを聞いて、さすがに再度彼を殺しにきた者ではないだろうと思った。玄関に出てドアを開けた。杖を持った年配の男が立っていた。

「ファルク氏はおるかね」男は厳しい口調で言った。「苦情を言わせてもらうために来た」

「あなたは？」ヴァランダーが訊いた。

「カール＝アンダス・セッテルクヴィストという者だ。この建物の所有者だ。軍人が建物の中を走りまわっていて騒がしいという苦情が住人から繰り返し寄せられている。ファルク氏がご在宅なら、直接に話をしたいのだが」

「ファルク氏は亡くなりました」ヴァランダーは必要以上に残酷に言ってしまった。

セッテルクヴィストはけげんそうな顔になった。

「亡くなった、亡くなったとは？」

「私は警察の者です。犯罪捜査官です。ここで不法侵入事件がありました。ティネス・ファルク氏は亡くなっています。月曜日の夜のことです。この建物に出入りしているのは軍人ではなく、警察官です」

セッテルクヴィストはいまの話の真偽を測りかねている様子だった。

「警察官の鑑札を見せてほしい」

「警察官の鑑札というものはだいぶ前に廃止されましたが、警察官の身分証なら見せられます」と言って、警察手帳を見せた。

セッテルクヴィストは真剣にそれを見つめた。ヴァランダーはその間にも、ここで起きたことを説明した。

「じつに残念なことだ。しかしそうなると、アパートなどはどうなるのかね？」

ヴァランダーは目を上げた。

「アパートなどと言いますと？」

「わしのように年をとると、新しい入居者を募るのは面倒なものだ。どういう人物なのか、借り手をよく知りたいものでな。とくにこの建物のように、居住者の多くが年金生活者のようなところでは」

「あなたもここに住んでおられるのですか？」

セッテルクヴィストはむっとしたようだった。

「わしは郊外の一軒家に住んでおる」

「さっき、アパートなどと言われましたが？」

「どう言えばよかったのだ？」

「ティネス・ファルクはこのアパート以外にもアパートを借りていたということでしょうか？」

セッテルクヴィストは杖で中に入りたいと合図した。ヴァランダーは脇に避けて老人を中に入れた。

「不法侵入事件のあとなので、中はかなり乱れていますが」

「わしのところもやられたことがある」セッテルクヴィストは平然としている。「見なくともどんな様子かわかっておる」

ヴァランダーは台所に案内した。

「ファルク氏は模範的な入居者だった。家賃が遅れたことは一度もない。わしの年ではめったなことで驚きはしない。しかし、今回の苦情はめったにないものだった。それでこうやってわざわざ来たのだ」

「ファルク氏はここのほかにもアパートを借りていたのですね？」ヴァランダーは繰り返した。

「わしはルンナーストルムス・トリィにも一つよい建物を所有している。古くて素晴らしい建造物だ。そこの最上階にファルク氏は小さな部屋を借りていた。仕事に使うと言っていたが」

なるほど、それでここにパソコンがないわけがわかる。このアパートが仕事場とは思えなかったのはそのためだ。

「そのアパートも見せてもらわなければなりません」ヴァランダーが言った。

セッテルクヴィストは考え込んだ。それからヴァランダーがそれまで一度も見たことがないほど大きな鍵束を取り出した。だがセッテルクヴィストは難なくその中から目指す鍵をすぐに見分け、取り出して、ヴァランダーに渡した。

「預かり証を書きますよ」とヴァランダーが言った。

セッテルクヴィストは首を振った。

「人を信用しなければならない。いや、もっと正しくは、自分の判断を信じなければならない」と言い直した。

セッテルクヴィストは胸を張って帰っていった。ヴァランダーは署に電話をかけ、ティネス・ファルクのアパートを封じるように頼み、まっすぐルンナーストルムス・トリィへ向かった。時刻は七時近かった。風は依然としておさまらず、ヴァランダーは震えた。マーティンソンから借りた上着は薄く、冷気が直接肌に感じられる。今日自分はピストルで狙われたのだ。まだ本当のこととは思えなかった。あと二、三日経って、死ぬこともあり得たのだということが本当にわかったときに、どう感じるだろう。

ルンナーストルムス・トリィにある建物は二十世紀初頭に建てられたもので、四階建てだった。ヴァランダーは通りの反対側に立って、建物の最上階の物置と思われる部屋の庇《ひさし》を見た。どの窓にも明かりがついていない。道を渡って建物の正面ドアから入る前に、彼はあたりを見まわした。自転車で男が一人通り過ぎた。あとはだれもいなかった。正面のドアを開けた。中のアパートの一つから音楽が響いてきた。階段の上の明かりをつけた。最上階まで来ると、そこにはドアが一つしかなかった。安全ドアで、名前もないし郵便受けのボックスもない。ヴァランダーは耳を澄ました。静まり返っている。そっと鍵を開けた。開いた戸口に立ったまま、中の暗い部屋に耳を澄ました。一瞬、人の呼吸を聞いたような気がして緊張したが、すぐに気のせいだとわかった。明かりをつけてドアを閉めた。

大きな部屋だった。家具はほとんどなく、がらんどうだった。机といすだけがある。机の上に大型のパソコンがあった。ヴァランダーは机に近づいた。パソコンのそばに図面のようなものが置いてある。机の上の明かりをつけた。

一目でそれがなにかわかった。

図面はソニャ・フークベリの焼死体が見つかった変電所のものだった。

16

ヴァランダーは息を呑んだ。

見間違いかと思った。図面はほかの場所のものかもしれないと。しかしすぐに迷いが消えた。間違いなかった。思わず手に取った図面を、ふたたび机の上に戻した。パソコンは電源が入っていない。真っ暗な画面に自分の顔が映っている。机の上に電話があった。署のだれかに電話するべきだ。マーティンソンかアン＝ブリットだ。それにニーベリ。だが、受話器には手を伸ばさなかった。その代わり、部屋の中をゆっくり歩きはじめた。ここでティネス・ファルクは仕事をしていた。ピッキングするのがむずかしい安全ドアに守られて。ここでファルクはITコンサルタントの仕事をしていた。まだ彼の仕事の内容はわからない。ある晩ATMのそばに倒れて死んでいるのが見つかった。だが、その死体はまもなくモルグから運び出され消えてしまった。そしていまおれは彼のオフィスの机の上にイースタ郊外の変電所の図面を見つけた。

一瞬、彼は全体が繋《つな》がったように思った。だが、答えに達するまでの道にはあまりにもたくさんの不可解な細部が立ちはだかっている。ヴァランダーは部屋の中を歩き続けた。なにがある？　なにが欠けている？　パソコン一台、いす一脚、机一個、そして照明器具一個。そして電話が一台と図面一枚。それがすべてだ。本棚もファイルも本もない。ペン一本すらない。

部屋の中を一まわりしてから、机のそばに戻り、ランプを手に取った。首の部分をひねって壁に光を当て、ゆっくりと壁全体に光をまわしていった。ランプの光は強かった。しかし、それでも壁に隠し場所を見つけることはできなかった。いすに腰を下ろした。部屋の中の静けさが痛いほど感じられる。窓も壁も厚いにちがいなかった。ドアも音を通さない。マーティンソンといっしょだったら、コンピュータをスタートしろと命じたにちがいなかった。マーティンソンは喜んでそうしただろう。ヴァランダー一人では自信がなかった。やはりマーティンソンに電話するべきだ。だが、彼はここで迷った。考えなければならない。いまいちばん大事なのはそれだ。思ったよりずっと速く、一連の出来事が起きている。問題は、それらをおれがどう解釈していいかわからないことにあるのだ。

八時近くになった。やっとニーベリに電話をかけることにした。

こんな時間になってしまったこと、しかもニーベリはここ数日ほとんど眠るまもなく仕事をしていることは知っているが、しかたがない。ほかの人間なら、このオフィスの捜査は明日でいいと言うだろう。だがおれはちがう。急がなければならないという焦《あせ》りがある。ニーベリの携帯に電話をかけた。ニーベリはなにも言わずに聞いていた。ヴァランダーは住所を言って電話を切り、表に出て彼を待った。

ニーベリは自分の車でやってきた。ヴァランダーは鑑識のカバンを運び入れるのを手伝った。

「ここでなにを探せというんだ？」オフィスになっているアパートに着くと、ニーベリが訊いた。

「隠し場所だ」

「それじゃ鑑識のほかの者たちは呼ばなくていいな。写真とビデオ撮影はあとでいいのなら」

「ああ、それは明日でいい」

ニーベリはうなずいて、靴を脱いだ。カバンの一つから、特別なビニール製の靴を取り出した。ニーベリはいつも警察のお仕着せの靴カバーに不満があって、文句を言っていた。そしてついに数年前、自分でデザインしたビニール製の靴を特別注文したのだ。おそらく自費だろうとヴァランダーは思っていた。

「あんたはパソコンは得意か？」ヴァランダーが訊いた。

「いや、中身のことはちっともわからない。だが、通り一遍のことなら。これをスタートさせることぐらいはできる」

ヴァランダーは首を振った。

「マーティンソンに頼むべきなんだ。おれがほかの人間に頼んだと知ったら、あいつは絶対に許さないだろうよ」

ニーベリに机の上の図面を見せた。ニーベリはすぐにそれがなんだかわかった。顔をしかめてヴァランダーを見上げた。

「これはどういう意味だ？　あの女の子を殺したのはファルクか？」

「いや、ソニャ・フークベリが殺されたときには、ファルクはもう死んでいたはずだ」

ニーベリはうなずいた。

「疲れてるんだ。日にちや時間や出来事がごちゃ混ぜになってしまっている。おれはもう、引退の日が待ちどおしくてたまらん」

嘘だ、とヴァランダーは思った。あんたはそれを恐れているんじゃないか。

ニーベリはカバンから拡大鏡を取り出し、机に向かった。数分間、図面をよく観察した。ヴァランダーはそばに立って、待った。

「これはコピーじゃないな。オリジナルだと思う」ニーベリが言った。

「たしかか？」

「いや、百パーセントじゃないが、おそらく」

「つまり、南部電力の書類保存庫から盗まれたものか？」

「正しいかどうかわからないが、あの送電復旧作業員のアンダーソンから聞いた話によれば、高圧線の安全上の問題があるから、外部の人間があそこの図面をコピーすることなどまったく不可能らしい。ましてやオリジナルを入手することなどできないという話だ」

これは重要な点だ。図面が保存庫から持ち出されたとなると、新たな捜索のルートができることになる。

ニーベリは照明をセットした。ヴァランダーはニーベリに一人で作業に専念してもらうことにした。

「署に戻るよ。なにかあったら、署のほうに連絡してくれ」

ニーベリは返事をしなかった。すでに仕事に集中していた。

外に出てから、ある考えが浮かんだ。署に行くのはやめにしよう。少なくともまっすぐには戻らない。マリアンヌ・ファルクはシーヴ・エリクソンという名前を挙げた。その女性に訊けばティネス・ファルクがITコンサルタントとしてどういう仕事をしていたか答えてもらえるだろう。住所はここから近い。事務所の住所かもしれないが。ヴァランダーは車は置いて、歩くことにした。ロングガータンを中央に向かって歩き、スカンスグレンドまで来て右に曲がった。人通りはまったくなかった。二度立ち止まって後ろを振り返った。後ろに人影は見えなかった。風はまだ強く、空気が冷たかった。歩きながらピストルの弾のことを考えた。もう少しで死ぬところだったことが、いつピンとくるのだろう。そのとき自分はどう反応するのだろうか。

マリアンヌ・ファルクから聞いた住所まで来たとき、門の横に出ている表札を見た。〈Serkon〉とあった。なるほど、シーヴ・エリクソン・コンサルタントだ。

オフィスは二階にあるようだ。玄関のインターホンを押して待った。ここがもしオフィスだけなら、彼女の自宅の住所を調べなければならなくなる。

すぐに応答があった。ヴァランダーはインターホンに口を近づけて名前と用件を言った。女性は一瞬黙り込んだが、すぐにジーという音がして門が開けられた。ヴァランダーは中に入った。

階段を上っていくと、女性がドアの前に立っていた。玄関の光が眩しかったが、ヴァランダーはすぐに見覚えのある顔に気づいた。

前の晩に見た顔だった。講演のときだ。握手したのも覚えている。だが名前までは覚えていなかった。しかし昨日彼女のほうから事件のことを言わなかったのは変だという気がした。ファルクが死んだことは知っていたにちがいない。

一瞬、彼は不安になった。もしかすると彼女はなにも知らないのではないか？　もしかして、自分はファルクの死を知らせる役割を突然果たさなければならなくなるのではないか？

「夜分、お邪魔してすみません」

シーヴ・エリクソンは彼を玄関に入れた。家の中から暖炉で薪が燃える匂いがする。彼女の顔立ちがいまはっきり見える。四十歳ほどで、濃い茶色の髪、目鼻立ちがはっきりしている。前の晩は講演に集中していて、聴衆の顔まではよく見えなかった。だが、いま目の前に立っている女性は彼に羞恥心をもたせた。魅力的な女性に会うと、彼は恥ずかしくなる癖がある。

「訪問した理由を言いましょう」彼は話しだした。

「ティネスが死んだことは知っています。マリアンヌが電話してくれました」

悲しそうだ。彼女が知っているとわかって、彼のほうはほっとした。警察官になってからずっと、彼は死亡を告げる役割ほどいやなものはないと思ってきた。

「近しかったのですね」

「そうでもあるし、そうではないとも言えます」とシーヴ・エリクソンは言った。「わたしたちはとても近しかったと言えるのですが、それは仕事に関してだけです」

親密さはほかのところにもあったのではないだろうか、とヴァランダーは思った。そのとたん、もやもやした嫉妬の感情が一瞬胸に浮かんだ。

「警察が夜やってくるからには、よほど大事なことなのでしょう」と言いながら、彼女は上着を掛けるようにハンガーをヴァランダーに渡した。

ヴァランダーは彼女の後ろから、センスのいい居間に入った。暖炉に火が燃えていた。壁に掛かっている絵も家具も高価そうだ。

「なにか飲み物はいかがですか？」

ウィスキーがいい、それがおれには必要だとヴァランダーは思った。

「いや、どうぞおかまいなく」

部屋の隅にある濃紺の布張りのソファに座った。シーヴ・エリクソンは向かい側の肘掛けいすに腰を下ろした。美しい脚だ、と思ったとたん、彼女が彼の視線を感じているのがわかった。

「私はいまティネス・ファルクのオフィスから来たのです。あそこにはパソコン以外なにもありませんでした」

「ティネスはとても禁欲的な人でしたから、仕事をするとき、まわりになにも置きませんでした」

「じつはそれを訊きたくてうかがったのです。彼はどんな仕事をしていたのか。お二人はどんな仕事をしていたのか」

「わたしたちは協力して仕事をしていました。いつもではありませんでしたが」

「彼一人でするときは、どんな仕事をしていたのでしょうか？」

マーティンソンといっしょに来るべきだったと思った。話を聞いたところで、自分にはとうてい理解できないかもしれないと不安になった。まだ間に合うかもしれないとも思ったが、彼はやはり電話をかけないことにした。その晩三回目のことだった。

「私はパソコンのことはよくわかりません。ですから、初心者にわかるように話してください」

彼女はほほ笑んだ。

「それは意外ですね。昨晩お話をうかがったとき、今日の警察はコンピュータを相棒として仕事をしているような印象を受けましたが？」

「それはそうなのですが、私はちがうのです。いまでもフットワークで人の話を聞いて歩く警察官もいるのですよ。パソコンで検索するだけでなく。あるいはメールをやり取りするだけでなく」

シーヴ・エリクソンは立ち上がると、暖炉のそばに行き、薪を足した。ヴァランダーはその姿を目で追った。彼女が振り返ったとき、急いで視線を膝の上に落とした。

「なにを知りたいのですか？　なぜ、その情報がほしいのでしょう？」

ヴァランダーは二番目の問いから答えることにした。

「われわれはティネス・ファルクが本当に自然死だったのか、確信がなくなっています。検視では心臓発作ということだったのですが」

「心臓発作？」

率直な驚きだった。ヴァランダーは心臓発作ではあり得ないとわざわざ言いに警察に出向いてきたファルクの主治医のことを思い出した。

「ティネスの心臓に疾患があったとは、変ですね。彼はいつも体を鍛《きた》えてましたから」

「他の人からもそう聞きました。それもあって、再検討しようと思ったのです。急な病気でなければ、ほかになにが考えられるかですが。暴行を受けたということは一つ考えられます。あるいは事故。つまり不幸にもなにかの拍子に転び、頭の打ち所が悪くてそのまま死んでしまったのではないか」

シーヴ・エリクソンはあり得ないというように首を振った。

「ティネスが人を近づけたはずがありません」

「ということは？」

「いつも警戒していました。町を歩くとき、いつも不安だと言っていました。ですから、つねにあたりに用心していたんです。なにかあったら、すぐに反応したはずです。それに彼はアジアのなんとかいう素手で戦う術を習っていました」

「瓦を素手で割るような、たぐいの？」

「ええ、そうです」

「ということは、事故だと思うのですね、あなたは？」

「ええ、まあ、そういうことかと」

ヴァランダーはうなずき、考えを整理した。

「今日、お邪魔したのは、ほかにも理由があるからなのです。ただ、残念なことにまだその理由のことは言えないのです」

シーヴ・エリクソンは赤ワインをグラスに注ぎ、肘掛けいすの肘の部分にそっと置いた。

「そんなことを聞いたら、もっと聞きたくなるのが当然ですよね」

「しかし、まだ話すことはできない」

嘘だ、とヴァランダーは胸の中でつぶやいた。もっと話すことができるのに、おれはただここに座ってもったいぶっているだけだ。

彼女はそんな彼の考えを中断させた。

「なにを知りたいのですか？」

「彼はどんな仕事をしていたのでしょうか？」

「ティネスはじつに優秀なシステム・イノヴェーターでした」

ヴァランダーは手を挙げた。

「システム・イノヴェーター？　もうすでに私にはわかりません」

「彼はさまざまな会社のためにコンピュータプログラムを作成していたのです。あるいはすでに存在するプログラムを改良したりすることもありました。優秀なと言いましたが、彼の場合、お世辞抜きで、本当に優秀なコンサルタントでした。実際彼はアメリカやアジアなど海外の会社から高度の知識と技術を必要とする仕事を依頼されていました。でも、いつも断ってました。莫大なお金が稼げるというのに、です」

「なぜ断ったのでしょうか？」

シーヴ・エリクソンの顔が急に曇った。

「わたしにもじつはそれがわからないのです」

「でも、それについて話したのでしょう？」

「そういう依頼があるということは話してくれました。向こうの提示する報酬についても。わたしだったらすぐに飛びつくような額でしたよ。でも、彼はちがいました」

「理由を言ってましたか？」

「引き受けたくないとだけ。必要ないとも」

「ということは、金には困っていなかったということですね？」

「さあ、それはどうでしょうか？　一度お金を貸したことがありましたから」

ヴァランダーは顔をしかめた。なにか重要なことに近づいているという気がした。

「それ以外はなにも言わなかったのですか、ファルクは？」

「ええ、なにも。そんな仕事をする必要はないと、それだけ。それ以上追求したりしたら、まったく答えなかったでしょう。彼はそういう人でした。いきなりなにも言わないで、態度で表すのです。境界線は彼のほうが示す、わたしはそれ以上訊くことはできませんでした」

真の理由はなんだったのだろう？　なにか、別の理由があったのではないだろうか？

「二人で仕事を引き受けた場合、どういうふうに分けたのですか？」

彼女は意外な答えをした。

「つまらなさの度合いによって」

「は？」

「仕事には必ずつまらない部分があるものです。ティネスには短気なところがありました。それで、つまらないところはわたしにまかせて、むずかしいところ、面白いところは彼がやってました。新しいこと、だれもいままで考えつかなかったようなことをするのが好きだったのです」

「あなたはそれでよかったのですか？」

「自分の能力の限界を知っていますから。それにわたしにはつまらなくなかったのです。彼のような力はありませんから」

「出会いはどこで？」

「三十歳までわたしは主婦でした。離婚して、それからＩＴの教育を受けたのです。ティネスは講師で、彼の授業を一回受けました。素晴らしかった。それでわたしはなにかお手伝いしたいと申し出ました。最初は手伝いなどいらないと言っていたのですが、一年後、電話が来ました。最初の仕事は銀行のセキュリティシステムに関するものでした」

「銀行のセキュリティシステムとは？」

「現在、人は口座から口座へ一瞬のうちにお金を動かすことができます。個人間でも、企業へも払い込みができますし、国境を越えて銀行間でもできます。でも、そのネットワークの中に入り込もうとする人間が必ずいるものです。侵入を防ぐ最良の方法は、一手先を行くことです。

セキュリティの戦いは常時続いているのです」

「超近代的に聞こえますが」

「実際そうなのです」

「しかし同時に、なんだかおかしなことのようでもある。イースタ在住の一人のコンサルタントがそんなに複雑な任務をこなしているというのが」

「ITというこの新しい技術のもっとも優れている点の一つが、どこにいようと、これを扱う人間は世界の中心にいるということなのです。ティネスは企業であれ部品製造者であれ、ほかのプログラマーであれ、世界中の相手と通信していました」

「イースタのオフィスから？」

「そうです」

ヴァランダーはどう進めていいのかわからなくなった。この段階でもまだ彼にはティネス・ファルクの仕事というものが把握《はあく》できていなかった。とにかくマーティンソンのいないときにこの話をこれ以上進めることはできないと思った。それにすぐにでも警察本庁のIT部門のエキスパートにも連絡しなければならない。

ヴァランダーはほかの話題に移った。

「彼に敵はいましたか？」

この問いを訊いたときの彼女の反応に注目した。しかし驚き以外にはなにも認められなかった。

「わたしの知るかぎり、いないと思いますが？」

「最近、彼の態度になにか変わったところはありませんでしたか？」

シーヴ・エリクソンはゆっくり考えてから答えた。

「いつもどおりでした」

「ということは？」

「気分にむらがあって、いつも働きすぎるほど働いていました」

「お二人はどこで仕事をしていました？」

「ここで。彼のオフィスでということはありませんでした」

「なぜです？」

「よくわかりませんけど、彼はウィルスとかが怖かったんじゃないかと思います。ちょっと変に聞こえるかもしれませんが、ほかの人間が彼のオフィスの床を汚すのを極端に嫌っていました。潔癖性でお掃除マニアでしたから」

「うーん。ずいぶん複雑な人間だったようですね、ティネス・ファルクは」

「いいえ、慣れればそんなこともありませんでしたよ。男性一般と変わらないんじゃないでしょうか」

ヴァランダーは興味深い説明だと思った。

「男性一般とは？」

シーヴ・エリクソンはほほ笑んだ。

「それは個人的な問いですか？　それともティネス・ファルクに関してですか？」

「個人的な問いではありません」

彼女はおれを見透かしている、だが、この際しかたがない、とヴァランダーは思った。

「男の人って、子どもっぽくて、見栄っ張りじゃありませんか？　たいていその反対のように見せているけど」

「ずいぶん一般的な言いかたですね」

「でも、本当にそうだと思うんです」

「そしてティネス・ファルクもそんな男だったと？」

「ええ。でもそれだけじゃないわ。彼はときどき、とても気前がよかった。本来より高くわたしに支払ってくれました。でも、気分は絶対にわからなかった。すぐに変わりましたから」

「既婚歴があって、子どももいる」

「家族の話は、わたしたちはしませんでした。彼が離婚していて、子どもが二人いると知ったのは、一年以上も経ってからでした」

「仕事以外の趣味や行動は？」

「知りません」

「まったく？」

「はい」

「しかし、友だちはいたでしょう？」

「それもパソコン上の友人でしょう。彼と知り合って四年間、一度も彼の友人という人を見たことがありません」

「どうしてそんなことが言えるんですか？　彼のオフィスを訪ねたこともないのに？」

ここで彼女は手を叩いた。

「よい問いね。じつは彼の郵便物はわたしの住所に回送してあったのです。ただ、郵便物は一通も来なかったですね」

「一通もとは？」

「言葉どおりです。この四年間、彼のもとに送られた手紙は一通もありませんでした。請求書一つなかったのですよ」

ヴァランダーは顔をしかめた。

「ちょっとどういうことなのか、わかりませんね。郵便物はあなたのところに回送するように手続きしてあった。しかし、郵便物は一通も来なかったというんですね？」

「一度だけ、彼宛になにかの宣伝の郵便物が配達されたことがありましたけど、それをのぞけば、本当になにも」

「ということは、ほかにも郵便物を受ける住所があったとか？」

「そうかもしれませんね。でもわたしは知りません」

ヴァランダーはファルクがオフィスに使っていたルンナーストルムス・トリィのアパートを思い浮かべた。そこに郵便物はなかった。しかし、居住に使っていたアペルベリス・ガータンのアパートにも郵便物らしきものはなかったと記憶している。

「これは調べてみましょう。どうもかなり秘密に満ちた人物だったようですね」

「郵便物を受け取るのが嫌いという人もいるでしょう。いっぽうで、郵便物を心待ちにしている人もいるでしょうけど」

それ以上質問することがなくなった。ティネス・ファルクは謎の多い人物らしい。急いではだめだ。とにかくいまはまず、彼のパソコンの中身を調べることだ。なにか重大なことがあれば、必ず見つけることができるはず。

シーヴ・エリクソンはグラスに赤ワインを注ぎ足しながら、本当になにも飲み物はいらないのかと訊いた。ヴァランダーはうなずいた。

「さっきあなたは彼ととても近しかったと言いましたが、いま話を聞いてみると、ティネス・ファルクという人物はだれとも親しくなかったような印象を受ける。家族とはどうだったのでしょうか。別れた妻と二人の子どもの話はしませんでしたか？」

「ええ、まったくしませんでした」

「彼が離婚していて、子どもがいるということをどうやって知ったのですか？」

「偶然でした。急に思いがけなくぽろっと言ったのです。娘の誕生日だという日にいっしょに仕事をしていたのです。でもそのあとはなにも言いませんでした。ですからわたしも訊きませんでした」

「彼のオフィスを訪ねたことは？」

「一度もありません」

答えはすぐにためらいなく発せられた。ちょっと早すぎ、ちょっと決まりすぎ、という気がした。やはり、ティネス・ファルクとこの女性協力者の間にはなにか関係があったのだろうか。

時計が九時をまわっていることに気がついた。暖炉の火の勢いがなくなってきた。

「もちろん、ここ数日の郵便物に関しても同じことでしょうね」

「ええ、もちろん、なにも来ていません」

「あなたはティネスの身になにが起きたと思いますか?」

「わかりません。でも、彼は長生きするだろうと思っていました。彼自身、そう思っていたと思います。やはり、不慮の出来事だったのではないかしら?」

「あなたの知らなかった病気にかかっていたということは?」

「その可能性はあったかもしれませんけど、どうかしら」

ヴァランダーはファルクの死体が紛失したことを話すべきかどうか迷ったが、話さないことに決めた。そしてまったく別のことを訊いた。

「ティネス・ファルクのオフィスで、机の上に変電所の図面があったのですが、これについてなにか知っていますか?」

「なんの話か、わかりませんけど?」

「イースタ郊外にある南部電力の変電所の図面です」

彼女は考え込んだ。

「ティネスが南部電力の仕事をいくつかしているのは知っています。でもその仕事は彼だけでやっていましたから、わたしは関与していません」

ヴァランダーの頭にある考えが浮かんだ。

「あなたがた二人が共同で仕事をしたもののリストを作ってくれませんか？　それと彼が一人でしたもののリストと」

「過去どの辺までさかのぼって？」

「まずこの一年間のものを」

「わたしが知らない仕事もティネスはしていたと思いますけど」

「彼が頼んでいた会計士と話をしてみます。仕事をした会社名を知っているでしょうから。ですが、あなたはあなたでやはり、彼一人がした仕事のリストを作っていただきたい」

「いますぐに？」

「いや、明日でいいです」

シーヴ・エリクソンは立ち上がって、暖炉の火をかき回した。ヴァランダーは彼女に答えてもらうような相手探しの広告の文章を頭の中で考えた。彼女はまた肘掛けいすに戻った。

「いや、もう失礼します」

「なんだか、お役に立てなかったようですね」

「そんなことはない。こちらにうかがったときよりもいまはずっと、私はティネス・ファルクについて知っていますよ。警察の仕事には辛抱強さが必要なんです」

もう本当に帰るべきだと思った。訊きたいことはすべて訊いた。彼は立ち上がった。

「また連絡します。もし明日中にリストを作ってもらえれば助かります。警察署までファックスで送ってくれますか？」

「電子メールではだめですか？」

「もちろんいいですが、私は慣れていないし、警察のメールアドレスも知らない」

「それはわたしが調べます」

彼女は玄関先まで見送った。ヴァランダーは上着をはおった。

「ティネス・ファルクはあなたとミンクの話をしたことがありましたか？」

「はあ？　ミンクの話？　いったいなんのことでしょう？」

「いや、けっこうです」

シーヴ・エリクソンは玄関ドアを開けた。ヴァランダーはここに残りたいという気持ちを抑えた。

「昨晩の講演はとてもよかったわ。でも、神経質になってらしたでしょう？」

「そうなることもありますよ。とくにあんなに大勢の女性たちに一人で立ち向かわなければならないときには」

あいさつをし、ヴァランダーは通りに出た。門を閉めたときに携帯電話が鳴りだした。ニーベリだった。

「いまどこだ？」

「すぐ近くだ」

「こっちに来てくれ」

そう言うとニーベリは電話を切った。ヴァランダーの動悸が激しくなった。ニーベリが電話してくるのは、よほどのときだけだ。

なにかが起きたのだ。

17

ルンナーストルムス・トリィまで五分もかからずに戻った。中に入り最上階まで上ると、ニーベリがドアの前でタバコを吸って待っていた。ヴァランダーは彼がどんなに疲れているかわかった。ニーベリは疲労困憊《ひろうこんぱい》の極限まできたときにタバコを吸う。ヴァランダーは最後にそれを見たときのことを思い出した。数年前、複雑な殺人事件の捜査のときだ。犯人はステファン・フレードマンという少年だった。捜査の半ばで、ニーベリは気を失った。溺死体が湖から引き上げられたときのことで、ニーベリはそのそばにひざまずくなり、前に倒れて動かなくなったのだ。ヴァランダーは心臓発作か、と青くなったが、まもなくニーベリは意識を取り戻した。そしてそのままそこに座って、黙ってタバコを吸った。そのあとなにごともなかったかのように現場検証を続けた。

ニーベリはタバコを靴のかかとでもみ消すと、中に入れとあごで示した。

「壁を調べたんだ。なにかちがうと思わせるところがあった。しかし古い建物だから、ちがっていても変ではないのかもしれないとも思った。増築や改築部分が建築家のもともとの意図から外れてしまっていることがよくあるからだ。とにかくおれは測ってみた。それでわかったのだ」

ニーベリはヴァランダーを壁際に呼んだ。一角にへこみがあった。以前そこに暖炉のためのダクトが通っていたのかもしれなかった。

「この辺の壁を叩いてみたんだ。中が空洞のようだった。そしてこれを見つけた」

ニーベリは床と壁の合わせ目に張られている細い腰板を指差した。ヴァランダーはかがみこんだ。腰板には見えないほどの線があり、そこで分かれている。壁を見上げるとやはりかすかな境目があり、壁の色と同色に塗られたテープで隠されていた。

「中を見たか？」

「いや、あんたを待ってたんだ」

ヴァランダーはうなずいた。ニーベリは静かにテープをはがした。そこにドアがあった。一メートル五十センチほどの高さだ。そっとドアを手前に引いた。音もなく開いた。ニーベリが後ろから懐中電灯で照らした。

隠し部屋は思ったよりも大きかった。大家のセッテルクヴィストはこれを知っているのだろうか。ヴァランダーはニーベリから懐中電灯を受け取ると中を照らした。そして壁に電気のスイッチを見つけた。

部屋は八平方メートルほどの小さなものだった。窓はまったくなかったが換気用のダクトがあった。部屋の中央に祭壇のような机があり、その真ん中に燭台《しょくだい》が二本立っていた。燭台の後ろの壁に写真が貼ってある。ティネス・ファルクだ。ヴァランダーはそれを見て、この部屋で撮られたものだという気がした。ニーベリに懐中電灯を持ってもらって写真を観察した。ファルクはカメラを真っ正面から見据えていた。その顔は真剣だった。

「手に持っているものはなんだ？」ニーベリが訊いた。

ヴァランダーは老眼鏡を取り出してよく見た。

「あんたはどう思うかわからないが、おれにはリモコンに見える」

彼らは場所を交替した。ニーベリの意見も同じだった。ファルクの手にあるものはリモコンだった。

「この写真がいったいなんなのか、説明してくれとは言ってくれるな。おれにもわからん」

「この男、自分に向かって祈っていたのだろうか？　これは祭壇だろう？　頭がおかしかったのか？」

「わからない」ヴァランダーが言った。

彼らは祭壇から部屋の中に目を移した。ほかにはなにもない。この小さな祭壇があるだけだった。ヴァランダーはニーベリからもらったビニール手袋をはめてから、写真を壁から外し、裏側を見た。写真の裏には書き込みがなかった。ヴァランダーはそれをニーベリに渡した。

「くわしく調べてくれ」

「この部屋はなにかの装置の一部なんじゃないだろうか？　中国のからくり箱のように、一つこういう部屋が見つかると、続いてもっと見つかるとか？」

二人は部屋の中をよく調べた。だが壁は硬く、ほかに隠し部屋があるようには見えなかった。

彼らは小さな隠し部屋から出た。

「ほかにもなにか見つけたか？」

「いや、なにも。まるでだれかがごく最近ここを大掃除したかのように、ちり一つ落ちていなかった」

「ティネス・ファルクは掃除マニアだったらしい」

日誌に書いてあったこととシーヴ・エリクソンの言葉を思い出した。

「今晩はこれで終わりだな。もちろん明朝はここから始めることにしよう」ニーベリが言った。

「そのときはマーティンソンもいっしょだ。このパソコンの中身を知らなければならない」

ヴァランダーは鑑識の道具をカバンにしまうニーベリを手伝った。

「なぜ自分の姿に向かって拝んだりするんだ？」片付け終わり、立ち上がると、ニーベリが言った。

「そういう例はいくらでもあるだろう」ヴァランダーが答えた。

「あとすこしでおれはこんなことぜんぶから解放される。祭壇を作って自分の写真を飾り、それに向かって拝むようなイカレた連中からもな」

鑑識のカバンを積み込むと、ヴァランダーは車を運転するニーベリを見送った。強風が吹き荒れている。もう夜も十時半近い。空腹だった。家に帰って料理することは考えられない。車に乗り、まだこの時間でも開いているマルメヴェーゲンにあるグリルバーへ行った。若者が数人、ジュークボックスのまわりに集まっていた。静かにしろと怒鳴りつけたかったが、なんとか我慢した。隣のテーブルに投げ捨てられている夕刊紙をちらりと見た。一面には彼のことはなにも書かれていない。だが、真ん中の見開きはどうか。彼は新聞を手に取る勇気がなかった。見たくない。きっとなにか載っているにちがいない。カメラマンはあの一枚以外にも写真を撮っていたかもしれない。エヴァ・ペルソンの母親はまたなにか新しく嘘をついているかもしれない。

ソーセージとマッシュポテトを車に持ち帰って食べた。一口食べたとき、マーティンソンから借りた上着にマスタードをこぼしてしまった。よっぽど車のドアを開けて、容器ごと放り捨ててしまおうと思ったが、なんとか思いとどまった。

食べ終わったとき、これから家に帰るか、それともまた署に戻るか迷った。眠るべきだった。だが、不安が彼を駆り立てた。それでまた署に戻ることにした。署の食堂に人はいなかった。コーヒーメーカーは修理されていた。だが、〈レバーを強く引くな!〉とだれかが走り書きしていた。

レバー? どこにレバーがある? この機器からコーヒーを注ぐには、ただコップを注ぎ口に置いて、ボタンを押すだけじゃないか。レバーなど見たこともない。コーヒーを持って自室に向かった。廊下にはひとけがまったくなかった。いったいおれは署の自室で何百夜、何千夜過ごしたことになるのだろう?

昔、まだモナと結婚していて、リンダが小さかったころ、一度モナが激しい勢いで夜の警察署にやってきて、家庭と仕事とどちらか選べと迫ったことがあった。あのときは、すぐに彼女といっしょに家に帰った。だが、それ以外の夜はいつも残業していたことになる。

マーティンソンの上着を洗面所で洗ってみたが、シミは落ちなかった。自室に戻ると、ノートを取り出した。それからの三十分間、彼は記憶をたどってシーヴ・エリクソンから聞いた話を書き留めた。書き終わると、大きくあくびをして伸びをした。十一時三十分。もう帰るべきだ。明日にそなえて眠るべきだ。だが、彼は自分にむち打って、いま書いたことに目を通した。そのまま、動けなくなった。ティネス・ファルクという人物、よっぽど変わっていたにちがいない。自分の写真をまるで神の姿のように祭壇に飾っていたあの秘密の小部屋。それに郵便物。いったいどこで受け取っていたのか？　それからシーヴ・エリクソンから聞いた、さっきから頭を離れない話もある。

ティネス・ファルクはふところを潤すようないい仕事話には興味がなかったというのだ。必要ないと言ったという。

時計を見た。十一時四十分。電話するには遅すぎたが、マリアンヌ・ファルクはまだ起きているような気がした。ノートをめくって彼女の電話番号を見つけた。五回呼び出し音が鳴って、あきらめかけたとき、相手が出た。ヴァランダーは名前を言い、夜分電話したことを詫びた。

「わたしは一時前に寝たことがないんですよ。でももちろんこの時間に電話を受けることはめったにないことですけど」

「訊きたいことがあるのです。ティネス・ファルクは遺書を残しましたか？」

「いえ、わたしの知るかぎり、ありません」

「あなたが知らなくても、遺書が作られていた可能性はありませんか？」

「もちろん可能性はあるでしょうが、わたしはなかったと思います」

「なぜですか？」

「離婚したとき、財産分与をしたのですが、わたしにとても分のいいものでした。なんだか、あの人が死んだときにわたしが受け取ることになっていた分みたいでした。もちろん別れたらその権利はないのですが。子どもたちが彼の財産すべてを受け継ぎます」

「質問はこれだけです」

「彼の死体、見つかったのですか？」

「いいえ、まだです」

「あなたを撃った人物は？」

「それもまだです。男の特徴と言えるものがなにもないのが問題なのです。それに男かどうかさえ怪しいのです。もちろんあなたと私の印象ではそうですが」

「もっと言えるとよかったのですが」

「明日、遺書があったかどうか探してみます」

「わたし、意外なほど大きな分与を受けたのですよ」マリアンヌ・ファルクが突然言った。

「何百万クローネも。子どもたちにはかなりの金額が行くでしょう」

「ということは、ティネスは金持ちだったのですね？」

「わたしはそう思っていなかったので、離婚して大きな財産をもらったときには本当にびっくりしました」

「そんなに大きな財産があったということを、彼はあなたにどう説明しましたか？」

「アメリカからいい報酬の仕事が来たと言ってましたけど、わたしは信じませんでした」

「なぜですか？」

「彼、アメリカに行ったことがありませんでしたから」

「どうしてそんなことがわかるんです？」

「彼のパスポートを見ましたから。ビザも通関のスタンプもなかったわ」

しかしそれでも、ティネス・ファルクはアメリカとビジネスをして収入を得たことはじゅうぶんにあり得るのだ、とヴァランダーは思った。エリック・フークベリはこの小さな町イースタの片隅でパソコンを通して遠い国で稼いでいるのだ。ティネス・ファルクも同じことをしていたかもしれない。

ヴァランダーはもう一度詫びを言って電話を切った。すでに十二時をまわっている。ヴァランダーはあくびをした。上着を着て明かりを消した。受付まで来たとき、夜勤の警官が顔を出した。

「この電話を受けてもらえますか？」

今晩眠れないような事件が起きたのでなければいいがというのが彼の最初の反応だった。通報センターの入り口へ行ってみた。警官が電話を差し出している。

「死体を見つけたと言っています」

もう一体？　いい加減にしてくれ、いまは。

受話器を受け取り、電話に出た。

「クルト・ヴァランダーです。なにが起きたのですか？」

電話の向こうの男は興奮していた。叫んでいる。ヴァランダーは受話器を耳から離した。

「ゆっくり話してください。落ち着いて、ゆっくりと。そうしないと聞こえませんから」

「おれはニルス・ユンソンという者だ。死体が道路にある！」

「場所はどこです？」

「イースタだ。おれはつまずいてしまった。真っ裸で、死んでいる。ひどいもんだ。こんなものを見なければならないなんて。おれは心臓が悪いんだ！」

「ゆっくり話してください。落ち着いてゆっくりと。裸の男が道路で死んでいるというんですか？」

「おれの言うことが聞こえないのか？」

「いや、聞こえてますよ。通りの名前は？」

「駐車場の名前など、おれが知るはずないじゃないか！」

ヴァランダーは首を振った。

「駐車場？　道路じゃないんですか？」

「その二つともだ」

「そこはどこなんです？」

「おれはトレレボリからクリシャンスタへ向かって車を走らせていたんだ。ガソリンを入れようと思ってここに来たら、死体があった」

「そこはガソリンスタンドなんですか？　どこから電話をかけているんですか？」

「車の中からだ」

この男、酔っぱらっているのか。ぜんぶでたらめか？　しかし、興奮しているのはたしかだ。

「車の中から見えるものは？」

「スーパーのような店だ」

「名前が出ているか？」

「名前は見えないが、おれは高速を降りてきた」

「どの降り口で？」

「イースタに決まってるじゃないか」

「トレレボリから？」

「いや、マルメから高速に乗った」

ヴァランダーの頭にゆっくりとある考えが浮かんだ。が、まさか、という思いがあった。

「車の窓から銀行のATMが見えますか？」

「ああ、見える。死体はその前のアスファルトに転がっている」

やっぱり。男は話し続けていたが、ヴァランダーは受話器を夜勤の警官に渡した。警官は最後まで話を聞いた。

「ティネス・ファルクが倒れていたところと同じ場所だ。同じ場所にこんどは死体が置かれているらしい」受話器を置いた警官にヴァランダーが言った。

「一斉出動しますか？」

ヴァランダーは首を振った。

「マーティンソンとニーベリに連絡してくれ。いまパトカーは何台出てる？」

「二台です。一台はヘーデスコーガでのけんかをおさめにいってます。誕生日に家族内で暴力沙汰が……」

「もう一台の車は？」

「町にいます」

「ミスンナヴェーゲンの駐車場へ至急向かうように伝えてくれ。おれも向かう」

ヴァランダーはイースタ署を出た。夜中の気温はさらに下がっていた。現場までは近かったが、その数分の間、これから見ることになるものを想像した。裸の死体は、モルグから運び出されたティネス・ファルクに決まっている。

ヴァランダーとパトカーはほぼ同時に現場に着いた。そのとたん、赤いボルボから男が飛び出してきた。トレレボリからクリシャンスタへ向かう途中というニルス・ユンソンだ。ヴァランダーは車を降りた。男はなにか叫び、指差しながらヴァランダーに向かって走ってきた。呼吸が臭かった。

「そこにいてください」と言うと、ヴァランダーはATMのほうへ歩み寄った。

アスファルトに横たわっている男は裸だった。ティネス・ファルクに間違いなかった。うつぶせで、手は体の下にあった。頭は左にねじ曲げられている。ヴァランダーは警察官たちに立入禁止のテープを張り巡らすようにと命じた。ニルス・ユンソンから目撃証言をとるようにとも言った。彼自身は体力の限界だった。ニルス・ユンソンからはすでに重要なことは聞いていた。ここに死体を運んできた者たちは人目につかないように注意したに決まっている。だが、スーパーには夜警がいる。ティネス・ファルクが最初に見つかったとき通報してきたのも夜警だった。

ヴァランダーはいままで一度もこんな経験をしたことがなかった。同じ死体が二度も見つかるなど。死体が戻ってくるなど。

どういうことなのだろう。ヴァランダーはゆっくりと死体のまわりを一周した。まるでティネス・ファルクがむっくり起き上がるのを待つかのように。

これは神のように自分自身をあがめた人間の姿でもあるわけだ。ティネス・ファルク。あんたは自分自身を拝んでいたのか。シーヴ・エリクソンによれば、あんたは高齢まで生きるつもりでいたとか。だが、現実はおれの年齢までも生きられなかった。ニーベリが車でやってきた。死体を長い間凝視し、それからヴァランダーを見上げて言った。

「この男、死んでいなかったのか？　どうやってここに戻ってきたんだ？　このATMの前に埋められたいというのか？　どういうことなんだ？」

ヴァランダーは答えなかった。言うべき言葉が見つからなかった。そのときマーティンソンの車がパトカーの後ろに急停車するのが見えた。ヴァランダーは彼のほうへ急いだ。マーティンソンが車から降りた。ジャージの上下姿だ。ヴァランダーが着ている彼の上着にシミができているのを不愉快そうに見たが、なにも言わなかった。

「いったい、なにが起きたんですか？」

「ティネス・ファルクが戻ってきた」

「冗談はやめてください」

「おれは冗談など言わない。ティネス・ファルクが最初に発見された場所に横たわっている」

彼らはＡＴＭの前まで行った。ニーベリが電話で話している。鑑識の係官を起こしているのだ。ヴァランダーはまたここでニーベリが過労で意識不明になるのを見ることになるかもしれないと不安になった。

「一つ訊きたいことがある。ティネス・ファルクは最初のときと同じ形で倒れているか？」

マーティンソンはうなずき、死体のまわりをゆっくり歩いた。マーティンソンの記憶力はすこぶるいいとヴァランダーは知っている。だが、マーティンソンは首を振った。

「前のときは、ＡＴＭにもっと近いところに倒れていました。そして片方の脚が曲がってました」

「たしかか？」

「はい」

ヴァランダーは考えた。

「検視医を待つ必要はない。この男は一週間ほど前に死亡が宣告された。ここでわれわれが死体を仰向けにしても、文句を言われることはないだろう」

マーティンソンは不安そうだったが、ヴァランダーは結論を出した。これ以上待つ必要はまったくなかった。ニーベリが写真を撮り終わるのを待って、死体を裏返した。マーティンソンが後ろにのけぞった。ヴァランダーにもその理由がすぐにわかった。指が欠けていた。右手の人差し指、左手の中指がなかった。ヴァランダーは立ち上がった。

「どんな人間がこのようなことをするんだ？」マーティンソンがうなった。「死体を損傷させるとは」

「わからない」ヴァランダーが言った。「だが、もちろんこれにはなにか意味があるにちがいない。死んだ人間を盗み出し、また元に戻すのと同じように、こんな行為にもきっとなにか意味があるにちがいないのだ」

マーティンソンが青ざめている。ヴァランダーは彼を片隅に呼んだ。

「最初に死体を発見した夜警を見つけなければならない。夜警の警備スケジュールも。警備員は何時にこの場所を通るのか？　それがわかれば、だいたいいつ死体がここに置かれたのかがわかる」

「今回はだれが見つけたんですか？」

「車で通りかかったトレレボリに住むニルス・ユンソンという男だ」

「ＡＴＭから金をおろそうとしたんですか？」

「いや、ガソリンを入れようとしたのだと言っている。心臓が悪いのだそうだ」

「いまここで死んでもらっちゃ困ります。これ以上対処できません」

ヴァランダーはニルス・ユンソンから話を聞いた警官のほうへ行った。思ったとおり、警官は新しい情報は訊き出せなかった。

「あの男、どうしましょうか？」

「もう行ってもらっていい。必要な話はぜんぶ聞いた」

ニルス・ユンソンは爆音を立てて、車を急発進させた。クリシャンスタまで無事行けるだろうか？　途中で心臓が止まってしまいはしないか？

マーティンソンが警備会社の話を聞いてきた。

「ここを十一時に通り過ぎた警備員がいたらしいです」マーティンソンが言った。もうすでに十二時半になっていた。通報が来たのは十二時だった。ニルス・ユンソンは死体を見つけたのはだいたい十一時四十五分ごろだと言った。時間はだいたい合っている。

「最大一時間、死体はここにあったということになるな。ここに運んできた人間たちは、夜警が何時ごろここを通り過ぎるのかを知っていたにちがいない」

「人間たち？　複数ですか？」マーティンソンが訊いた。

「一人じゃないだろう。ほぼ確信がある」

「目撃者が見つかる可能性はあるでしょうか？」

「あまり期待できないな。ここは居住地区じゃないから、窓から見えたと言う者もいないだろう。それに真夜中のことだ。ここを歩いていた人間はいなかったとしてもおかしくない」

「でも、犬の散歩をさせていた人はいたかも」

「そうだな」

「車に気がついたかもしれませんよ。なにか変だと思ったとか。犬を飼っている人間はたいてい習慣に従って歩いているものです。毎日同じ道を同じ時刻に。彼らならいつもとちがうものに気づくかもしれない」

ヴァランダーはうなずいた。目撃者はいるかもしれない。

「明日の晩、ここにだれか一人配置しよう。犬の散歩の人間、ジョギングする者をぜんぶ職務質問するんだ」

「ハンソンは犬が好きですよ」マーティンソンが言った。

おれもそうだ。だが明日の晩ここに立つのは勘弁してほしいとヴァランダーは思った。

立入禁止の手前で車が一台停まり、中からジャージ姿の若者が出てきた。サッカーの練習に出かけるときのマーティンソンと同じような格好だった。

「日曜から月曜の夜中の警備員ですよ。今晩は非番だったので、来てもらいました」

マーティンソンはそう言って、警備員の男のほうへ行った。ヴァランダーは死体のそばに戻った。

「死体から指を切り落とすなんて。まったく気持ち悪い事件だ」ニーベリが言う。

ヴァランダーはうなずいた。

「あんたが医者じゃないことは承知だが、いま切り落とすと言ったな？」

「ああ。スパッと切り落とされている。もちろん、刃物じゃなく、大きなペンチかもしれないが。医者が診ればわかるだろう。彼女はこっちに向かっている」

「彼女？　スサンヌ・ベクセルか？」

「名前までは知らない」

三十分後、医者が到着した。やはりスサンヌ・ベクセルだった。ヴァランダーは状況を説明した。そのときニーベリが電話で呼んだ警察犬と警官がやってきた。現場周辺で指を捜させるという。

「わたしはここでなにもすることがないわ。死んだ人間は死んだ人間ですからね」

「手を見てください。指が二本なくなっています」

ニーベリがまたタバコを吸いはじめた。ヴァランダーは自分がどれほど疲れているのか、もう感じなくなっているのに気がついた。警察犬があたりを嗅ぎまわっている。ずっと前に、警察犬が黒い皮膚の指を見つけたことがあったのを思い出した。何年前のことだろう？　五年前か、十年前か、思い出せない。

医者は手早く仕事を済ませた。

「これは大きなペンチでちょん切ったのね。ここでやられたのか、別の場所だったのか、それはわかりませんけど」

「ここじゃないな」ニーベリがきっぱりと言った。

だれもなにも言わなかった。また、だれもなぜ彼がそんなに確信がもてるのか、訊かなかった。

医者は立ち上がった。死体を運搬する車もやってきて、死体は車内に動かされた。

「二度とモルグから運び出されることのないように。少しでも早く埋葬されるといいのだが」ヴァランダーが言った。

医者と運搬車は立ち去った。警察犬もなんの成果も上げなかった。

「もしこの辺にあったら、必ず見つけたはずです」犬を連れた警官が言った。

「明日、もう一度頼む」ソニャ・フークベリのハンドバッグのこともある、とヴァランダーは思った。指をちょん切った人間も、ここから少し離れたところに投げ捨てたかもしれない。おれたちに面倒な思いをさせるために。

一時四十五分になった。日曜から月曜日の夜警の男も家に帰った。

「夜警も言っていました。月曜日に見つけたときの死体の形はちがっていたと」

「ということは少なくとも二つのことが言えるな」ヴァランダーが言った。「一つは、犯人たちは最初のときのような形に死体を置くことにこだわらなかったということ。もう一つは最初のときにティネス・ファルクがどんな形で死んでいたかを知らなかったということだ」

「しかし、なぜです？　なぜ死体が元の場所に戻されたんですか？」マーティンソンが顔をしかめた。

「わからない。とにかくいまは帰って寝よう」ヴァランダーが言った。

ニーベリは鑑識カバンに道具を戻しはじめた。今晩二度目のことだった。立入禁止のテープは翌日までそのままにしておくことにした。

「明朝八時だ」ヴァランダーが声をかけた。

全員その場から立ち去った。

ヴァランダーは家に帰り、紅茶をいれた。半分だけ飲んで、ベッドへ行き、体を横たえた。背中と脚が痛む。街灯が窓の外で揺れるのが見える。

眠りに落ちかかったとき、急にぎくりとして目が覚めた。なぜ目が覚めたのか、わからなかった。耳を澄ました。外からではなく、彼自身の中からの声だとわかった。

ちょん切られた指と関係がある。

彼はベッドの上に起き上がった。時計は二時二十分を指していた。

いま知りたい。明日まで待てない。

ベッドを出て台所へ行った。電話帳はテーブルの上にあった。探している番号は一分もかからずに見つかった。

18

シーヴ・エリクソンは眠っていた。やはりもう遅すぎたかと思い、電話を切ろうとした十一回目の呼び出し音で相手が出た。

「クルト・ヴァランダーですが」

「だれ？」

「さきほどお邪魔したヴァランダーです」

ゆっくりと目を覚ましたようだった。

「ああ、警察のかたね。いま何時ですか？」

「二時半です。とても重要なことなので、待てないのです」

「なにか起きたのですか？」

「死体が見つかりました」

受話器からガサガサという音が聞こえた。彼女が起き上がった音だ。

「もう一度言ってくださる？」

「ティネス・ファルクの死体が見つかったのです」

そう言った瞬間、シーヴ・エリクソンはファルクの死体が消えたのを知らないことを思い出した。疲れていて、彼女に会ったときにそのことについて話さなかったのを忘れていた。

彼は説明した。彼女はただ聴き入った。

「この話、本当なのですか？」話を聞き終わって彼女は訊いた。

「おかしな話に聞こえると思いますが、すべて真実です」

「だれがそんなことをするんです？　それになにより、なぜ？」

「われわれにとっても不可解なことです」

「そしていま、彼の死体が、もともと発見されたところに戻されていたというのですか？」

「そうです」

「なんていうこと！」

彼女の息遣いが聞こえてくる。

「でも、だれが、どうやって？」

「それはわれわれにもわかりません。しかし、いま私が電話しているのは、どうしても知りたいことがあるためです」

「これからこっちにいらっしゃるつもり？」

「いいえ、電話でじゅうぶんです」

「なにについて知りたいの？　あなたは眠らないんですか？」

「時間がないとそういうこともあります。これから私が訊くことは、ちょっと奇妙に聞こえるかもしれません」

「わたし、あなたという人のすべてが奇妙だと思うわ。いまお聞きした話と同じくらい変だと。夜中ですから、正直に言わせてもらいますけど」

ヴァランダーはがーんと頭を殴られたような気がした。

「なにを言われているのか、わからない」

シーヴ・エリクソンは笑った。

「そんなにまじめにとらないで。ただ、明らかにのどが渇いていると見えるのに、飲み物を勧めるといらないと言ったり、どう見てもすごくおなかが空いているようなのに、食べ物を勧めるとおなかが空いていないと断ったりする人って、わたしはおかしいと思うの」

「もし私のことを言っているのなら、私は本当にのども乾いていなかったし、空腹でもなかった」

「ほかにだれがいるというの？」

ヴァランダーはなぜ自分は正直に言わなかったのだろうと思った。なにを恐れているのか？こっちの言うことをやはり彼女は信じていなかったのだ。

「お気に障りました？」

「いいや、まったく。質問してもいいですか？」

「ええ、どうぞ」

「ティネス・ファルクがキーボードを打つときの様子を話してください」

「それが質問ですか？」

「はい。答えがほしいのです」

「とくに変わったところはなかったと思いますけど？」

「キーボードに向かうとき、人はいろいろな打ちかたをする。よく描かれる例に、警察官は指一本で古いタイプライターのキーボードをポツポツと打つというのがあります」

「ああ、そういうこと？　いま、意味がわかりました」

「ティネスは指ぜんぶを使って打ちましたか？」

「パソコンのキーボードを打つとき、指ぜんぶを使う人って少ないかも」

「彼もまた何本かの指だけ使ったということ？」

「ええ」

ヴァランダーは緊張した。これからが彼のいちばん知りたいところだ。

「どの指を使いました？」

「ちょっと考えさせて。正しい答えが言えるように」

ヴァランダーは緊張したまま待った。

「両手の人差し指」シーヴ・エリクソンは言った。

ヴァランダーは落胆した。

「たしかですか？」

「いいえ、あんまり自信ないわ」

「正しい答えがほしいのです。重要です」

「キーボードに向かった彼の姿を思い浮かべているの」

「時間をかけてけっこうです」

目が覚めたらしい。一生懸命思い出そうとしているのがわかる。

「少し経ったら、こちらからお電話します。ちょっと不確かな気がするので、パソコンの前に座ってみます。そのほうが思い出せると思うのです」シーヴ・エリクソンが言った。

ヴァランダーは家の電話番号を教えた。

そのまま台所で待った。激しい頭痛がする。今晩は早くベッドに就いて長時間眠ろう。なにがあっても。ニーベリはどうしているだろう。眠っているか、それとも眠れずに寝返りを打っているか。

十分後、彼女から電話がきた。ジャーナリストかもしれないというのが最初の反応で、彼は電話の音にぎくりとした。だが、それには早すぎた。ジャーナリストたちは朝早いが、四時半前にかけてくることはない。受話器を取った彼に、シーヴ・エリクソンは口早に言った。

「右手は人差し指、左手は中指です」

ヴァランダーは真剣に訊いた。

「たしかですか？」

「ええ。とても変わった打ちかたなので。でも、彼はそうして打ってました」

「よかった。この答えは非常に重要なのです」

「この答えでよかったの？」

「一つの疑問が解けました」ヴァランダーが答えた。

「ますます好奇心が湧いてきたわ」

ヴァランダーは切られた指のことを彼女に話そうかと思ったが、やめることにした。

「残念ながら、これ以上話すことができないのです。とにかくいまはまだ」

「いったいなにが起きたのですか?」

「それを調べているのですよ。ではあとで仕事のリストをお願いします。おやすみなさい」

「おやすみなさい」

ヴァランダーは立ち上がり、窓辺に行った。気温は少し上がっている。プラス七度。風はまだ吹いている。雨も降りだしている。三時数分前。ヴァランダーはベッドに戻った。切られた指がしばらく頭の中で踊っていたが、その後やっと眠りに落ちた。


ルンナーストルムス・トリィの建物の陰に潜んでいた男は、ゆっくりと呼吸を数えた。子どものころからの習慣だった。呼吸と落ち着きは比例する。待つことが大事なときこそ、ゆっくりと呼吸しなければならない。

自分の呼吸に耳を傾けるのはまた、不安を制御する方法でもあった。あまりにもたくさんの想定外の出来事が起きた。完璧な準備というものはあり得なくても、ティネス・ファルクの突然の死は大きな痛手だった。いま彼らは状況の立て直しを図っている。まもなくすべてがふたたび統制されるだろう。時間が足りなくなりはじめている。だがもしまた予測不能のことが起きなければ、計画は予定どおり達成できるはずだ。彼はある男を尊敬し、恐れてもいた。遠い熱帯の闇の中に潜んでいる男。すべてが彼の手中にある。男には会ったこともない。失敗は許されない。

それはあの男が承知しない。

だが、失敗するはずがない。何者もこの計画の中枢であるコンピュータに入り込むことができないからだ。自分の不安には根拠がない。

ファルクのアパートであの警察官を撃ちそこねたのは失敗だった。だが、それによって計画の安全が脅かされることはない。おそらくあの警官はなにも知らないだろう。もちろん百パーセント安心することはできないが。

ファルク自身から聞いたことがある。なにごとも完璧に確実ということはないと。彼は死んでしまった。その死がなによりもそのことを物語っている。なにごとも完璧に確実ということはないことを。

用心しなければならない。いまでは一人ですべてを決断しなければならなくなった男から警戒せよと言われた。あの警察官をもう一度攻撃して、もし死んでしまったら、不必要な注目を引いてしまう。それに警察がことの真相を知っているという危険性は万に一つもない。

彼はアペルベリス・ガータンの建物をうかがっていた。ファルクの自宅からルンナーストルムス・トリィまであの警察官のあとをつけてきた。秘密のオフィスが見つかるのは予測していたことだった。そのあと、もう一人の人間がやってきた。男はいくつかカバンを持ってきた。

警察官はそのあと一時間ほどいなくなったが、まもなく戻ってきた。十時半前に彼らはファルクのオフィスを出ていった。

彼は辛抱強くそれから一時間ほど呼吸を数えた。三時になりあたりは静まり返った。風が冷たかった。いまだれかが来ることは考えられなかった。そっと建物の陰から出ると、通りを渡った。建物の正面ドアの鍵を開け、階段を音もなく最上階まで上がった。手袋をした手でファルクの部屋の鍵を開けた。中に入り、持参した懐中電灯をつけて部屋の壁をぐるりと見まわした。奥の部屋のドアが見つかったとみえる。それは想定内だった。確とした理由はなかったが、彼は昼間あの警察官に敬意を感じた。若くはないのに、彼はすばやく動いた。これもまた彼は若いときに学んだ知恵だった。敵を甘く見ることは、決定的な間違いであるということだ。

懐中電灯でパソコンを照らした。それから電源を入れた。モニターに明かりがついた。最後にこのパソコンが使われたのはいつか、調べた。六日前だった。ということは、警察はまだこのパソコンを始動させてもいないことになる。

まだ安心することはできない。時間の問題かもしれないし、だれかパソコンのスペシャリストを呼ぶつもりかもしれない。不安が戻ってきた。だが、心の中で、彼はこのパソコンのコードは何者にも破ることができないと知っていた。

千年やってみたところで同じだ。極端に優れた直感の人間がいれば別だが、あるいはいままで聞いたことのない話にも鋭い直感を働かせることができる警官がいれば。だが、そんなことは考えられない。とくに、警察はいまなにを探したらいいのかすら、わからないはずだ。それに、彼らはこのパソコンにどんな力がひそんでいるかを知らないのだから。

男はやってきたときと同様に音もなくアパートを出た。

それからふたたび闇の中に姿を消した。


ヴァランダーは寝過ごしたと思って飛び起きた。が、時計を見るとまだ六時五分過ぎ。あれからちょうど三時間眠ったことになる。また頭を枕に戻した。睡眠不足で頭が重い。あと十分。せめて七分。いまはまだ起きられない。

それからしかたがなく起き上がり、よろけながら浴室に入った。目が充血している。シャワーの下に立って、馬のように重く壁に寄りかかった。ゆっくりと目が覚めてきた。

七時五分前、警察署の駐車場に車を入れた。雨はまだ続いている。ハンソンが意外にもいつもよりずっと早く到着していた。受付に立って、新聞をめくっている。スーツにネクタイ姿だ。いつもはよれよれのマンチェスターのズボンにアイロンを当てていないシャツ姿なのだが。

「今日は誕生日か？」ヴァランダーは驚いて訊いた。

ハンソンは首を振った。

「この間、偶然に鏡に映った自分の姿を見たんだ。ひどい格好だった。なんとかしなくちゃと思った。それに今日は土曜日だ。いつまで続くかわからないがね」

二人はそろって食堂へ行き、いつものようにコーヒーを飲んだ。ヴァランダーは夜中の出来事を話した。

「どう考えてもとんでもない話だな。なぜ死んだ男を盗み出してから、もともと倒れていた場所に戻したりするんだ？」

「それを調べるのが給料をもらっている警官の仕事だってわけだ。そう言えば、あんたは今晩犬探しをすることになっているぞ」

「なんのこった？」

「もともとはマーティンソンのアイディアなんだが、正確にはこうだ。ＡＴＭのあるミスンナヴェーゲンを犬の散歩で夜中に通った人間がいるんじゃないかということだ。それであんたにあそこに立って、夜中に犬を散歩させる人間を職務質問してもらおうということになったんだ」

「なんで、おれなんだ？」

「犬が好きだろう？　そうじゃなかったか？」

「おれは今晩じつは出かけるんだ。今日は土曜日だからな。あんたが気がついているかどうかわからんが」

「両方できるさ。十一時にそこにいてくれればじゅうぶんだ」

ハンソンはうなずいた。ヴァランダーはこの同僚が特別に好きというわけではなかったが、本当に必要なときはいつでも仕事を拒まないことだけはありがたかった。

「八時から会議だ。いままでのことを徹底的に見直すんだ」ヴァランダーが言った。

「それ以外になにをやってるというんだ？　いつだってそうしてるだろう。それでも、どうしても突破口が見つからないんだからな」

ヴァランダーは自室へ行き、机に向かった。だがすぐに、ノートをそばに押しやった。なにを書いたらいいかわからなかった。どの方向へ進んだらいいか、まったくわからない。こんなことはかつてなかった。まずタクシー運転手が殺された。次に、彼を殺した人間が殺された。銀行のATMの前で男が一人死んでいた。男の死体が盗み出されたかと思うと、元の場所にまた戻された。指が二本切り取られていた。それは彼がキーボードを打つときに使う指二本だった。スコーネで広範囲に停電があった。変電所で焼死体がみつかった。三人の死と出来事にいくつかの繋《つな》がりが見える。が、その理由がわからない。これらに加えて、ヴァランダー自身が撃たれた。初めから当たらないように狙った警告の発砲ではなかった。狙撃者は彼を殺すつもりだった。

このどれもが変なのだ。どれが始まりで、どれが終わりなのかわからない。なにより、なぜこれらの人間が死んだのか、その理由がわからない。どこかに動機があるにちがいないのだ。

彼は立ち上がり、コーヒーカップを持ったまま窓辺へ行った。

リードベリだったらどうしただろうか？　アドバイスをくれただろうか？　どう進んだだろう。それともいまのおれと同じように途方に暮れただろうか？

いままでとちがって、リードベリだったら、と思ってもアイディアは浮かばなかった。リードベリは沈黙したままだった。

七時半になった。ヴァランダーはふたたび机に向かった。会議の準備をしなければならない。会議を進めるのは彼の仕事だった。事件を別の方角から見るために、彼は出来事をさかのぼってみた。いちばん底にあるのはなにか？　なにとなにが関係あるように見えるか？　一つの核のまわりをいくつものサテライトが軌道をぐるぐる回りながら一つのプラネットを作っているように見える。問題は核が見つからないことだ。そこはただ大きなブラックホールになっている。

事件にはいつも主要な人物がいるものだ、とヴァランダーは思った。すべての役割が重要なわけではない。死んだ人間の中には端役もいる。だが、だれがなんの役割をしているんだ？　そもそもこの芝居はなんなのだ？　これらすべての出来事はなんなのだ？

ふたたび振り出しに戻った。唯一間違いないと思えることは、彼への発砲はこの芝居の中心ではないということだけだった。いや、もう一つ、タクシー運転手の殺害も、すべての事件の発端ではないという気がする。

ということは、ティネス・ファルクが残る。彼とソニャ・フークベリの間にはリンクがある。壊れた継電器と変電所の図面だ。この二つにへばりついていよう。このリンクは危ういし、不可解なものだが、それでも間違いなく繋がっている。

彼はノートをそばに置いた。おれは目に映るものが理解できていない、と首を振った。そのまま数分間動かなかった。廊下からアン＝ブリットの笑い声が聞こえた。久しぶりの笑い声だった。書類をまとめて、会議室へ向かった。

土曜日、三時間にわたって初めから徹底的に検証した。しだいに重苦しい空気が消えていった。

八時半ごろ、ニーベリがやってきた。無言のまま、彼はヴァランダーと反対側のテーブルの短いほうの一辺に腰を下ろした。ヴァランダーは彼と目を合わせた。ニーベリは首を振って、とくに発表することはないことを知らせた。

さまざまな方向から検討がなされた。だが、地盤はどれも不安定だった。

「何者かがわたしたちを目くらましの道に誘導しているのかしら？」休憩時間になったとき、アン＝ブリットが言った。「もしかすると、本当はもっと単純な事件なのかもしれませんよ。動機さえわかれば」

「どの件の動機？」マーティンソンが声を上げた。「タクシー運転手から金を盗ったやつらと若い娘を焼き殺したやつとが同じ動機とは思えない。それにティネス・ファルクが本当に殴り殺されたのか、確実じゃない。彼は自然死だったんじゃないかな。またはなにか事故が起きたんじゃないか」

「ティネス・ファルクが殺されたのなら、ことはもっと簡単だ」ヴァランダーが言った。「そうだったら、われわれはこれらを連続殺人事件として扱うことができるからな」

休憩時間が終わり、彼らは窓を閉めて席に着いた。

「もっとも深刻なのはやっぱり、何者かがあなたを殺そうとしたことですよ」アン＝ブリットが言った。「押し込みに入ろうとした者が、邪魔と見なす相手を殺すことは、実際にはめったにないことですからね」

「それがほかのことと比べてどれほど深刻かはわからないが、とにかくこれは、背景にいる者たちは目的達成のためなら手段を選ばないことをあらためて示していることはたしかだ。その目的がなんであれ」

一同は資料をひっくり返してしばらく討議を続けた。ヴァランダーは多くはしゃべらなかったが、みなの意見によく耳を傾けた。むずかしい殺人事件の捜査が、このような討議の場で、ちょっとした言葉やふとした譬《たと》え話からまったく別の方向へ展開したことがいままでに何度となくあったからだ。入り口、出口、なにより核心を求めて討議は続いた。いまはただ大きなブラックホールにすぎない事件の核心を求めて、長い苦しい上り坂を辛抱して進むよりほかに道はないのだ。

最後の一時間、彼らはいままでの討議をまとめ、一人ひとりがいままでの仕事とこれからやるべき仕事を報告した。十一時ちょっと前、ヴァランダーはみんな疲れ切っていると思った。

「解決まで時間がかかるだろう。もっと人員を増やさなければならなくなるかもしれない。このことは署長と話すつもりだ。会議はここまでにしよう。ただ、今日も明日も休めない。このまま捜査を続ける」

ハンソンは検事に状況説明に行った。休憩時間にヴァランダーはマーティンソンに会議が終わったらルンナーストルムス・トリィにいっしょに来るように言っておいた。マーティンソンは家に電話するために自室へ行き、ニーベリはしばらくテーブルの端から動かず、薄くなった毛に両手を突っ込んでいたが、しばらくすると無言のまま立ち去った。アン＝ブリットが一人残った。ヴァランダーは、彼女は一人になるのを待っていたのだと思った。ドアを閉めた。

「考えたことがあります。あなたを撃った男のことですが」

「なんだ？」

「あなたを見たわけですよね。そして迷いなくあなたを撃った」

「そのことはあまり考えたくない」

「でも、考えなくちゃだめです」

ヴァランダーは彼女に注意を向けた。

「どういう意味だ？」

「もう少し警戒しなくちゃだめということですよ。その男が不意をつかれて驚いて撃ったということももちろん考えられるけど、そうではなくて、あなたがなにか知っていると思って、あなたを消すために撃ったのかもしれない。だとすれば、また狙われるということですよ」

自分でそれに気がつかなかったことが信じられなかった。彼は急に恐ろしくなった。

「怖がらせたくはないんですけど、やっぱり、言っておくほうがいいと思って」

ヴァランダーはうなずいた。

「わかった。その男が、おれがなにを知っていると思ったのかが問題だな」

「もしかするとその男が正しいのかもしれない。あなたは自分では気づかないままなにかを見ているのかも」

ヴァランダーの頭にほかのことが浮かんだ。

「アペルベリス・ガータンとルンナーストルムス・トリィに見張りをつけるべきかもしれない。パトカーではなく、目立たない車を配置するんだ。念のために」

彼女は同意し、手配しに行った。ヴァランダーは恐怖を胸に抱いたままその場に残った。リンダのことを思った。それから首をすくめると、マーティンソンと落ち合うために受付に向かった。

十二時前に、彼らはルンナーストルムス・トリィのファルクのオフィスに入った。マーティンソンはすぐにもパソコンに向かいたい様子だったが、ヴァランダーはまず祭壇が隠された部屋を彼に見せた。

「電子の宇宙は人を狂わせますからね」と言って、マーティンソンは首を振った。「この要塞のようなオフィスそのものが不気味ですよ」

ヴァランダーは答えず、いまマーティンソンから聞いた言葉のことを考えた。彼の使った言葉。宇宙。同じ言葉をティネス・ファルクは日誌に書いていた。

今日の宇宙は静かだった。友人たちから知らせがなかった。

知らせとは？　なんの知らせだろう？　それを知りたいものだ。

マーティンソンは上着を脱いで、パソコンに向かった。ヴァランダーは斜め後ろに立った。

「かなり高度なプログラムが入っている」パソコンの電源を入れてすぐにマーティンソンが言った。「そしてこのコンピュータはおそらくものすごいスピードで機能する。もしかすると自分の手には負えないかもしれない」

「それでもやってみてくれないか。できないときは本庁のＩＴ部門のエキスパートを呼ぼう」

マーティンソンは答えず、パソコンをじっと睨《にら》みつけている。それから立ち上がって、パソコンの裏面を調べた。ヴァランダーはマーティンソンの動きを目で追った。マーティンソンがいすに戻ると、コンピュータの画面が明るくなった。アイコンがいくつも浮かび上がっては消え、しまいに画面は無数の星が光る夜空のようになった。

「電源を入れると、自動的にサーバーに繫がるようです」

またもや宇宙だ。ティネス・ファルクは終始一貫している。

「私がしようとしていることを説明しましょうか？」マーティンソンが訊いた。

「聞いても、理解できないだろうよ」

マーティンソンはハードディスクをクリックした。記号化されたファイル名がいくつか現れた。ヴァランダーは眼鏡をかけてマーティンソンの背後から身を乗り出した。だが、見えるのは数字とアルファベットの組み合わせだけだった。マーティンソンは画面の左側のファイルをクリックして開けようとした。

「どうした？」

マーティンソンは画面の右側を指差した。小さな明かりが点滅している。

「たしかではないですが、われわれが不法にファイルを開けようとしているのを認識できる人間がどこかにいるのかもしれない」

「どうしてそれがわかる?」

「このパソコンはほかのコンピュータと繋がっている恐れがあります」

「ということは、いまわれわれがこのコンピュータに侵入しようとしている動きを、ほかのコンピュータがキャッチしているということか?」

「そういうことです」

「そのパソコンはどこにあるんだ?」

「どこにでも。カリフォルニアの田舎かもしれないし、オーストラリアの島かもしれない。いや、このアパートの下の階にあるかもしれないんです」

ヴァランダーは信じられないというように首を振った。

「おれには理解できない」

「パソコンとインターネットがあればどこにいようと世界の中心になれるんです」

「このパソコンに入り込めるか?」

マーティンソンはさまざまな手段を試しはじめた。ヴァランダーは待った。十分後、マーティンソンはいすを後ろに引いた。

「すべてロックされています。どの入り口にも複雑なコードが仕掛けてあって、入り込むことができません」

「ということは、ギブアップということか?」

マーティンソンは笑いを浮かべた。

「いいえ、まだです。もう少しやってみます」

マーティンソンはふたたびキーボードに向かったが、まもなく驚きの声を上げた。

「どうした?」ヴァランダーが後ろから声をかけた。

マーティンソンが眉を寄せてパソコンを見ている。

「よくわかりませんが、数時間前にこのパソコンを使った人間がいるようです」

「どうしてそれがわかる?」

「説明してもわからないかもしれません」

「数時間前に? たしかか?」

「いいえ、まだたしかでは」

十分ほどしてマーティンソンは立ち上がった。

「たしかです。何者かがこのパソコンを使っています。今日の夜明け前に」

「たしかか?」

「はい」

二人は顔を見合わせた。

「ということは、ファルク以外にこのパソコンを使える人間がいるということだ」

「重要なのは、その人物は正しく入ったのであって、侵入したのではないという点です」

ヴァランダーは黙ってうなずいた。

「どう考えたらいいのでしょう?」マーティンソンが訊いた。

「わからない。まだなにもわからない」ヴァランダーがつぶやいた。

マーティンソンはまたパソコンに向かってキーボードを打ちはじめた。


四時半、彼らは休みをとった。マーティンソンはいっしょに家で食事をしないかとヴァランダーを誘った。六時半、彼らは食事を終えてふたたびルンナーストルムス・トリィのアパートに戻った。ヴァランダーは自分がここにいることには意味がないことを知っていたが、マーティンソンを一人おいて帰るわけにもいかなかった。

夜の十時になって、とうとうマーティンソンがギブアップした。

「どうしても侵入できません。いままで一度もこれほど強固にガードされているシステムを見たことがない。この中には電子のバラ線が何千メートルも張り巡らされている。どうしても破ることができない防火壁《ファイアーウォール》が築かれているんです」

「わかった。それでは本庁のITエキスパートに訊くしかないな」ヴァランダーが言った。

「そうですね……」マーティンソンはためらいの様子を見せた。

「ほかになにか？」ヴァランダーがすばやく訊いた。

「一つだけ手段があるにはあるんです。ローベルト・モディーンという若者で、ルーデルップに住んでいる。あなたのお父さんが住んでいた家からさほど遠くないところです」

「だれなんだ、そのローベルト・モディーンとかいうのは？」

「一見どこにでもいる平凡な十九歳の若者です。たしか二週間ほど前に、刑務所から出てきたばかりです」

ヴァランダーは首を傾げてマーティンソンを見た。

「なぜその若者が代替案なんだ？」

「彼は去年ペンタゴンのスーパーコンピュータに入り込んだハッカーなんです。禁じられているコンピュータ世界に侵入できる、ヨーロッパでもっとも危険なハッカーの一人に数え上げられている男です」

ヴァランダーは迷った。しかし、マーティンソンの提案はじつに魅力的だった。彼は腹を決めた。

「連れてきてくれ。その間におれはハンソンが昨夜犬を散歩させた人間を見つけたかどうか、訊きに行ってくる」

マーティンソンはルーデルップへ出かけていった。

ヴァランダーは通りを見まわした。車が一台、少し離れたところに停まっていた。彼は片手を挙げてあいさつを送った。

その瞬間、アン＝ブリットの言葉を思い出した。警戒するべきだと。

もう一度あたりを見まわした。そしてミスンナヴェーゲンへ向かって歩きだした。

小雨がやっと止んだ。

19

ハンソンは車を税務署前に停めていた。

ヴァランダーは遠くから彼の姿を認めた。街灯の下に立って新聞を読んでいる。どこから見ても警察官だ、とヴァランダーは思った。仕事の内容まではわからなくても、職務遂行中の警察官だとだれにでもわかる。しかし薄着だな。警察官の黄金の法則《ゴールデンルール》その一は、一日の仕事が終わったとき生きて帰宅できること、その二は外で任務を遂行するときには温かい服装を身につけることだ。

ハンソンは夢中で新聞を読んでいるようだった。ヴァランダーがすぐそばに来るまで気がつかなかった。競馬新聞だった。

「あんたの足音に気づかなかった。いやあ、耳が悪くなったのかなあ」ハンソンが言った。

「競馬はうまくいってるのか？」

「競馬をする連中はみんな、幻想をもっているのさ。自分一人が当てるという夢だよ。だが、馬は思いどおりには走ってくれない。絶対にあり得ない夢なんだ」

「犬のほうはどうだ？」

「いま来たばかりなんだ。まだ一人も散歩させている人間を見かけていない」

ヴァランダーはあたりを見まわして言った。

「おれがイースタに転勤してきたころ、ここは原っぱだった。建物はなんにもなかったな」

「スヴェードベリはいつも言ってたよ。どんなにこの町が変わったか。この町で生まれたんだから当然と言えば当然だが」

二人は黙っていまはもういない同僚のことを思った。いまでもマーティンソンのうなり声が耳に響く。スヴェードベリが自宅で殺されているのを発見したときのことだ。

「スヴェードベリは生きていればそろそろ五十の誕生日を祝うところだ。あんたはいつだ?」

「今年だ」

「おれのことも呼んでくれよな」

「おれはパーティーはやらんよ」

彼らは歩きだした。ヴァランダーはマーティンソンがティネス・ファルクのコンピュータに何時間も入り込もうとしてみたことを話した。ATMのそばまで来て立ち止まった。

「人はすぐに慣れるものだ」ハンソンが言った。「ATMができる前はどうやって金を引き出していたのか、思い出せないほどだよ。そしてATMがあればあるで、この機械がどう機能するのかなどさっぱりわからん。機械の中に小さな銀行員がいて、金を数えたり、支払ったりをぜんぶ手でやっているんじゃないかと想像することさえある」

ヴァランダーはエリック・フークベリの言葉を思い出した。コンピュータ社会の強さともろさは表裏一体と言っていた。先日の夜の停電がなによりの証拠だ。

二人はハンソンの車まで行った。

「それじゃおれはここで。パーティーはどうだった？」

「行かなかったよ」ハンソンが言った。「飲めないんなら、パーティーへ行く意味がないからな」

「だれかに迎えにきてもらえばよかったじゃないか」

ハンソンはヴァランダーを面白そうな顔つきで見た。

「あんたはおれがここに立って通行人に話しかけるとき、酒の臭いをぷんぷん臭わせてもいいというんだな」

「一杯だけだ。酔っぱらってもいいと言ってるわけじゃない」

帰りかけたとき、ハンソンが昼間検事と話をしたことを思い出した。

「ヴィクトルソン、なにか言ってたか？」

「べつに」ハンソンが答えた。

「なにか言ってただろう？」

「いまのところ捜査は特別の方向に絞る必要はないと言ってた。全方向に開いて進めと。想定せずに」

「警察がなんの想定もなく捜査を進めるなんてことはあり得ない」ヴァランダーが言った。

「そんなことぐらいわかっていいはずだ」

「ま、とにかく彼はそう言ってた」

「ほかには？」

「なにも」

ハンソンの答えかたがなにかを避けているように感じられた。なにか隠しているようだ。ヴァランダーは待った。が、ハンソンはそれ以上なにも言わなかった。

「十二時半まででいいだろう。おれは先に帰る。また明日な」

「もっと暖かい服を着てくるべきだった。寒いよ」

「もう秋だからな。すぐに冬がくる」

町のほうに向かって歩きだした。考えれば考えるほど、ハンソンが言わなかったことが気になった。ルンナーストルムス・トリィまで来たころには、どう考えても答えは一つしかないと思った。ヴィクトルソンが例のエヴァ・ペルソンへの〝暴行〟についてなにか言ったにちがいない。内部調査がおこなわれていることについてか。

ハンソンがなにも言わなかったことに腹が立った。だが、意外なことではなかった。ハンソンはいつだって、みんなに好かれようとしてきたから。ヴァランダーは急にがっくりきた。もうやる気がしない。

あたりを見まわした。私服の警察官の車はまだいた。それ以外は車も人もまったく見えない。自分の車まで来ると、ドアを開けて運転席に座った。エンジンをかけようとしたとき、電話が鳴った。慌ててポケットから携帯を取り出した。マーティンソンだった。

「いまどこだ？」

「家に帰っています」

「なぜ？　モリーンに連絡がつかなかったのか？」

「モリーンじゃなく、モディーンです。ためらいを感じたからです」

「なにについて？」

「ご存じのように、規則には外部の人間に安易に仕事をさせてはならないとあります。モディーンは刑務所に入れられていた人間です。たとえそれが一ヵ月であれ」

なるほど、マーティンソンは怖じ気づいたのだ、とヴァランダーは思った。いままでにもあったことだ。意見が合わず、言い争いになったこともあった。ヴァランダーはときにマーティンソンが慎重すぎると思うことがあった。慎重すぎる。本当は臆病すぎると言いたいところだったが。

「モディーンに頼む前に、検事に訊くべきじゃないですか？　少なくとも署長には話すべきだと思うんです」

「おれが責任をとるということは知っているだろう？」

「それでもです」

それはすでに決断を下した口調だった。

「それじゃ、おれにモディーンの住所を教えてくれ。それで、あんたはこのことに関係ないということにしよう」

「明日まで待つべきじゃないですか？」

「いや、だめだ。時間がどんどんなくなる。おれはあのパソコンになにが入っているのか、少しでも早く知りたいんだ」

「個人的な意見を言わせてもらいます。あなたは家に帰って眠るべきです。自分の顔を鏡で見たことありますか？」

「ああ、わかっている。とにかく住所をくれ」

グラブポケットを開けてペンを探した。グリルバーのナプキンや紙皿があふれるほど詰まっていた。ヴァランダーはガソリンスタンドの領収書の裏に住所を書きつけた。

「もう夜中の十二時ですよ」マーティンソンが言った。

「ああ、知っている。それじゃ」

ヴァランダーは通話を終わらせ、携帯電話を助手席に置いた。エンジンをかけようとしたが、やめてそのまま座り続けた。マーティンソンは正しい。いまおれに必要なのはなによりも睡眠だ。いまルーデルルップへ行ってどうする？ ローベルト・モディーンはおそらく眠っているだろう。朝まで待とう。

そう思いながらも、イースタから車を出し、ルーデルルップへ向かった。

怒りをぶつけるように、猛スピードで車を走らせた。自分で決めたことにさえ従うことができない自分に腹を立てながら。

住所を書きつけた紙が助手席にある。だが、マーティンソンが住所を言いだしたとき、ヴァランダーはすぐにその家がどこにあるかわかった。父親が住んでいた家から二、三キロのところだ。ヴァランダーはローベルト・モディーンの父親と話をしたことがあるような気がした。そのときは名前を知っていたわけではなかったが。車のウィンドーを下げて、冷たい風を顔に当てた。いまはハンソンとマーティンソンの二人ともに腹が立つ。二人とも縮み上がっている。自己保身と上司怖さに。

零時十五分、主幹道路から降りてルーデルップに入った。この時間だから、家が寝静まっていることも考えられる。だが苛立ちと立腹で、疲れはとうに吹き飛んでいた。ローベルト・モディーンに会いたい。そしてルンナーストルムス・トリィへ連れて行くのだ。

それは昔の農家のたたずまいを残した、前に大きな庭のある家だった。車からのライトで原っぱにいる一頭の馬が照らし出された。家は白い漆喰塗りだった。家の前にジープと小型車が停まっている。一階の窓のいくつかに明かりが灯っていた。

車を停めて、暗い外に出た。それと同時に家の玄関先の明かりがつき、男が一人出てきた。やはり見覚えのある男だった。思ったとおり、数年前に会っていた。

ヴァランダーは近寄って、あいさつした。男は六十歳ほどで、痩せて背中が丸かった。だがその手は農夫の手ではなかった。

「会ったことがあるね。あんたの父さんがこの近くに住んでいた」モディーンが言った。

「そうですね。前に会っていると思いますが、いつだったか思い出せません」

「あんたのお父さんが畑を徘徊したときのことだ。手に旅行カバンを持ってね」

思い出した。父親が一時的に記憶障害に陥って、イタリアへ旅行すると言いだしたときのことだ。カバンに衣類などを詰め込んで、一人出発したつもりになっていた。モディーンは畑の中をうろうろと歩いていた父親を見つけ、警察に通報してきたのだった。

「お父さんが亡くなってからは会っていないと思うが。家は売れたようだね」

「イェートルードはリンゲに住む姉のところへ移りました。いま住んでいる人のことはなにも知りません」

「ビジネスマンと称している。ストックホルムから来た男だ。だが、どうも見たところ、ほかのことをやってるようだ。自家製の蒸留酒でも造っているんじゃないか」

ヴァランダーは父親のアトリエだった外の小屋が密造酒造りの場所となっているのが見えるような気がした。

「ローベルトのことで来たのだろう？」モディーンがヴァランダーの考えをさえぎるように言った。「あの子はもうじゅうぶんに罰を受けたと思うが？」

「たしかにその件は終わっています。私は別件で彼に会いにきたのです」

「こんどはなにをしでかした？」

「なにも。われわれ警察のほうが彼の力を借りたいのです」

モディーンは驚いた表情を見せた。ほっとしたようでもあった。家に入れというように頭をひねった。ヴァランダーはその後ろからついていった。

「家内は眠っている。耳に栓を入れているのでだいじょうぶだ」モディーンが言った。

そのとき突然、モディーンの職業を思い出した。土地測量士だ。どうして知っていたのかは思い出せなかった。

「ローベルトはいま家にいるんですか？」

「友だちの家のパーティーに出かけているんだが、携帯電話を持っているから連絡できる」

モディーンはヴァランダーを居間に通した。

入ったとたん、ヴァランダーははっとして立ち止まった。父親の絵がソファの上の壁に掛けてあった。キバシライチョウが入っていないほうの絵だった。

「お父さんからもらったものだよ」モディーンが言った。「雪が降り積もったときは、よく彼の家の前まで雪かきをしたものだ。ときには車で訪ねていったこともあった。あれはじつに変わった人だったなあ」

「はい、そのとおりでした」

「私はしかし、彼が好きだった。ああいうタイプの人間はいまではもうあまりいないが」

「つきあいにくい人でしたよ。だが、正直言って、いなくなって寂しいです。たしかにああいうタイプの男はいまではめったにいないですね。そのうち、まったくいなくなるんじゃないですか」

「つきあいにくい？　じゃあ、反対にこう訊こう。つきあいやすい人間などいるか？　私も気難しい、つきあいにくい人間だ。妻に訊いてくれればわかる」

ヴァランダーはソファに腰を下ろした。モディーンはパイプを掃除した。

「ローベルトはいい子だ。一ヵ月の刑は厳しすぎたと私は思う。他愛のない遊びにすぎなかったのだから」

「私は実際どういうことだったのか、わかりません。聞いているのはペンタゴンのコンピュータに入り込んだということだけです」

「あの子はコンピュータに関してはよくできるらしい。最初のパソコンは九歳のときに自分で買ったものだ。イチゴを摘んで稼いだ金で。それ以来、彼はコンピュータの世界に入り浸っている。学校の勉強をおろそかにしないのなら、かまわないと私は思っている。だが、妻は反対だった。こんどのことがあって、妻はほら見たことかと思っているだろう」

話を聞きながら、この男はずいぶん寂しいのだろうな、とヴァランダーは思った。だが、こんな会話を交わす時間はもはやなくなった。

「ローベルトといま連絡をとりたいのですが。彼のコンピュータに関する技術と知識がわれわれの捜査に役立つかもしれないのです」

モディーンは掃除したパイプを口にくわえて、ふっと吹いた。

「どんなことに役立つというのか、訊いてもいいかね?」

「複雑なプログラムに関することだとしか言えないのです」

モディーンはうなずいて立ち上がった。

「これ以上、訊く必要はない」

玄関のほうに出ていった。まもなく、彼が電話で話す声が聞こえた。ヴァランダーは首をひねって、父親の描いた絵をながめた。

シルバーライダーたちはその後どうしたのだろう？　ピカピカ光る派手なアメ車でやってきて、父親の絵をほとんどただのような値段で買い上げていったいかさま画商たち。彼らはその後どうなったのだろう？　派手な服を着込み、大げさな身振り手振りで話していた。もしかすると、ああいう連中だけが埋葬されているような墓場があるのかもしれない。分厚い財布とピカピカのアメ車とともに。

モディーンが戻ってきた。

「息子はもうじき帰ってくる。シリンゲから来るから、少し時間がかかるが」

「なんと言ったんです、息子さんに？」

「そのままに。なにも心配ないが、警察がおまえの協力がほしいと言っていると」

モディーンは腰を下ろした。パイプの火が消えている。

「よっぽど大事な話なのだろうな。夜中に来るのだから」

「そうです。待てない話なので」

モディーンはヴァランダーがそれ以上話せないとわかったらしかった。

「なにか飲むかい？」

「コーヒーがあったら」

「夜中でもいいのか？」

「まだしばらく仕事をするつもりなので。でも、おかまいなく」

「いや、もちろん、コーヒーはすぐに作れるよ」

車が一台家の前で停まったとき、ヴァランダーとモディーンは台所にいた。玄関ドアが開いて、ローベルト・モディーンが入ってきた。

十三歳くらいにしか見えない。短く刈り込んだ頭髪、丸い縁の眼鏡をかけ、身長もあまり高くなかった。父親似で、年とともにますますそっくりになっていくだろう。ジーンズにシャツ、革ジャンパー姿だった。ヴァランダーは立ち上がって、ローベルトと握手した。

「パーティーの邪魔をしてすまなかった」

「いえ、もう終わるところだったので」

父親が立ち上がり、居間のほうへ歩きだした。

「自由に話してくれ」と言って、姿を消した。

「疲れているか？」

「いいえ、べつに」

「これからイースタへ行こうと思うんだが」

「どうしてですか？」

「きみに見てもらいたいものがあるんだ。行く途中で説明するよ」

少年は緊張している。ヴァランダーは笑顔を見せた。

「心配はいらない」

「それじゃ、眼鏡を替えてきます」

ローベルト・モディーンは二階へ上がっていった。ヴァランダーは居間へ行って、父親にコーヒーの礼を言った。

「ローベルトはちゃんと返します。ただ、これから彼をイースタへ連れて行きたいんです」

モディーンは急に心配そうな顔つきになった
「本当にあの子がなにかしでかしたんじゃないだろうね？」

「そんなことはありません。さっき言ったとおりです」

ローベルトが戻ってきた。一時二十分、彼らはイースタへ向かった。少年は助手席にあった電話を動かして、そこに座った。

「あ、だれか、電話してきたようですよ」

ヴァランダーは携帯を受け取り、発信者の名前を見た。ハンソンだった。電話を身につけておくべきだった。

折り返しの電話をかけた。何度も鳴ってから、やっとハンソンが出た。

「起こしたか？」

「もちろん起こしたさ。何時だと思う。夜中の一時半だぞ。おれは十二時半まであそこにいた。あの場に座り込みたいほど疲れたよ」

「電話したな？」

「ああ。話がとれた」

「なに？」

「シェパードを散歩させていた老婦人の話だよ。ティネス・ファルクが死んだあの晩、彼を見かけたそうだ」

「よし。なにか見たと言っているか？」

「ああ。はっきり記憶していた。名前はアルマ・フーグストルム。引退した歯科医だそうだ。ティネス・ファルクのことはよく夜の散歩で見かけたそうだ。彼もまた夜散歩する習慣があったらしい」

「死体が戻された晩のことは？」

「マイクロバスを見かけたと言っている。時間はだいたい十一時半ごろだと。ATMの前に停まっていたらしい。その車が駐車の線を無視して停まっていたので、目についたらしい」

「車の運転者を見たと言っているか？」

「人がいたと思うと言っている」

「思う？」

「たしかじゃないらしい」

「車のことははっきり覚えているのか？」

「朝になったら警察に来るように頼んだ」

「よし。これは有力な情報だ」

「いまどこだ？　もう家か？」

「いや、まだだ。それじゃ、朝会おう」

ヴァランダーがルンナーストルムス・トリィの建物の前に車を停めたのは、二時過ぎだった。前と同じ場所に別の目立たない警察の車が停まっていた。ヴァランダーはあたりに警戒の目を走らせた。なにかが起きれば、ローベルト・モディーンまで危険な目にさらしてしまう。だが、通りに人影はなかった。

車の中で、ヴァランダーは状況を説明した。頼みたいのはファルクのパソコンに侵入することだ。

「きみはコンピュータのことならなんでも知っていると聞いている。ペンタゴンに入り込んだことなど、いまはまったく関係ない。私の関心はきみの知識とテクニックなのだ」

「ぼくは絶対に捕まるはずなどなかったんです」暗い中でローベルトが言った。「捕まったのはぼく自身の失敗です」

「失敗とは？」

「跡を消すのがいい加減だったんです」

「意味がわからない」

「禁じられている区域に入ると、必ずその痕跡が残るんです。たとえて言えば、フェンスの網を切るようなものですから。そこから退出するときは、その網を直さなければならない。ぼくはそれをじゅうぶんにしなかった。だから発覚してしまったんです」

「ということは、ペンタゴンにはスウェーデンの小さな村ルーデルップの人間が侵入者だということを突き止めた人間がいたということかね？」

「ぼくの名前や個人情報までは知りません。でも、ぼくのパソコンだということまでは追跡できたということです」

ヴァランダーはこの件を聞いたことがあっただろうかと自問した。ルーデルップはイースタの所管に入るから、当然聞いたことがあるはずだったが、思い出せなかった。

「きみを捕まえたのは、どこの警察だ？」

「ストックホルムから来た警察本庁の警察官二人でした」

「それで？」

「アメリカから来た人間たちに尋問されました」

「尋問？」

「どのように侵入したかと訊かれました」

「それから？」

「刑が下されたんです」

もっと訊きたいことがあったが、隣に座っている少年は答えたくない様子だった。

建物の中に入り、階段を上った。ヴァランダーは終始警戒していた。ファルクのドアを解錠したときもあたりを見まわし耳を澄ました。ローベルト・モディーンはその彼を後ろから見ていたが、なにも言わなかった。

アパートの中に入った。ヴァランダーは明かりをつけて、パソコンを指した。ローベルトはいすに腰を下ろすと、迷いなくパソコンの電源を入れた。アイコンがいくつも浮かび上がる。ヴァランダーは後ろに立っていた。ローベルトはまるでピアニストがこれからコンサートで弾く前のようにキーボードにそっと触った。顔をモニターにぐんと近づけた。ヴァランダーには見えないなにかを肉眼で見つけようとしているかのように。

そしてキーボードを叩きはじめた。

一分後、彼はパソコンを終了させ、ヴァランダーに向き合った。

「いままで一度もこんなものを見たことがありません。ぼくには開けられない」

その声にヴァランダーは失望した。ローベルトの失望も感じた。

「たしかか？」

少年はうなずいた。

「眠らなくちゃ。じゅうぶんに眠って、そのあと、ゆっくり時間をかけてみたら、どうかわからないけど」

ヴァランダーは夜中に強引にこの少年を連れてきたことがいかに無意味だったかをいまさらのように悟った。やっぱりマーティンソンの言うとおりだった。だが、マーティンソンがためらったために、自分が必要以上に頑固に言い張ってしまったのだという気がした。

「今日の昼間、時間があるか？」

「はい、一日中だいじょうぶです」

ヴァランダーは電気を消し、部屋の鍵を閉めた。それから少年を連れて通りに停めている警察の車まで行き、パトカーで送るように手配するように頼んだ。そして少年には朝ゆっくり眠ってもらい、十二時ごろにパトカーが迎えに行くと伝えた。

ヴァランダーはマリアガータンの自宅へ戻った。ベッドに就いたのは三時だった。明日は十一時前には絶対に署に行かないと決心して眠りについた。

その女は金曜日の午後一時ごろ、イースタ署にやってきた。鄭重に、イースタの地図がほしいと言った。受付係が観光案内所か本屋に行くようにと勧めると、女は礼を言った。それから、トイレを借りたいと言い、受付は来客用のトイレを教えた。トイレに入ると女は窓の留め金を外して窓を開け、そして閉めた。ただ、窓の留め金だけはテープで押さえて、かけなかった。夜、清掃に来た者はなにも気づかなかった。

月曜の朝四時、男が一人警察の外壁にそっと忍び寄り、トイレの窓から中に入った。中にひとけはまったくなかった。通報センターからかすかにラジオの音が聞こえた。男は手に警察内の図面を持っていた。建築事務所のデータから引き出すことができたものだ。男は目的の部屋に向かって急いだ。

ヴァランダーの部屋の前まで来ると、そっとドアを開けた。黄色いシミのついた上着が掛かっていた。

男はパソコンへ急いだ。いすに腰を下ろすと、電源を入れた。

二十分で仕事は終わった。この時間、だれかに見つかる恐れはまったくなかった。ヴァランダーのパソコンに入り込み、書類やメールをデータに落として盗み出すのはじつに簡単なことだった。

男は明かりを消すとそっとドアを開けてあたりをうかがった。廊下に人影はない。

男は来た道を引き返していった。

20

十月十二日日曜日の朝、ヴァランダーは九時に目が覚めた。六時間しか眠っていなかったが、じゅうぶんに眠った感じがあった。署へ行く前に三十分の散歩をした。雨はすっかり晴れ上がり、澄んだきれいな秋の空だった。気温は九度まで上がっていた。十時十五分、イースタ署に着いた。自分の部屋へ向かう前に通報センターに顔を出し、昨晩の様子を訊いた。サンタ・マリア教会に忍び入った泥棒らが非常ベルに驚いてなにも盗らずに逃げたこと以外は、平穏な夜だったという。アペルベリス・ガータンとルンナーストルムス・トリィの見張りをした私服の警察官たちも異常なしと報告していた。

ヴァランダーは犯罪捜査課ですでにもう出勤している者はだれかと訊いた。

「マーティンソンはもう来ています。ハンソンはだれかを迎えに行くと言ってました。アン＝ブリットはまだ見かけていません」

「来てますよ」と後ろからアン＝ブリットの声がした。「もうなにかあったのですか？」と彼女は続けて言った。

「いや、なにも」ヴァランダーが答えた。「部屋に行って話そう」

「コートを掛けてから行きます」

ヴァランダーは警官たちに、十二時にルーデルップのローベルト・モディーンを迎えに行ってくれと頼み、道を教えた。

「パトカーではなく、ふつうの車で行ってくれ。間違うなよ」

数分後、アン＝ブリットがヴァランダーの部屋に来た。このところの疲れた顔が少しましになっていた。家のほうはどうなっていると訊くべきだろうと思ったが、いまそれを訊くのが適当なときかどうか、わからなかった。その代わりに、ハンソンが目撃者を連れてくるという話をした。それからティネス・ファルクのパソコンに侵入できる若者を見つけたかもしれないという話に進んだ。

「彼のことは覚えています」話を聞き終わるとアン＝ブリットは言った。

「本庁からわざわざ人が来たとローベルトは言っていたが、本当か？」

「ええ。ストックホルムの本庁はおそらく怖くなったのでしょう。スウェーデン市民がアメリカの防衛の秘密をパソコン画面で読んでいるなどということは、政府にとってとても具合の悪いことでしょうから」

「しかし、おれがそれについてまったく聞いていないというのは、おかしいな」

「夏休み中だったとか？」

「とにかくおかしい」

「ここで起きる重大事件で、あなたが知らないなどということはないと思いますよ」

前の晩のことが急に思い出された。なにか、ハンソンが隠しているのではないかという疑い。

アン＝ブリットに訊いてみようかという気にもなったが、いまはやめることにした。いま彼らは母親とともにヴァランダーに暴力を振るわれたと言い張る少女の訴えに対峙している。警察は互いをかばい合い、サポートするものだ。だが、もし一人の警察官が個人としてなにか問題を起こしたら、サポートどころか皆背中を向けるにちがいない。ヴァランダーはなんの幻想ももっていなかった。

「ティネス・ファルクのパソコンに解決の鍵があるというんですね？」

「それはわからない。だが、ファルクがいったいなにをしていたのか、知らなければならない。いったい何者なのだ？　最近は実際の人格とは別に、コンピュータ上の人格とでもいうものがあるようだ」

ハンソンが見つけた、犬の散歩でティネス・ファルクを見かけたという女性については、もうじき署にやってくるとだけ言った。

「初めての目撃者ですね、この事件の？」

「ああ、見当違いでなければいいが」

アン＝ブリットは部屋の入り口のドア枠に寄りかかって立っていた。最近の習慣だった。それまではいつも来訪者用のいすに座っていた。

「わたし、昨夜考えました。テレビの娯楽番組を見ていたんですが、どうしても気になって。子どもたちが眠ったあと」

「彼は？」

「元夫です。いまはイェメンにいると思うわ。とにかくテレビを消して、台所へ行ってワインをグラスに注いで、この間に起きたことを初めからすべて思い出してみたんです。できるだけシンプルに。副次的なことはぜんぶ省いて」

「それは無理じゃないか。なにが副次的かなにが中核になるものかがわからないときには」

「ええ。でもいろいろな方面から考えてみることを教えてくれたのはあなたです。中核になり得るものと、副次的なものとの区別を」

「それで？」

「いくつか、どうみても自明なことがあるんです。第一に、ティネス・ファルクとソニャ・フークベリには関係があったということ。しかし同時に、時系列的に見て、わたしたちがいままで注目してこなかった一つの可能性に気がつきました」

「それは？」

「ティネス・ファルクとソニャ・フークベリは直接の知り合いではなかったのではないかということ」

ヴァランダーはうなずいた。なるほど。これは重要な点だ。

「つまり、彼らの関係は間接的だったというんだな？　だれかほかの者を介して接触していた？」

「動機はもしかするとまったく別なところにあるのかもしれません。というのも、ソニャ・フークベリが焼死したとき、ティネス・ファルクはすでに死んでいたからです。でも、彼女を殺した人間が、ファルクの死体を運んだという可能性はありますよね」

「問題は、われわれはなにを捜しているのか、それがわからないことにある。関連する動機が見つからない。共通の要素が見当たらない。停電したとき、この辺全域が暗くなったというとぐらいだ、共通しているのは」

「そしていまわれわれが注目している変電所が停電発生の原因となった場所だったということ、これは偶然とは思えませんね」

ヴァランダーは壁に貼ってある地図を指差した。

「そこがいちばんイースタから近いんだ。ソニャ・フークベリはイースタ署からそこまでなんらかの方法で移動している」

「ええ。でも彼女はだれかに連絡を入れたというのが、われわれの推測ですよね？　その人物が彼女を変電所まで車で運んだと」

「彼女自身がそれを頼んだことも考えられる。実際そうだったかもしれない」

二人は沈黙のまま地図をながめた。

「わたし、あのタクシー運転手のルンドベリからもう一度洗い直そうと思うんです」アン＝ブリットが考えを吟味するようにゆっくりと言った。

「ルンドベリについて、なにか記録が見つかったのか？」

「いいえ、前歴はありません。彼の職場の同僚たちにも話を聞きました。残された妻にも。悪く言う人はいませんでした。タクシーを運転して家族を養った善人。善良で平凡な市民が残酷な最後を迎えた。昨日、台所で考えたとき、ルンドベリについてはあまりにもいいことづくしで、どこにも一点の曇りもないことが、反対に気になったんです。あなたが反対しなければ、わたしはもう少しルンドベリの私生活をさぐってみようと思います」

「いいね。そうしてくれ。さぐってさぐって、どこか固いところにぶつかるまでさぐるんだ。どこかに核があるはずだ。子どもはいるのか？」

「二人います。一人はマルメに住んでいます。もう一人はまだこの町に。今日は彼らに会いに行こうと思います」

「そうしてくれ。なにも出てこなかったら、これは裏のない、単なる強盗殺人事件ということになる。それならそれではっきりする」

「今日の会議は？」

「決まったら連絡する」

アン＝ブリットは部屋を出ていった。ヴァランダーはいま聞いたことを考えた。それから食堂へコーヒーを取りに行った。テーブルに朝刊が投げ出されていた。彼はそれを手に取ると部屋に持ち帰り、ざっと目を通した。突然〈パーソナル仲介所〉という言葉が目に飛び込んできた。相手探し仲介所の広告だった。ヴァランダーはそれを読むと、一気にパソコンに電源を入れて自分の広告を書いた。いまやらなければ、これからもやらないと思った。だれにも知られる恐れはない。彼自身が望むまでずっと匿名でいられる。返事は返答者に知られることなく仲介所から直接届くという。文面は極力簡単なものにした。〈警察官、五十歳、離婚者、子ども一人、結婚は望まないが愛のあるつきあいを望む〉広告主の名前には前の〈年老いた犬〉はやめて、〈ラブラドール〉にした。文面を保存し、プリントアウトした。机のいちばん上の引き出しから封筒と切手を取り出した。宛名を書き、封印したものをポケットに入れた。そこまでしたとき、自分でも意外なことに期待で胸が弾むのを感じた。きっと返事は来ないだろう。来たとしても、すぐに破り捨てるようなものしか来ないだろう。だが自分の中に期待がある。それは否定できなかった。

ハンソンが戸口に現れた。

「目撃者のアルマ・フーグストルムが来たぞ。引退した歯医者だそうだ」

ヴァランダーはハンソンの後ろから小さいほうの会議室へ行った。女性のいすのそばに、シェパードが警戒の目を光らせながら座っている。握手してあいさつしながら、ヴァランダーは女性がきちんと身なりを整えてやってきたことに気づいた。

「日曜日だというのに、わざわざ警察まで来ていただいて感謝します」

言ったとたんに、何十年も警察官として働いてきているのに、いまだ堅い口調でしか話せないのはどういうことかと思った。

「警察が目撃者の証言を求めているのなら、こちらも市民としての義務を果たさなければなりません」

相手はおれよりもっと堅いではないか。おれたちの話しかたはまるで昔の映画の台詞のようなぎこちなさだ。

目撃したことをていねいに話してもらった。ハンソンが質問し、ヴァランダーはメモをとった。アルマ・フーグストルムの記憶は鮮明で、答えもはっきりしていた。不確かなところはごまかさず、不確かだと言った。重要なことは、彼女は時計を見る習慣があり、出来事の時刻を記憶していたことだった。

黒っぽいマイクロバスを見かけたのは十一時半だった。はっきり覚えているのは、そのときに時計を見たからだというように。

「昔の習慣なのですよ。習慣って、残るものですね。麻酔をかけた患者がいすに座っているとき、待合室にはたくさんの人が待っている。自然にしょっちゅう時計を見るようになるのです」

ハンソンはマイクロバスの型を訊いた。数年前に自分で用意した自動車の型と、塗装屋からもらった色見本をアルマ・フーグストルムの前に並べた。もちろん、今日ではこういうものはすべてネットで見られるのだが、ハンソンはヴァランダーと同じで、以前の方法を使う。

結局、それはベンツのマイクロバスだったのではないかということになった。色はダークブルーか黒。

車両ナンバーは、彼女の記憶にはなかった。運転席に人が座っていたかどうかもわからないと言った。ただ、車の後ろに人影があったと言う。

「本当のことを言うと、見たのはわたしじゃなくて犬なんです。うちの犬、名前はレドバールというんですけど、彼が耳をピンと立てて車のほうを見たもので」

「人影とはどういうものだったのか、話すのはむずかしいかもしれないが、もっとくわしく話せませんか？　たとえば、男か、あるいは女だったか？」

アルマ・フーグストルムは考え込んだ。

「スカートではなかったと思います。男だったのではないかしら。でもたしかじゃありません」

「なにか音は聞きませんでしたか？」

「いいえ。でも同じころに少し離れた大きな通りを車が何台か通ったのは聞こえました」

ハンソンは質問を続けた。

「それから？」

「わたしはいつもの散歩を続けました」

ハンソンは地図を広げ、彼女は散歩の道順を示した。

「戻りのときもここを通ったわけですね。そのときマイクロバスはもう停まっていなかった？」

「ええ」

「時間は？」

「十二時十分くらいだったと思います」

「その根拠は？」

「家に着いたのが十二時二十五分だったからです。スーパーから家までだいたい十五分なので」

彼女は地図で自分の家の位置を示した。ヴァランダーとハンソンはうなずいた。時間は間違いなさそうだ。

「地面の上にはなにもなかった？　犬はなにも反応しませんでしたか？」ハンソンが訊いた。

「ええ」

「おかしいな」ハンソンがヴァランダーに言った。

「死体は冷凍されたままだったにちがいない」ヴァランダーが言った。「その場合、なにも臭わないことはあり得る。あとでニーベリに訊こう。犬の係の警官でもいいが」

「なにも見なくてよかったですよ」アルマ・フーグストルムがきっぱりと言った。「夜中に死体を運んで捨てていくなんて、まったくなんという世の中でしょう」

ATMのそばを通ったとき、ほかにはだれにも会わなかったか、見かけなかったかとハンソンが訊いたが、彼女はずっと自分だけだったと言った。

そこからは、彼女が以前ティネス・ファルクと接触があったかどうかの話になった。

こんどはヴァランダーが質問した。

「散歩のときに見かけた男の名前がファルクだということは知っていましたか？」

答えは意外なものだった。

「昔、あの人を患者として診たことがあるのですよ。いい歯をしてました。たしか、一度か二度だけでしたが。でもわたしは名前と顔ははっきりと覚えているほうなので」

「彼はよく夜散歩していたのですね？」ハンソンが訊いた。

「ええ。週に数回見かけましたね」

「だれかといっしょに歩いているということはありましたか？」

「いいえ。いつも一人でした」

「話をしたことは？」

「話しかけたことがありましたが、向こうは避けたそうな様子でした」

ハンソンはそれ以上は訊くことがないらしく、ヴァランダーをうながした。

「最後の日に、なにか彼に変わったところはありませんでしたか？」

「たとえば？」

ヴァランダーはとくにこれといった答えを期待していたわけではなかった。

「おびえているとか、あたりを警戒しているとか？」

アルマ・フーグストルムはゆっくり考えてから答えた。

「いつもとちがったところといえば、いつもとは反対だったという気がします」

「反対だったとは？　なにと反対だったのですか？」

「恐れている感じじゃなかった。つまりあの日、彼はとても機嫌がよさそうでした。元気はつらつという感じでした。それまではどちらかというといつも不機嫌で、重い足取りで歩いていたのですが」

ヴァランダーは顔をしかめた。

「たしかですか？」

「他人に関して、たしかなことなんてとても言えませんよ。そんな気がしたと言っているだけです」

ヴァランダーはうなずいた。

「ありがとうございました。もしかするともう一度お願いすることがあるかもしれません。またなにか思い出したことがあったら、すぐに警察に連絡してください」

ハンソンが出口まで見送り、ヴァランダーは会議室に残った。アルマ・フーグストルムが最後に言ったことを思い出した。ティネス・ファルクは最後の日、いつになく機嫌がよさそうだったということだ。彼はしかしここで首を振った。なにもかも、ばらばらだ。なんの関連もないように思えてならなかった。

ハンソンが戻ってきた。

「おれの耳がおかしかったのか？　犬の名前を〝清廉潔白《レドバール》〟と言ったのは本当か？」

「ああ、そう呼んでいた」

「犬の名前だぞ？」

「ああ。清廉潔白な犬ってわけだ。もっとひどい名前も聞いたことがある」ヴァランダーが言った。

「自分の犬を清廉潔白！などと呼ぶことはおれにはできないな」

「ま、とにかく彼女はそうしているわけだ。別に法律違反というわけじゃない。いいじゃないか」

ハンソンは首を振り、話を変えた。

「黒かダークブルーのベンツのマイクロバスか。盗難車の届け出を調べるところから始めるか」

ヴァランダーはうなずいた。

「警察犬係の警官に臭いのことを訊いてくれ。しかしとにかくこれで時間のことだけははっきりした。いまの段階ではこれは初めての確定事項だぞ」

ヴァランダーは自室に戻った。十一時四十五分。マーティンソンに電話して、昨夜あれからのことを話した。マーティンソンは一言も言わずに最後まで話を聞いた。ヴァランダーは苛立ったが、ぐっと我慢し、代わりにローベルト・モディーンをルンナーストルムス・トリィのアパートで迎えてくれと頼み、鍵を渡すから受付で会おう、と言った。

「勉強になるかもしれない。一流のハッカーがファイアーウォールをどう突き破るのか、お手並み拝見といきますか」

「責任はぜんぶおれがとる、ということは前に言ったとおりだ。だが、ローベルトがあそこに一人でいるというのはまずいからな」

マーティンソンはヴァランダーの遠回しの皮肉をすばやく察知し、自己弁護を始めた。

「みんながあなたみたいにはできないですよ。職務規定などそっちのけとはいきませんからね」

「ああ、わかってる。あんたの言うとおりだ。だが、おれとしてはやはり、検事やホルゲソン署長に許可をもらいに行くつもりはない」

マーティンソンはルンナーストルムス・トリィへ出かけていった。ヴァランダーは急に空腹を感じた。晴れ上がった秋の空の下、イストヴァンのレストランまで歩いた。店は混んでいた。フ・チェンの偽クレジットカードについて話すひまもなかった。帰り道、ポストで立ち止まってポケットの中の〈パーソナル仲介所〉への手紙を投函した。署に向かって歩きながら、きっと一通も返事は来ないだろうなと思った。

部屋に入ったとたん、電話が鳴りだした。ニーベリだった。ヴァランダーは一階下のニーベリの部屋へ急いだ。ドアを開けると、机の上にあるルンドベリ殺害に使われたハンマーとナイフが目に入った。

「今日でおれが警察で働きだしてから四十年になる」ニーベリはまるで怒ったような声で言った。「あの日は月曜日だったが、この意味のない記念日を祝おうとしたら、今日は日曜日ときている」

「そんなに疲れているのなら、なぜいますぐに辞めないんだ」ヴァランダーが苛立った声を上げた。

突然の怒りの爆発に自分でも驚いた。いままでニーベリに対して怒ったことは一度もなかった。それどころか、この優秀だがかんしゃく持ち鑑識官と話すときはいつも神経を使っていた。

だが、ニーベリは驚いた様子もなかった。反対に好奇心を見せた。

「感情を表すのは、ここではおれだけだと思っていたが?」

「すまん、そんなつもりはなかったのだが」

こんどはニーベリは怒った。

「そのつもりに決まってるだろう。なぜみんな感情を隠すんだ? そのうえ、このことに関してはあんたが正しい。おれはただ文句を言っているだけだからな」

「最後はそれしかないのかもしれんな」ヴァランダーが静かに言った。

ニーベリはビニール袋に入ったナイフを引き寄せた。

「指紋を採れと言われた。異なる指紋が二つあったぞ」

ヴァランダーは緊張した。

「エヴァ・ペルソンとソニャ・フークベリのか？」

「ああ、そうだ」

「ということは、この点でエヴァ・ペルソンは本当のことを言っているかもしれないということになるか？」

「とにかく、嘘でない可能性はあるということだ」

「つまり、エヴァ・ペルソンの言うとおり、ソニャ・フークベリがナイフとハンマーを使ってルンドベリを殺したと？」

「いや、それはわからない。おれはただ指紋が二人分あったと言っているだけだ。ソニャ・フークベリが一人でやったという可能性はあるということだ」

「ハンマーのほうは？」

「ソニャ・フークベリの指紋だけが残っていた」

ヴァランダーはうなずいた。

「なるほど」

「もう少しわかったことがある」と言って、ニーベリは机の上に積み上げられている書類をめくった。「検視医のほうから、加えられた暴力に時間差があったという知らせがあった。まずハンマー、それからナイフの順で」

「その反対ではないのか?」

「いや、この順序だ。しかも同時ではなく、暴行時間に差がある」

「どうしてそれがわかったのだろう?」

「おれにもだいたい見当がつく。あんたに説明するのはちょっと面倒だが」

「このことからなにがわかるか。フークベリは凶器を途中で替えたということか?」

「おれはこう見ている。エヴァ・ペルソンはナイフをバッグに潜ませていた。そしてフークベリにナイフをくれと言われて渡した」

「まるで手術室だな。外科医が手術に必要なメスを求め、看護師が渡すのと似ている」

二人とも黙り込み、不愉快な比喩について考えた。しばらくしてニーベリが口を開いた。

「もう一つある。おれはあの変電所にあったハンドバッグのことを考えた。ほら、思いがけない場所に置いてあったあのバッグだ」

ヴァランダーは黙って話の続きを待った。ニーベリは鑑識官だが、ときに思いがけないアイディアを思いつくことがある。

「変電所に行ってきた。そこで、あのバッグをフェンスに向かって、いろいろな角度から放り投げてみたんだ。だが、変電室からあそこまでは投げられなかった」

「なぜだ?」

「あそこの様子、あんたも覚えているだろう？　電信柱、バラ線を巡らせた非常網、高いコンクリートのフェンス土台。ハンドバッグはどうしても遠くまで飛ばず、途中でなにかにぶつかってしまう。おれは二十五回もやってみたが、遠くまで飛ばせたのはたったの一回だけだった」

「ということは、何者かがわざわざフェンスのそばまでバッグを持っていって、置いたということか？」

「ああ、おそらく。しかし、なんのためにそんなことをしたのだろう？」

「なにか考えがあるのか？」

「まず自然に考えられるのは、人の目を引くためという理由だろう。だが、すぐに見つかるのはまずい、と」

「焼死体の身元がわかるのが、すぐでは困ると考えたか？」

「そういうことだ。おれもその結論に達した。それからもう一つ発見したことがある。ハンドバッグが置かれていたところは、とくに明るかった。非常用のライトの一つがあのバッグの真上にあった」

ヴァランダーは話の方向が見えてきたが、なにも言わずに聞いた。

「もしかすると、何者かがハンドバッグの中を見るために、明かりの下に置いたのではなかったか？」

「そしてなにかを見つけた？」

「おれはそう考えた。しかし、結論を出すのはあんたの仕事だ」

ヴァランダーは立ち上がった。

「いいね。あんたの考え、正しいかもしれん」

ヴァランダーは上の階に戻り、アン＝ブリットの部屋へ行った。彼女は山積みにされた書類に埋もれて片端から読んでいた。

「ソニャ・フークベリの母親に連絡して娘のハンドバッグの中身を訊いてくれ。いつもどういうものを入れていたか」

ニーベリの考えをアン＝ブリットに話した。アン＝ブリットはうなずき、電話番号を探した。ヴァランダーは答えを待っていられなかった。気持ちが急いて、自分の部屋へ向かった。この廊下、この何十年間でいったい何十キロ、何百キロメートル歩いたのだろう？　部屋の近くまで来たとき、電話が鳴る音が聞こえた。急いで電話を取ると、マーティンソンだった。

「こっちに来てください」

「なぜだ？」

「ローベルト・モディーンは素晴らしく腕がいいですよ」

「なにが起きたんだ？」

「望んだことが起きたんです。ファイアーウォールを破って、中に侵入できたんです。コンピュータが入り口を開けて待っています」

ヴァランダーは受話器を置いた。

ついに中に入れる。時間がかかったが、ついにファイアーウォールが破れた。

上着を取って、警察署を出た。
十月十二日日曜日、午後一時四十五分。

II　ファイアーウォール

ファイアーウォール（防火壁、Firewall）とは、ある特定のコンピュータネットワークとその外部との通信を制御し、内部のコンピュータネットワークの安全を維持することを目的としたソフトウェア（あるいはそのソフトウェアを搭載したハードウェア）の技術概念である。

21

明け方突然エアコンが止まり、カーターは目を覚ました。

シーツの中で暗闇に耳を澄ます。蟬《せみ》が鳴いている。遠くから犬の吠える声が聞こえる。また停電だ。ここルアンダでは一晩おきに起きることだ。サヴィンビの山賊どもはしょっちゅう首都ルアンダへの送電を停止させる。それで空調が止まるのだ。カーターはベッドから動かずにいた。まもなく部屋の中がいたたまれないほど暑くなるはず。台所の外の部屋まで行って、発電機をスタートさせる気力があるか。発電機が発する雑音と寝室に入り込む湿った暑さと、どっちがよりひどいかも判断しかねた。

首をまわして時計を見た。五時十五分。家の外から警備の男の一人のいびきが聞こえる。きっとジョゼだ。だがもう一人の警備員ロベルトが起きていれば問題ない。頭を動かし、枕の下の拳銃の硬さに触れた。拳銃はいつもそこに挟み込んである。夜警と高い塀でじゅうぶんでなければ自分で身を守るしかない。暗闇に潜んでいる賊が短気を起こして襲撃してきたときのためだ。彼らに狙われていることはじゅうぶんに承知していた。白人で、いい暮らしをしている。アンゴラのように貧しく疲弊《ひへい》した国では犯罪は日常茶飯事だ。自分が向こう側の人間だったら、きっと泥棒をしていただろう。

急にエアコンが回復した。短時間の停電はよくあることだ。山賊どものせいではなく技術上の問題だったのだろう。電線は古い。前の宗主国ポルトガルが植民地時代に電気を敷いた。それからいままで一度の補修工事もなく使われてきたのだ。

カーターはベッドの中で考え続けた。まもなく自分は六十歳になる。いままでの人生を振り返ると、よくこんなに長生きできたものだと思う。多彩な、変化に満ちた、なによりも危険な人生だった。

シーツをはいで、冷たい空気を肌に感じた。明け方に目を覚ますのは好きではなかった。太陽の昇る前の数時間はいちばん無防備なときだ。彼自身と暗闇と、そして記憶だけになる。いままでのあらゆる不正に激しい怒りをぶつけたくなる。そういうときは、まもなく実現する復讐のことを思ってどうにか気持ちを静めるのだ。しかしそれには何時間もかかることもある。そのときにはもう、太陽が地平線から昇り、夜警たちのしゃべり声が聞こえ、セリーナが台所の鍵を開けて入ってきて、朝食を作りはじめる時間になっている。

ふたたびシーツをかけた。鼻がかゆい。くしゃみが始まりそうだ。くしゃみは嫌いだ。アレルギーが大嫌いだ。唾棄《だき》すべき弱さだ。とくにくしゃみには腹が立つ。いままでくしゃみのために仕事を中断せざるを得なかったことさえある。

かゆみもうんざりだ。洟汁《はなじる》が止まらないのも。

シーツを口まで引き上げた。今回は自分が勝った。くしゃみの欲求は消えた。横たわったまま、過去のことを思い出した。自分がアンゴラの首都ルアンダにある一軒家で、いま目を覚ますまでに起きたあらゆる出来事を。

三十年以上前、カーターはワシントンの世界銀行で若いエコノミストとしてキャリアを始めた。当時彼は銀行がよりよい世界の実現に寄与することができると信じていた。少なくともより公平な世界の実現に。世界銀行は貧しい地域に必要な巨大なローン、個々の国や銀行が個別に引き受けることができない金を用意するという目的で、ブレトンウッズでの会議をきっかけに創設された。カリフォルニアの学友たちの多くは、彼の就職先は間違っている、世界経済の問題を解決する策が世界銀行で作り出せるはずがないと反対したが、彼は決心を変えなかった。彼は当時の若者たちの例に漏れず、かなり過激な学生だった。ヴェトナム戦争反対のデモにも参加した。だが、市民の反抗がよりよい世界を作るという信念があったわけではなかった。また縮み上がった弱小社会主義も信奉できなかった。そして彼の至った結論は、現実の構造の中で力を発揮しなければ意味がないということだった。敵を倒すつもりなら権力の側にいなければならない。

加えて、彼には一つ、秘密があった。そのためにニューヨークのコロンビア大学からカリフォルニアに移ったのだ。彼はヴェトナム戦争に一年間兵士として参加していた。決していやな経験ではなかった。キ・ノンから西に走る幹線道路沿いにあるアンケ付近で戦う部隊に所属していた。その期間、何人も敵を殺したが、まったく後悔していなかった。同じ部隊の兵隊たちが麻薬に溺れていくのを見たが、彼自身は兵隊としての任務を全うしていると思っていた。また、自分は死なないと確信していた。遺体となって太平洋を渡って送り返されるなどということはあり得ない。そう信じていた。そして、蒸し暑い夜々ジャングルの中をパトロールしながら、彼は確信した。敵を倒すためには権力の近くにいなければならない。権力の側に潜り込むのだ。

いまアンゴラで夜明けを待ちながら思いにふけった。ふたたび息も詰まるような暑さの中に自分はいる。そして、三十年前のあの確信は正しかったという思いを深めた。

世界銀行のアンゴラのトップのポストがもうじき空くことを早い段階で知った彼は、すぐにポルトガル語を学んだ。そしてスピード出世をした。上司たちは彼の能力を買った。競争相手が多かったにもかかわらず、あるいは彼よりも広い分野に通じるものが多かったにもかかわらず、彼は若くしてすんなりとルアンダの世界銀行所長のポストにおさまった。

彼がアフリカを訪れたのはそのときが初めてだった。そして真剣に、南半球にあるこの貧しく、破壊された国で働きはじめた。ヴェトナムでの経験はまったく関係なかった。あの国では、彼は歓迎されない敵だった。アンゴラで、彼は歓迎された。最初の時期は、人の話を聞くことに終始した。よく見て学習すること。悲惨な生活にもかかわらず、人々の間に残っている快活さと礼儀正しさに心を打たれた。

二年後には、銀行のしていることがまったく間違っているとわかった。独立を援助し、戦争で破壊された国の再建に力を尽くすのではなく、銀行はすでに金持ちである人々をさらに金持ちにするために力添えをしていた。権力の座を固守し、なにかといえばひれ伏し、問題を見て見ぬ振りをする人々にもたくさん会った。正義の味方のような顔の裏に、腐敗、臆病さ、隠しようもないエゴイズムを見た。ときどきは組織に属さない知識人《インテリ》やこの国の大臣たちの中に何人か、彼と意見を同じくする者もいたが、そういう人々は、いつも弱い立場で、力がなかった。彼らの言葉に耳を貸す者は、彼以外にはいなかった。

しまいにカーターは我慢ができなくなった。正面切って、銀行の戦略は間違っていると意見を言った。ときには大西洋を越えて世界銀行の本部まで出かけて説得したが、反応は皆無だった。報告書も数えられないほど書いた。しかし返事はいつも礼儀正しい無関心に満ちた言葉ばかりだった。ある機会に、彼は自分が厄介な人物と見なされていると知った。出世コースから外されようとしている人間だと。カーターは大学時代からの知り合いで、世界銀行に就職するときに世話になった市場アナリストである先輩ウィットフィールドに会った。ジョージタウンの小さなレストランで、カーターは単刀直入に訊いた。自分は面倒を起こしているのか？　自分の意見が正しくて銀行が間違っていることを理解する人間はいないのか？　ウィットフィールドはその質問そのものが間違っていると言った。カーターが正しいかどうかなど、まったく問題外なのだと。銀行は方針を立てた。正しいか間違っているかなどだれも問わない。ただそれに従うだけだと。

その夜、カーターはアンゴラへ帰国する航空便に乗った。飛行機の贅沢なファーストクラスの座席で、劇的なシナリオが彼の頭に浮かんだ。

そして同じころ、自分の考えが正しいと確信する一人の男に出会った。のちカーターは、人の一生で重要なことはいつも意識的な決断と偶然との不思議な結びつきで起きるものだと思うようになる。彼の愛した女性たちはいつも不思議な現れかたをした。そして消えるときも同様だった。

一九七〇年代の中頃のことだ。当時彼は睡眠障害で何日も眠れない夜が続いていた。抱え込んだジレンマから脱却する解決法を探していた。ある晩、眠れないまま、ルアンダの港の近くのレストランバーへ出かけた。メトロポールという店だった。たまにそこに行くことがあった。銀行の連中が来ないような場所だったからだ。アンゴラのエリートたちもそこには近寄らなかった。メトロポールに行けば、ほかの人間と会う心配はなかった。隣のテーブルに下手なポルトガル語で苦労している外国人がいた。ウェイターは英語が通じないので、カーターはその外国人の言葉を通訳して伝えた。

そのあと、二人は話をした。その男はスウェーデン人で、ルアンダには国の電信事業のコンサルタントとして招聘されていた。ルアンダの電信事業は極端に遅れていた。その男のなにに惹かれたのか、わからなかった。ふだんなら、カーターは人と距離をおく。だが、その男にはなにか特別に惹かれるものがあった。カーターは本来疑い深い男で、人に会うとき、いつもは敵に対するような態度をとる。

わずかな会話の中で、彼のテーブルに移ってきたその男は非常に知的であるとわかった。技術者だったが、狭い特殊な分野だけに関心をもっているのではなく、よく本を読んでいて、植民地だったアンゴラの歴史はもちろん、当時の微妙な政治的状況までよく把握《はあく》していた。男の名前はティネス・ファルクといった。その晩遅く、別れ際に教えてくれた。彼らは店の最後の客だった。残ったウェイターが一人、バーカウンターで居眠りをしていた。レストランの外ではそれぞれの運転手が主人を待っていた。ファルクはホテル・ルアンダに宿泊していた。二人は翌日も会う約束をして別れた。

ファルクは結局三ヵ月ルアンダにとどまった。その期間が終わりそうになったとき、こんどはカーターが彼に新しい仕事を発注した。それは話を続けるためにファルクをルアンダに呼ぶ口実にすぎなかった。

二ヵ月後、ファルクは戻ってきた。そのとき彼は初めて独身だと話した。カーターも一度も結婚したことがなかった。しかし、何人もの女と同棲したことはあり、女の子が三人、男の子が一人、合わせて四人ものほとんど会ったことのない子どもがいた。ルアンダではアフリカ女性二人を愛人にしていた。一人は大学の教師、もう一人は大臣の元妻だった。ほかのことと同様、これもまた雇い人だけが知っている秘密だった。同じ銀行で働く女性たちとは決して関係をもたなかった。ファルクが寂しそうにしていたので、カーターは女性を一人紹介した。ローサという名前の、ポルトガル商人と黒人女性使用人との間に生まれた娘だった。

そのころになると、ファルクはすっかりルアンダでの生活にとけ込んでいた。カーターは彼のためにルアンダの美しい海岸を一望できるところに庭付きの家を用意した。ほんの少し働けば済むような仕事に破格な給料を払ってファルクを雇った。

彼らは話を続けた。長くて暑い夜な夜な、遅くまで話をして、互いに政治的にもモラル的にもごく近い考えをもっていることを確信するに至った。ついにカーターは心から信頼できる人間を見つけた。同じことがファルクにも言えた。二人は相手の話を熱心に聞き、意見が酷似していることに驚いた。過激主義《ラディカリズム》に失望した点で似ていただけではない。苦々しく思いながら受動的、内向的に生きていたわけでもなかった。偶然が二人を引き合わせるまで、それぞれ解決策を探していた。いま、彼らは力を合わせることができる。二人は一致してすんなりといくつかの項目を共通関心事として書き出した。

腐敗の進むこの世界で、いままで多くの人間が実行してきたさまざまなイデオロギーの行き先になにが残っているだろう？　よりよい世界はどのようにして構築できるのだろう？　古い土台を残したまま新しい世界は築けるか？

その結果彼らは、新しい正しい世界は一つの条件抜きには築くことができないという結論に達したのだった。すなわち、既存のすべてを破壊すること。

毎晩話し合って、計画がしだいに形になっていった。それぞれの知識や経験を投入できる合流点をゆっくり探していった。カーターはファルクが生きている電子通信（ＩＴ）の世界の話に驚嘆して聴き入った。ファルクを通して、なにごとも不可能ではないと知った。ＩＴを操れる人間は独特の権力をもつようになっていることも知った。とくにファルクが未来の戦争について話したときは、真剣に耳を傾けた。第一次世界大戦では戦車が、第二次世界大戦では原子爆弾が最大威力を発揮したわけだが、将来発生するかもしれない戦争においては、ＩＴ技術がそれらに取って代わる主要手段となる。あらかじめセットされたコンピュータウィルスが敵のコンピュータに侵入する。敵の株式市場や電信システムをＩＴ技術が破壊する。未来の制覇は整然としたＩＴ戦場でおこなわれるのではなく、キーボードのある机や実験室でおこなわれることになるのだ。原子爆弾を積み込んだ潜水艦の時代はもうじき終わる。いまでは真の脅威は地球全体をくまなく覆っているファイバーケーブルにあるのだ。

　遠大な計画が暑いアフリカの夜を通してゆっくりと形作られていった。彼らは初めから、急がずゆっくり時間をかけるつもりだった。いつの日か、時が熟す。そのときのために準備しておくのだ。

　二人は互いに補充しあった。カーターは外部とのコンタクトのベテラン。また銀行の機能に通じていた。金融システムも詳細に知っていた。また世界経済がいかに簡単にパニックに陥り得るかもよく知っていた。多くの人が長所だと主張する、全世界の経済が一体化するグローバリゼーションは、実際にはまったくその逆であることも彼はよく知っていた。ファルクは技術者で、さまざまなアイディアをいかに実践に移すかを考え出すことに優れていた。

　何ヵ月も彼らはほぼ毎晩計画を練った。

　それ以来、二十年以上にわたって、彼らは絶えず連絡を取り合ってきた。初めのころは、時はまだ熟していないと二人は思っていたが、いつかその時がきたら、実行に移すつもりだった。

ＩＴ技術と金融システムが一体化したとき、コンピュータウィルス一発で世界経済を崩壊させることができるのだ。

物音がしてカーターは現実に立ち返った。本能的に枕の下の拳銃を手に持った。だがそれは台所の外で鍵を開けようとしているセリーナの立てている音だった。

あの女をクビにしてやる。朝食を用意するときも、音を立てすぎる。それにゆで卵が自分の好きなように作られたためしがない。セリーナは肥っていて醜く、しかも愚かだ。読み書きもできないが九人も子どもがいる。それに酔っぱらっていないときはいつも木陰でしゃべっている怠け者の夫がいる。

昔カーターはこの人々がこの国を作るのだと考えた。いまではそう思っていない。それならばいっそのことこなごなに壊してしまえばいいのだ。

すでに太陽は地平線の上まで昇っている。カーターはまだベッドの中で、このところ起きたことを考えていた。ティネス・ファルクが死んだ。起きてはならないことが起きてしまった。計画には、起き得ないこと、あり得ないことの発生も想定されていた。そのための対策と代替案もすべて用意されていた。だがどちらかが死ぬということは想定外だった。しかも意味のない、突発的な死とは。しかし、実際にそれが起きたのだ。スウェーデンから電話がかかってきたとき、最初は信じられなかった。しかししまいには信じざるを得なかった。友は死んだ。ティネスはもういない。が、悲しんではいられない。計画のすべてに影響が出る。しかも最悪の時期の突然死だ。彼らがついに行動を起こすというときに。彼一人が偉大な瞬間を体験することになってしまった。しかし人生とは決して意識的決断と徹底した計画どおりにはいかないものだ。偶然というものが発生する可能性がつねにある。

このオペレーションには〈ヤーコブの沼〉という名前までついている。めったにないことだったが、あるときティネスが酩酊《めいてい》して突然子どものころの話を始めたことがあった。彼は農場で育った。父親はそこの管理者だった。アンゴラがポルトガル領だったころの農園の主任のようなものだろうか。その農場の近くの森に沼があった。自然のまま、無数に美しい花が咲き乱れていた。その沼のそばでティネスは子ども時代よく遊んだ。大きなトンボが飛ぶのを見たのもそこだったし、人生の最良のときを過ごした。名前の由来も知っていた。ずっと昔ヤーコブという若者が悲しい恋をして、その沼で溺れて死んだという言い伝えがあった。

のち、ティネス・ファルクにとって、この沼はもう一つの意味合いをもつようになった。とくにカーターに出会い、人生の意味合いについて同じ理解をもつ人間がいることがわかってからは、それがますますはっきりした。沼はいまの混沌とした世界のシンボルとなった。人間がそこでできるのはただ溺れることだけ。あるいは少なくともほかの人間たちが消えるのを見届けるだけ。

ヤーコブの沼。いい名前だ。オペレーションに名前をつける必要があるのなら。これはファルクにとって名誉の記念碑だ。カーターだけがその意味を知っている記念碑となる。

それからしばらくファルクのことを考えた。感傷的になってきたと気がつくと一気に起き上がり、シャワーを浴び、朝食をとりに一階に下りた。

その日の午前中は居間で過ごすつもりだった。しばらくベートーベンの弦楽四重奏曲を聴いていたが、セリーナが台所でガチャガチャという音を立てるため、落ち着いて聴いていられなくなった。アルフレッドという名のシェパードを連れて、海岸へ散歩に出かけた。アルフレッドは彼のボディガードでもある。

ルアンダの町に車で出かけ、崩壊した家屋やゴミの山、貧困の惨状を見ると、自分がこれからしようとしていることは正しいと確信した。ファルクはほとんど最後まで行動をともにしたと言っていい。だが、残りは自分だけで遂行しなければならない。

波打ち際を歩いて、キラキラ光る海をながめた。胸の内は穏やかだった。行動を起こした結果、焼け野原からなにが立ち上がろうと、いまよりいいものになることは間違いない。

十一時前にカーターは家に戻った。一杯の水とコーヒーを飲む。二階の仕事部屋に上がった。海を見渡すながめはいつもどおり素晴らしかった。が、彼はカーテンを閉めた。アフリカは夕方がいちばんいい。それと弱い目を守るためにやわらかいカーテンで光をさえぎった部屋の薄暗さも。パソコンの電源を入れて、いつもの決まった手順で仕事を始めた。

コンピュータの世界のどこかで時計がチクタク音を立てて進んでいる。それは彼がファルクに注文してつけてもらったものだ。今日は十月十二日の日曜日。あと八日でその日がくる。

十一時十五分、いつものメールチェックが終わった。

パソコンを消そうとしたとき、彼の目が大きく見開かれた。モニターの片隅で光が点滅しはじめたのである。リズミカルに短い光が二つ、長いのが一つ、そしてまた短いのが二つ。カーターはファルクが作ったマニュアルを取り出し、コードの意味を調べた。

最初は間違いだろうと思った。が、すぐにそうではないとわかった。スウェーデンで、ファルクのコンピュータのいちばん外側の安全装置に何者かが侵入したのだ。カーターがまだ写真でしか見たことのない小さな町イースタで。

モニターを見ながら、彼は信じられない思いだった。ファルクはこの安全装置は絶対に侵入不可能だと言い切っていた。

それなのに、何者かがいま侵入しているのだ。

汗がじっとりとにじんできた。落ち着けと自分に言い聞かせた。ファルクは幾重にも安全装置を仕掛けているはずだ。その中心核には目に見えないコンピュータミサイルが要塞と防火《ファイアーウ》壁《オール》の後ろにセットされている。そしてそれは取り外し不可能なもののはずだ。

それでもいま何者かがファルクのコンピュータに侵入しようとしている。

カーターは状況を冷静に考えた。ファルクの死後、男を一人イースタに送り込んだ。状況を観察し報告するためだ。いくつかの邪魔が入ったが、非常時にもかかわらず、カーターはすべてを把握《はあく》していた。迷いなくすぐに判断し、行動したためだった。

すべてが制御下にあると自分に言い聞かせた。しかしそれでも何者かがファルクのコンピュータに侵入した。いや、侵入しようとしている。無視できない一大事だ。すぐに対策を立てなければ。

カーターは集中して考えた。侵入者は何者だ？　報告によればファルクの死とほかのいくつかの事件を調査している人間が警察の中にいるらしい。警察官か？　しかし、それは考えにくい。

それではほかにいるのか？

夕闇が降りるころまでパソコンの前に座っていたにもかかわらず、その答えを見つけることはできなかった。しかし、立ち上がったとき、彼は落ち着いていた。

なにかが起きたのだ。それがなんなのかを突き止め、すみやかな対処が必要だ。

夜中の十二時少し前、彼はふたたびパソコンの前に座った。

ファルクの不在がいつにもまして強く感じられた。

それから、コンピュータの宇宙にサインを送った。

すぐに応答があった。


ヴァランダーはマーティンソンのそばに立っていた。パソコンを前にしてローベルト・モディーンが座っている。モニターいっぱいに数字が、それも猛烈な勢いで流れていった。そのあとは静かになり、ときどき数字の一とゼロが画面に浮かび上がっては消えた。そして真っ黒になった。ローベルトはマーティンソンを見、マーティンソンはうなずいた。ローベルトは指令を発し続けた。ふたたび数字の海が押し寄せ、また停止した。マーティンソンとヴァランダーは前にかがみこんで、食い入るようにモニターを見た。

「これがなんだか、ぼくにもさっぱりわからない。こんなもの、いままで一度も見たことないです」ローベルトが言った。

「これはなにかの計算じゃないのかな」マーティンソンが口を挟んだ。

ローベルトは首を振った。

「そうじゃないと思う。更なる指令を待っている数字のシステムじゃないかと思います」

こんどはマーティンソンが首を振った。

「どういう意味か説明してくれるか？」

「計算ということはあり得ない。計算式がないですから。これらの数字はそれ自体にしか意味がないようです。相互の関連がない。むしろ暗号ではないかとぼくは思う」

ヴァランダーは落胆した。なにを期待していたのかわからなかったが、これじゃない、という気がした。意味のない数字の羅列とは。

「暗号などというものは第二次世界大戦で終わったのじゃなかったのか？」と言ったが、だれも反応しなかった。

三人はただ数字の群れを凝視した。

「二〇という数字と関係があるようです！」ローベルトが突然声を上げた。

マーティンソンはまた体を乗り出したが、ヴァランダーは動かなかった。背中が痛みだした。ローベルトはモニター画面を指差し説明を始めた。マーティンソンはよく説明に聴き入っていたが、ヴァランダーは上の空で聞いた。

「二〇〇〇年となにか関係があるのか？　そのとき、世界中の電子通信に混乱が起きて、コンピュータが理解力を失うとかいう噂があるが」

「いや、これは二〇〇〇じゃない、二〇〇〇です。それにコンピュータは理解力を失いはしない。理解力を失うのは人間のほうですよ」

「あと八日、というわけだ」とヴァランダーが深い考えもなく言った。

ローベルト・モディーンとマーティンソンは話し続けた。また数字が新しく現れた。ヴァランダーはいまやっとモデムとはなにかがわかった。それまで彼は、モデムとはパソコンと電話を繋《つな》ぐものという認識しかなかった。しだいに彼は苛立ってきた。しかし、いまローベルトが手順を追って操作しているのだから、時間がかかるのは避けられないことなのかもしれないという気もした。

ポケットの中で携帯電話が鳴った。彼は玄関まで出て応えた。アン゠ブリットだった。

「なにか見つけたかもしれません」

「なんだ?」

「ルンドベリを少し調べてみると言いましたが、まず二人の息子から始めました。弟のほうはカール゠エイナールといいます。なんだかこの名前に覚えがあるような気がしたのですが、どの関連かは思い出せませんでした」

ヴァランダーはその名前に記憶がなかった。

「コンピュータで前歴を見てみました」アン゠ブリットが続けて言った。

「コンピュータで調べるのはマーティンソンしかできないんじゃないのか?」

「いえ、それどころか、できないのはあなただけかもしれないですよ」

「それで、なにを見つけた？」

「大当たりでした。カール＝エイナールという男は数年前に裁判にかけられていました。あなたが長期間病気休暇をとっていたころだと思います」

「その男、なにをしたんだ？」

「無罪放免になりましたが、訴えられた罪は強姦でした」

ヴァランダーは考え込んだ。

「なるほど。もっと調べるに値するな。だが、それがこんどの事件とどう関係するのかが見えない。とくにファルクと。そしてソニャ・フークベリともだ」

「このまま続けてみます」

通話が終わった。ヴァランダーは部屋に戻った。

出口はどこにもない、と急に悲観的になった。なにを探しているのかもわからない。大きな空っぽの部屋にいるようなものだ。

22

夕方六時、さすがにローベルトも疲れ切った。頭痛も始まっているようだった。だが、彼はこれであきらめるつもりはないらしく、マーティンソンとヴァランダーを交互に見ながら、喜んで明日もこの仕事を続けたいと言った。

「でも、ここで考えなければならない。戦略を立てなければならないんです。友人たちにも意見を聞きたいし」

マーティンソンはローベルト・モディーンをルーデルップの自宅に送る車の手配をした。

「さっきのローベルトの言葉だが、あれはどういう意味だ？」二人になって、警察署に戻りながらヴァランダーが訊いた。

「問題を解決するときに、われわれが戦略を練るのと同様、彼もまた戦略を練らなければならないということでしょう。なんといっても彼はわれわれの犯罪捜査の手伝いをしているのですからね」

「彼の口調が、まるで奇妙な症状を示す患者に手を焼いている医者のようだった。友人たちの意見を聞きたいとも言っていたな」

「あれはハッカー仲間に電話するという意味でしょう。あるいはネットで彼らとチャットするとか。おかしな症状を示す患者と医者の関係の譬《たと》えは、なかなかいいですね」

マーティンソンはローベルト・モディーンの協力を得ることに関して上司の許可をもらうことはもう気にしていないようだった。ヴァランダーはそのことに関しては、不必要に騒ぎ立てないほうがいいと思っていた。

アン＝ブリットとハンソンは署にいた。ほかには人影もなく、日曜日の警察署は静まり返っていた。机の上にうずたかく積み上げられた書類のことをちらりと思ったが、短時間でもみんなを集めて会議を開くべきだと思った。一応一週間の区切りの日なのだから。まだまだはっきりしないものが山のようにあるのはたしかだが。

「警察犬の係と話をした。ノルベリという男だ」ハンソンが言った。「ついでだが、彼はいま新しい犬を担当することになりそうだ。ヘラクレスはもう老犬だからな」

「ヘラクレスはまだ生きてたんですか？　あの犬は自分が来る前からいた犬ですよ」マーティンソンが言った。

「うん。だが、こんどばかりはおしまいらしい。目が見えないそうだ」

マーティンソンは元気なく笑った。

「盲目の警察犬ですか。だれか彼をほめたたえる文章を書けばいいのに」

ヴァランダーは笑う気になれなかった。老犬がいなくなるのは寂しいと思った。もっと言えば、同僚たちがいなくなったら、ヘラクレスがいなくなって寂しいと思うほど悲しみを感じるだろうか。

「犬の名前のことだが、ヘラクレスというのは好みじゃないがまあ、あり得るとしても、清廉《レド》潔白《バール》というのはやっぱり考えられないな」ハンソンが笑った。

「まさか、そんな名前の警察犬がいるんですか？」

ヴァランダーはいい加減にしろ、というように両手でバンと机を叩いた。

「ノルベリがなんと言ったんだ？」

「凍ったものは臭わないそうだ。たとえば、犬は冬、寒さが厳しいときは死体を見つけることができないこともあるそうだ」

ヴァランダーは次に進んだ。

「車はどうだ？　ベンツのマイクロバスは？　見つけたのか？」

「オンゲで数週間前にベンツのマイクロバスが盗まれたとの届け出がある」

「オンゲとはどこだ？」

「ルレオの近郊です」マーティンソンが確信をもって答えた。

「なに言ってるんだ。スンズヴァルの近くだ。いや、とにかくルレオよりはずっとこっちに近い」ハンソンが言った。

アン＝ブリットが立ち上がり、壁にかけてある地図で確認した。ハンソンが正しかった。

「その盗難車かもしれないな。スウェーデンは小さいからな」ハンソンが言った。

「いや、どうだろう。まだ届が出ていない盗難車があるかもしれない。新しい届け出に注意しよう」

アン＝ブリットの番になった。

「ルンドベリには性格のまったくちがう息子が二人います。学校の警備員をしているマルメ在住のニルス＝エミールに電話をかけました。あいにく留守でしたが、奥さんと話し、オリエンテーリングのトレーニングに出かけているとわかりました。ついでながら、とてもおしゃべりな奥さんでした。ニルス＝エミールは父親の死に強い衝撃を受けているそうです。クリスチャンらしいです。弟のカール＝エイナールのほうがわれわれには興味深いと思います。一九九三年に少女強姦で訴えられています。少女の名前はエングルンド。しかし、証拠不十分で無罪になっています」

「その件、覚えている。おかしな事件だった」

それはヴァランダーが不調で、病気休暇をとってデンマークの海岸にいた時期のことだ。その後、知り合いの弁護士が殺されて、自分でも思いがけなく復職したのだった。

「だれが担当した？」ヴァランダーが訊いた。

マーティンソンは顔をしかめた。

「スヴェードベリでした」

亡くなった同僚のことが思い出され、一瞬、部屋が静まり返った。

「捜査報告を見ている時間がなかったので、なぜ彼が無罪になったのかわかりませんけど」アン＝ブリットが言った。

「不起訴になったからだ」マーティンソンが説明した。「彼は釈放された。ほかに容疑者はいなかった。はっきり覚えていますが、スヴェードベリはルンドベリが犯人だと確信していました。しかし自分は、それがヨーアン・ルンドベリの息子だったとは、思いつかなかったです」

「カール＝エイナールが強姦犯だとしてみよう」ヴァランダーが言った。「父親が襲われたのはそのためだったのか？　あるいはソニャ・フークベリが焼かれたのもそのためか？　ティネス・ファルクの指が切られたのも、ヨーアン・ルンドベリの息子がそのときの強姦犯だったこととと関係あるのか？」

「あれは残酷な事件だったと覚えています」アン＝ブリットが言った。「犯人は凶暴な男だったにちがいありません。エングルンドという少女は頭や全身にひどい傷を負って長い間入院していました」

「とにかくそのヨーアン・ルンドベリの二番目の息子について、調べよう。だが、おれはどうも関係ないような気がしてならない。ほかの状況がこれらの事件の背景にあるのではないか。それがなんなのかがわからない」

そのあと、ファルクのパソコンを開くのにローベルト・モディーンの協力を得ることになったと話したが、有罪の判決を受けたハッカーを雇うことになったと聞いても、ハンソンもアン＝ブリットもとくに意見はなかった。

「教えてくれないか？　なぜあんたはそのパソコンに興味を示すんだ？　いったいその中になにがあると思うんだ？　どんな罪を犯したかの告白？　なにが起きたかの説明？　なぜファルクが関係していると思うんだ？」ハンソンが訊いた。

「いや、おれはそこになにがあるかなど、まったく見当もつかない」ヴァランダーは簡単に言った。「しかしこのファルクという男がなにをしていたのか、知る必要があると思うのだ。同じく、彼は何者なのかということも。とくに、ファルクの過去を知りたい。どうもかなり複雑な男だったようだ」

ハンソンはそれでもそのために時間を割くことに疑問をもっているようだったが、それ以上は追及しなかった。全員が疲れている、早めに切り上げよう、とヴァランダーは思った。

「いままでどおり、間口を狭めず、なんの先入観もなしに捜査を進めていこう。一つひとつの出来事を個別に見て、それらに通じるところがあるかどうか調べるんだ。ソニャ・フークベリについてはもっとくわしく調べよう。この十九歳の娘は何者だったのだ？ 外国で働いていたことがあるとか、あれこれアルバイトをしていたとか言われているが、もっと具体的に彼女の過去を洗うんだ」

ここで彼はアン＝ブリットに訊いた。

「ソニャ・フークベリのハンドバッグのことはどうだった？」

「すみません。忘れてました。でもソニャの母親はたぶんアドレスブックがなくなっているのじゃないかと言ってました」

「たぶんとは？」

「そういう言いかたをしたので。でも、母親の言うとおりなのではないかと思います。ソニャはエヴァ・ペルソン以外の人間を近づけなかったらしいんです。いえ、エヴァだってどうかかわからない。とにかく人を信用しなかったらしいです。母親が言うには、ソニャは電話番号を書いた黒い小型の手帳をいつもバッグの中に入れていたらしいです。でも、こんどのことでなくなったのかどうかはわからないけれど、見当たらないというんです」

「もしそうなら、重大な情報だ。もしかするとエヴァ・ペルソンが知っているかもしれないな」

ヴァランダーは少し考えて、言葉を続けた。

「少し役割分担を変えてみよう。アン＝ブリットはソニャ・フークベリとエヴァ・ペルソンに関することだけをやってくれ。ソニャにはいままでボーイフレンドの一人や二人いたにちがいない。その中のだれかが、彼女を変電所まで送ったのかもしれない。ソニャ・フークベリの身辺を洗ってくれ。マーティンソンはローベルト・モディーンに張り付いていてくれ。ルンドベリの息子のことはだれかほかの者が調べるんだ。たとえばおれがやってもいい。またファルクのことを調べるのもおれが続けよう。ハンソンには全体に目を配ってもらおう。ヴィクトルソン検事への報告を頼む。目撃者を捜し出すこと、ルンドのモルグから死体が消えたりまた現れたりした件の捜査も頼みたい。まただれか、ヴェックシューへ行って、エヴァ・ペルソンの父親にも当たってくれ。関係ないだろうが、それを確認するためにも」

彼は一同を見まわした。

「この事件の解決にはまだまだ時間がかかると思う。だが、早晩、このなんとも奇妙な一連の事件に共通しているものが見つかるはずだ。なにか必ず出てくるにちがいない」

ヴァランダーが話し終わったとき、マーティンソンが手を挙げた。

「忘れているんじゃありませんか？　何者かがあなたを撃とうとしたことを？」

「いや、忘れてはいない。あの襲撃はとりもなおさず、この一連の事件がいかに不気味なものかを示しているとおれは思う。われわれが思っているよりも、事件背後の闇はずっと濃いものだということだ」

「あるいは、まだわれわれにはわかっていないだけで、なんでもない、単純な事件の重なりかもしれない」ハンソンが言った。

会議が終わった。ヴァランダーは一刻も早く外に出たかった。七時半をまわっている。今日一日ほとんど食べなかったにもかかわらず、空腹ではなかった。マリアガータンまで車で帰った。風はおさまっていた。気温も変わりない。車を降りるとあたりに注意を払いながら、建物の入り口へ急ぎドアの鍵を開けた。

家に帰ったヴァランダーはまずざっと掃除をし、床に散らかっていた洗濯物を一ヵ所に集めた。そうしながらも、ときどきテレビのニュースに目をやった。アメリカの軍人が未来の戦争がどういうものになるかというインタビューに答えていた。コンピュータによる戦争になるという。地上戦はもうじき過去の、ほとんど意味のないものになるという。

ある考えが浮かんだ。時計を見るとまだ九時半になっていなかったので、彼は電話番号を探し、台所から電話をかけた。

エリック・フークベリは一回の呼び出しで電話に出た。

「捜査は進んでるのか？　うちではみんな打ちひしがれている。いったいなぜソニャは死んだのか、少しでも早く教えてほしい」

「一生懸命捜査している」

「しかし、なにかわかっただろう？　だれがソニャを殺したんだ？」

「残念ながらそれはまだわからない」

「変電所で娘を焼死させた犯人がいまだ特定できないとはな。警察はいったいなにをやってるんだ？」

ヴァランダーはこれに答えず、用意した質問をした。

「ソニャはパソコンが使えたか？」

返事は即座にきた。

「もちろん。このごろの若者たちはみんなできる」

「ソニャはコンピュータに関心があったか？」

「ネットサーフィンはよくしてた。もっとくわしいのは弟のエーミルのほうだが」

ヴァランダーはそれ以上なにを訊いていいかわからなかった。これはマーティンソンが担当すべき分野だった。

「いろいろ考えただろうね。なぜあの子がタクシー運転手を殺さなければならなかったのか、そしてなぜそのあと彼女自身が殺されてしまったのかと」

問いに答えるエリック・フークベリの声が苦しそうだった。

「ソニャの部屋に入って、腰を下ろし、見まわしてみるが、私にはなにもわからない」

「ソニャはどういう子だった？」

「強い子だった。自分の考えというものをもっていた。将来きっと成功すると思わせるところがあった。よく聞く表現だが、いろんな才能をもっている子だったよ、あの娘は」

ヴァランダーは成長が止まったようなソニャの部屋を思い出した。小さい子どもの部屋。いま義父のエリック・フークベリが語ったような娘の部屋には見えなかった。

「ボーイフレンドは？」

「いなかったと思う」

「それはちょっとおかしくないか？」

「なぜだ？」

「もう十九歳だったし、きれいな子だったじゃないか」

「とにかく男の子を家に連れてくることはなかったね」

「電話は？　電話してくる男はいなかったか？」

「自分の電話をもっていたからね。十八になったときのプレゼントに買ってあげたものだ。それにはよくかかってきていたが、だれからかまではもちろん知らなかった」

「留守電は？」

「ああ、聞いてみたんだが、なにも入っていなかった」

ヴァランダーはソニャの部屋のクローゼットの中に貼ってあったポスターを思い出した。洋服とそのポスターだけが、その部屋の住人が中学生程度の子どもではないことを示していた。

映画のポスターだった。記憶をたどった。〈ディアボロス　悪魔の扉〉。

「同僚の犯罪捜査官アン＝ブリット・フーグルンドから連絡があるはずだ。きっといろいろ訊かれると思うが、少しでも早く犯人逮捕を望むなら、できるだけ協力してくれ」

「あんたは私からじゅうぶんな答えがもらえなかったという意味か？」

エリック・フークベリの声が攻撃的になった。ヴァランダーはその気持ちがよくわかった。

「いや、あんたはじゅうぶんに協力的だったよ。それじゃ、これで」

電話を切った。頭の中には映画のポスターがあった。九時半か。リンダが働いているストックホルムのレストランへ電話をかけた。忙しそうな声が応対した。外国訛りの言葉だ。少し待ってくれと言う。しばらくしてリンダが電話口に出た。ヴァランダーだとわかると、いきなり怒った。

「こんな時間に電話できないと知ってるでしょう？　いちばん忙しいときなんだから。怒られるのよ」

「わかってる」すまなそうに父親は言った。「一つだけ訊きたいことがあるんだ」

「早くして」

「ああ。〈ディアボロス　悪魔の扉〉というアル・パチーノの主演映画、観たことがあるか？」

「それを訊くために電話してきたの？」

「ほかに訊ける人がいない」

「切るわよ」

こんどはヴァランダーが腹を立てた。

「答えてくれないか？　この映画、観たか？」

「ええ、観たわよ」

「どういう映画なんだ？」

「いい加減にして！」

「神と関係あるか？」

「じつは悪魔だったという弁護士の話よ」

「それだけか？」

「それだけじゃ足りないの？　なぜ知りたがるの？　悪い夢でも見たの、パパ？」

「殺人の捜査上で浮かんできたんだ。十九歳の娘がこの映画のポスターをクローゼットの中に貼っていた」

「アル・パチーノがいいと思ったんじゃないの？　それとも悪魔が好きとか？　もういいでしょう？」

「なんだ、その口のききかたは？」

「急いでるのよ」

「その映画のテーマはなんなんだ？」

「ビデオを借りて、自分で観れば？」

それは考えつかなかった。リンダを怒らせる代わりに、町へ行ってビデオ屋でこの映画のビデオを観ればいいのだ。

「邪魔して悪かった」

「いいわよ。でも、もう行かなくちゃ」

「わかってる。じゃ」

受話器を置いた。すぐに電話が鳴った。ヴァランダーは迷いながらも受話器を取った。ジャーナリストかもしれない。いまはマスメディアの連中と話したくない。

最初その声になじみがなかったが、すぐにシーヴ・エリクソンとわかった。

「お邪魔でなければいいですけど」

「いや、そんなことはない」

「考えたんです。なにかお役に立てることはないかと」

本当に手伝いたかったら、家に呼んでくれ、とヴァランダーは思った。空腹だしのども渇いている。ここになどいたくはないのだ。

「なにか思い出したのですか？」ヴァランダーはできるかぎり事務的な声で言った。

「いいえ、残念ながら。でも、ティネスのことをいちばんよく知っていたのは、やっぱり奥さんと子どもだと思いますよ」

「あなたの話では、ティネス・ファルクはいろんな方面の仕事をしていた。国内でも外国でも。非常に優秀だったので、仕事のオファーはたくさんあった。仕事のことでなにかあなたを驚かすような、意外なことを言いませんでしたか？」

「彼は無口で、とても言葉に慎重な人でした。いえ、すべてに慎重な人だったわ」

「それについて、もう少しくわしく話してくれませんか？」

「ときどき、話していてなんだか彼がとても遠いところにいるような気がすることがありました。たとえば、なにか問題について話し合っているときなど。わたしの言うことを聞いて、答えもするのですが、それでもその場にいる感じがなかったのです」

「その場にいない感じ？　なにを考えていたんでしょうね？」

「わかりません。とても秘密の多い人でしたから。いまそれがわかるんです。前はたんにおとなしい人と思ってましたが、いまはそう思いません。人は死んだあと、印象が変わるものですね」

ヴァランダーは父親のことを思った。父親は生きているときと死んでからの印象が変わったか？　いや、そんなことはなかった。

「ティネス・ファルクがなにを考えていたか、あなたはわからないのですね？」

「ええ、だいたいにおいてそう言えるような気がします」

答えに迷いがあるような気配があった。もう少し話があるのかもしれない。

「一つだけ、変だと思ったことがあるんです。ほんのささいなことですけど。わたしたちの仕事上のつきあいの長さを思えば」

「話してください」

「二年前のことでした。十月か、十一月の初めごろ。ある晩、ティネスがここに来たのです。

激しく怒っていました。秘密主義の彼でも隠せないほどに。全国農業組合の仕事だったと思いますが、当時わたしたちはいっしょに急ぎの仕事をしていました。なにかあったのかと訊くと彼は、少年たちがよってたかって老人を暴行しているのを目撃したと言ったのです。老人は少し酔っぱらっていて、少年たちは殴る蹴るの暴力を振るっていたと」

「それだけですか？」

「それだけ？　ひどい話じゃないですか」

ヴァランダーは考えた。ティネス・ファルクは人が暴行されるのを目撃し、激しく怒った。これはなにを意味するのか。今回の捜査に関係のあることかもしれない。

「暴力を止めに入らなかったのですかね？」

「ええ、ただひどく怒っていたのです」

「なんと言っていました？」

「混沌《カオス》状態だと。世界は無秩序に陥った、もう無駄だと」

「無駄？　なにが無駄だというのだろう？」

「わからないわ。なにをしても無駄というような意味に聞こえました。獣性《けだもの》が人を支配してしまったのだと。もっと訊こうとしたら、すぐに口を閉じてしまったのです。それ以来そのことには一度も触れませんでした」

「なぜ怒ったのだとあなたは思いますか？」

「なぜって、自然なことだと思いますけど。あなただって、そう反応したと思いませんか？」

そうかもしれない。ただ、少年たちが老人に暴力を振るっていたこのことだけで、世界は無秩序に陥ったという結論を出すだろうか？

「あなたはその少年たちがだれか知らないでしょうね？　それともその酔っぱらった老人を？」

「それは彼が目撃した話ですよ。わたしが知るはずないでしょう」

「警察官として訊いているのですよ」

「これ以上、話すことはありません」

ヴァランダーはシーヴ・エリクソンと話を終わらせたくなかった。だが、そんな様子を少しでも見せたら、見破られそうだった。

「電話してくれてよかった」とだけ言った。「なにか思い出したらいつでも電話してください。私のほうからも電話します」

「いまレストラン・チェーンの仕事をしているので、一日中仕事場にいます」

「ティネス・ファルクがいなくなって、あなたの仕事はこれからどうなるんでしょうね？」

「わからないわ。ティネスがいなくなっても、仕事が入ってくるほどに名前が知られていることを祈るのみです。もしだめなら、ほかの仕事を探すまでよ」

「どんな仕事を？」

シーヴ・エリクソンは笑った。

「これ、捜査と関係あるんですか？」

「いや、ただ好奇心から訊いたまでです」

「旅行に出るかもしれないわ」

みんな旅に出かけるんだ、とヴァランダーは思った。しまいにこの国には犯罪者たちとおれしかいなくなるのではないか。

「旅行か、いいですね。私も出かけたいという気持ちはあるのですが、なかなか出かけられない。みんなそうなのかもしれないが」

「わたしはそうじゃないわ。やりたいことは自分で決めます」

電話を切ったあと、ヴァランダーはいまの彼女の言葉を考えた。自分で決める、か。もちろん彼女は正しい。ステン・ヴィデーンもペール・オーケソンもそうだった。

急に相手探しの広告を出したことを思い出し、心が軽くなった。応える人はいないかもしれないが、とにかく行動したのだ。

上着を着て、ストーラ・ウステルガータンにあるビデオショップへ出かけた。だが、すでに営業時間は終わっていた。日曜日は九時まで。広場まで行って、ときどき広告塔の前で立ち止まった。

なぜそう思ったのかわからない。だが突然彼は後ろを振り向いた。若者が数人と警備員が一人。それ以外にあたりに人はいなかった。アン＝ブリットの言葉を思い出す。警戒するべきだと言ってくれた。

気のせいだ。同じ警察官を、続けて二回撃ったりする愚か者はいないだろう。

広場まで来てハムヌガータンへ抜け、ウステルレーデンを歩いて家に帰った。風が冷たく気持ちがいい。もう少し散歩をすることにした。

十時十五分、家に戻った。冷蔵庫の中に一本だけビールが残っていた。サンドウィッチを作り、テレビの前に腰を下ろした。スウェーデン経済についての討論番組だった。いつのまにか居眠りしていた。今晩は邪魔されずに一気に朝まで眠るぞと思った。捜査のことは朝まで忘れよう。

十一時半、寝室へ行って、ランプを消した。

眠りに落ちたばかりのとき、電話が鳴った。呼び出し音が暗い部屋に響き渡った。九回呼び出し音が鳴ったあと、ようやく静かになった。壁から電話の差し込みを引き抜いた。もしこれが警察署からだったら、携帯電話にかけてくるだろう、そうでなければいいがと思いながら。

次の瞬間、サイドテーブルの上の携帯が鳴りだした。アペルベリス・ガータンを見張っている警官からだった。エーロフソンと名乗った。

「重要なことかどうかわからないんですが、さっきから車が一台、何度もここを通り過ぎているんです」

「運転手が見えるか？」

「それで電話しているんです。あなたから注意人物の人相を聞いていたので」

ヴァランダーは耳をそばだてた。

「男はアジア人かもしれません。暗くてはっきりとは見えないのですが」

ヴァランダーはそれ以上聞く必要がなかった。今晩もゆっくり朝まで眠れないとわかった。

「よし、そっちへ行く」

受話器を置き、時計を見た。

ちょうど十二時を過ぎたところだった。

検印
廃止

訳者紹介　1943年岩手県生まれ。上智大学文学部英文学科卒業，ストックホルム大学スウェーデン語科修了。主な訳書に，マンケル「背後の足音」，インドリダソン「湿地」，ギルマン「悲しみは早馬に乗って」，ウォーカー「勇敢な娘たちに」，アルヴテーゲン「影」などがある。

ファイアーウォール 上

2012年9月21日　初版
2012年12月7日　3版

著　者　ヘニング・マンケル

訳　者　柳《やなぎ》沢《さわ》由《ゆ》実《み》子《こ》

発行所　(株) 東京創元社
代表者　長谷川晋一

162-0814/東京都新宿区新小川町1-5
電　話　03・3268・8231-営業部
　　　　03・3268・8204-編集部
URL　http://www.tsogen.co.jp
振　替　00160—9—1565
精興社・本間製本

乱丁・落丁本は，ご面倒ですが小社までご送付ください。送料小社負担にてお取替えいたします。

ISBN 978-4-488-20914-8　C0197

中国系女性と白人、対照的なふたりの私立探偵が
活躍する、現代最高の私立探偵小説シリーズ

〈リディア・チン&ビル・スミス シリーズ〉

S・J・ローザン◎直良和美 訳

創元推理文庫

チャイナタウン

＊シェイマス賞最優秀長編賞受賞
ピアノ・ソナタ

新生の街

＊アンソニー賞最優秀長編賞受賞
どこよりも冷たいところ

苦い祝宴

春を待つ谷間で

＊シェイマス賞最優秀長編賞受賞
天を映す早瀬

＊MWA最優秀長編賞受賞
冬そして夜

シャンハイ・ムーン

この声が届く先

✣

＊MWA最優秀短編賞受賞作収録
夜の試写会
―リディア&ビル短編集―